LA HIJA DEL MUERTO

Marcos Andrade Raffo

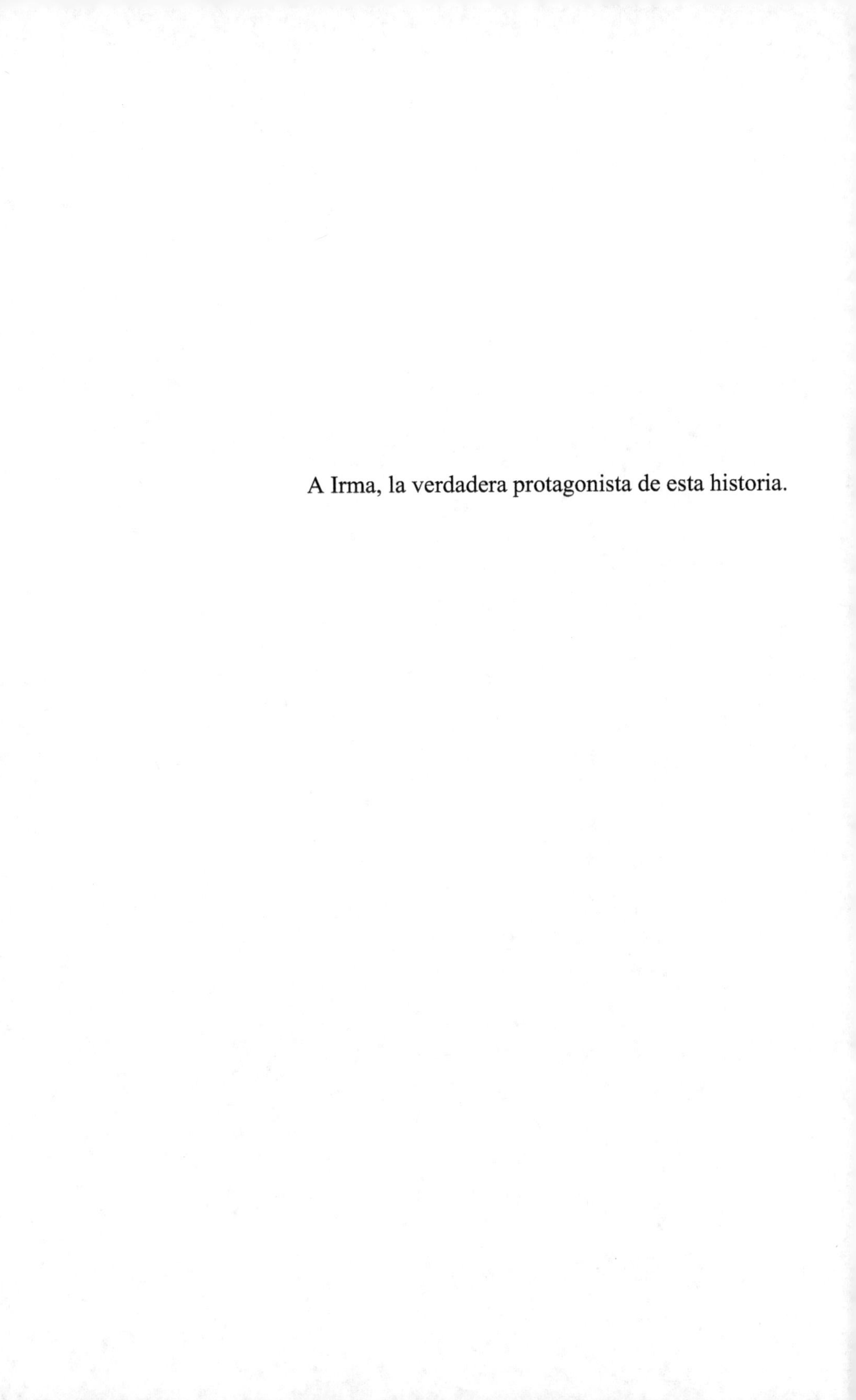

A Irma, la verdadera protagonista de esta historia.

Con el pasar de los años he tenido la fortuna de vivir y poder contar innumerables situaciones, que, mezcladas en historias de ficción, son las que vuelco en estos libros; para que pueda, cada uno, en medio de la lectura, recordar e imaginar las suyas propias.

Hace ya bastante tiempo, me encontraba participando de un taller de escritura y, relaté una historia personal, claro, atribuida a uno de los personajes del cuento. La respuesta de la guía fue contundente: «¡vaya imaginación! ¿Quién va a creer semejante cosa?»

Debí adaptar mi forma de escribir científico técnica y hacerla menos rígida. Hoy que he vuelto a leer este texto, después de haber escrito dos novelas que continúan las aventuras de la misma familia, veo que, a través del tiempo, he dejado profundizar más mi enfoque en el desarrollo del drama humano; que es en definitiva, sobre lo que escribimos siempre.

INDICE

CAPÍTULO 1

La demanda

La muchedumbre impidió que el taxi continuara avanzando. Pagué y bajé. Tuve que caminar unas tres cuadras entre la gente alborotada para llegar a la oficina de mi hermano. Por la vereda se podía avanzar algo más rápido. Por la calle desfilaban centenares de personas con pancartas y carteles multicolores, algunas con cascos de obra amarillos. Avanzaban con muchísima lentitud.

Me aturdieron las consignas de los altoparlantes, eran incomprensibles. Era casi ruido blanco. Los balcones vacíos de los edificios a uno y otro lado de la calle eran espectadores mudos. ¿Cuál sería el objeto de esos textos invisibles? Tan solo mostrarse en el informativo de la televisión.

Cuando voy a Montevideo, soy un turista más y al menos tengo tema para mi regreso a Yatay, pero ¡pobre gente la que vive o trabaja en esta zona!

Al fin llegué, no demoré tanto después de todo. Una voz inaudible me respondió a través del portero eléctrico. «Soy yo, Gonzalo, el hermano de Ezequiel», grité, pero nada. Atiné a llamarlo por teléfono. Imposible, no iba a escuchar nada. Probé un mensaje. Intenté acceder por la galería comercial; tampoco, estaba cerrada con rejas hasta que la movilización finalizara. Allí no había nadie, con excepción de dos guardias de seguridad. Vi abrirse la puerta lateral del edificio, la del interior de la galería. Por ella asomó apenas una de las oficinistas. Al verme me reconoció y me hizo señas de que fuera por la otra entrada.

—No ha llegado todavía, debe estar demorado, ya debería estar aquí hace rato. —Interpreté que gritó, por el movimiento de sus labios sin pintar, y asentí sacudiendo la cabeza.

Subimos a la oficina y aguardé en la pequeña sala de espera en un cómodo butacón. Hasta allí llegaba el molesto ruido de la calle. Miré las cosas de siempre. Los escritorios de vidrio en ele, con sus *notebooks* elegantes. A pesar de toda esa tecnología, todavía abundaban los papeles. Las paredes color tiza estaban decoradas con cuadros con dibujos arquitectónicos.

Vi entrar apurado a mi hermano y dirigirse directo a su escritorio. Llegó solo, como era costumbre en los últimos meses, para ser más preciso, desde que terminó su relación con Mariela. Por dos años fueron inseparables y, de pronto, desconozco el motivo, dejaron de verse. La recuerdo rubia, muy quemada por el sol, no demasiado alta, con profundos ojos azul mar y pelo cortito. Tuvo una excelente relación con las chicas de la empresa. Pensaba en eso en el ascensor cuando la oficinista mencionó su nombre o tal vez lo creí escuchar entre los sonidos. ¡Tanto ruido! Ahora había menguado un poco.

Allí estaba él, mi hermano, como siempre, impartiendo órdenes, sin moverse de su despacho. Un atleta, de jeans, camisa celeste con rayas negras y calzado deportivo también negro, concentrado en la computadora. Como en toda oficina, cuando llega el jefe el movimiento crece. Terminé de tomar el café y me acerqué a él.

—Hola, Ezequiel, ¿cómo has estado?

Sonrió al verme, se levantó y me abrazó. Casi en ese mismo momento, ingresó la secretaria y avisó que, según el portero, la grúa se había llevado su vehículo mal estacionado.

—¡¿La grúa se llevó qué?! ¿Qué hacía la grúa en el garaje del edificio?

—Es que no lo estacionó en el garaje, paró sobre la acera y lo dejó ahí.

—Ah, sí, Graciela, es cierto… Estaba tan congestionado el tráfico, no sé por qué. Eternos minutos sin moverme, una fila tremenda de vehículos. Más que nada ómnibus enormes para las diminutas calles. ¡Ya no daba más! Todo el ambiente lleno de un pestilente olor a combustible quemado y el ruido ensordecedor de las bocinas. ¡Insoportable! Subí al cordón en el primer lugar disponible y dejé ahí la camioneta. Los peatones me miraron como a un loco. Debo serlo… —Levantando la voz agregó—: Bueno, ¡¿qué espera, Graciela?! Tome la llave y vaya a recogerla al depósito.

—Le aviso que hace rato llegó Aguilar, dijo haber coordinado una reunión con usted a las once. Que vino especialmente desde Yatay. Está en la sala de reuniones —agregó antes de cerrar la puerta del escritorio.

Él alcanzó a decir:

—Venga de donde venga, dígale que no puedo recibirlo. Eventualmente, lo veré en el pueblo.

Gonzalo cambió su expresión distendida, se paró, tomó su cabeza con ambas manos y dijo de manera repentina:

—Bueno, bueno, no sé cómo decirte esto. Mira, hermano, apareció una desconocida. —Hizo un pequeño intervalo, tragó saliva y agregó algo compungido—: Ella reclama ser hija del viejo.

—Ah, no me extraña, nuestro padre siempre tuvo una mujer en cada esquina, pero nunca tuvo un peso. ¿Que querría?

—No, no de Jeremías nuestro padre.

—Pero, hermano, entonces ¿de qué viejo estás hablando?

—De mi suegro, del abuelo de Carmen.

—Murió hace más de diez años…

—Sí, es correcto, ya pasaron los diez años, lo recordamos con ella hace unos meses.

—Eso es otra cosa, ¡ahí sí que tiene para rascar! —Rio Ezequiel.

—No da para reírse mucho. Solicitó reconocimiento de hija y herencia. Mi mujer, por fortuna, ya no está para vivir esto. Para mi hija, va a ser un sacudón.

—¿Ya lo sabe?

—No, la notificación la recibió mi cuñado. ¡Sabes cómo es! Y me la entregó a mí. Podrías acompañarme para decírselo.

—Vaya protocolo, ¿por qué no se lo dices tú?

—Vamos, hace tiempo que no vas por el pueblo. Va a hacer preguntas y es mejor contar con tu apoyo para responderlas, para buscar soluciones y plantear alternativas. Ella tiene muy en cuenta tu opinión.

—¿Quién es esa mujer?

—No tengo la menor idea, es alguien que nació en el pueblo, pero tal vez estuvo algún tiempo afuera.

—¿Tienes la documentación?

Una redacción corta y simple indicaba:

Yatay. Poder Judicial, Juzgado de Paz Departamental. Citación a conciliación.

Sr. Raúl Rolan López y Carmen Torri Rolan, deberá Ud. comparecer en este juzgado el día siete de octubre a las dieciséis horas, a fin de tentar conciliación previa al juicio que por acción de reconocimiento tácito le iniciará ante el juzgado competente…

—Mira —dijo y le señaló una frase subrayada con lapicera negra—: «Deberá comparecer con asistencia letrada».

Señaló la fecha, escrita a mano y la firma de su cuñado; al final, la firma y el sello con el nombre del actuario. Recién en ese momento comenzó a revisar con detenimiento el documento. Adjunta a la hoja verde de la citación encontró una fotocopia de la solicitud. Nombraba a la demandante, a su abogado, la dirección y el motivo.

Se cita a conciliación previo a iniciar sendas acciones de Reconocimiento Tácito de Hija Natural y Petición de Herencia. La demandante considera que es hija natural del padre y abuelo de los citados respectivamente.

—¿Entiendes? Reclama a los herederos: al Loco y a mi hija.

—Está bien, hoy no tengo mucho que hacer; en cuanto Graciela traiga la camioneta salimos. Voy preparando el mate —dijo, ahora pensativo, mientras se dirigía a la *kitchenette* en el extremo opuesto de la oficina.

Gonzalo permaneció sentado, mirando la acuarela de la catedral de Notre Dame y los pequeños quioscos con los *buquinistas* sobre el muro en la ribera del Sena, que decoraba el escritorio y le traía tan buenos recuerdos; pensó en su esposa, en lo linda que se veía durante ese viaje. La recordó fotografiándose en la plaza, detrás de Sacre Cœur, la plaza de los pintores. Hacía ya unos años se había ido. Pero ahora surgía otra vez la angustia de su ausencia. Ella siempre se había jactado de la honorabilidad de su familia. Tomó el pañuelo del bolsillo trasero de su pantalón azul marino, se quitó los lentes y se frotó los ojos.

Un nombre de mujer, una firma muda. ¡Qué lejanos y desconocidos mensajes del pasado llegaban! A pesar de contar con la incondicional ayuda de su hermano, Gonzalo comenzó a sentirse solo y a lamentar la falta de su esposa. Todo lo hacían juntos. ¿Por qué ya no estaba en este mundo? Hacía casi cinco años que había fallecido. Ella era la única que podía tener cabal conocimiento de lo que podía haber sucedido tantos años atrás.

Durante el viaje al Yatay conversaron mucho sobre los temas políticos del momento. Y Ezequiel comentó su separación de Mariela, ocurrida de una forma simple, inesperada y por demás tonta. Algo sin motivo, casi debido a la terquedad de ambos. Así como habían sido aventureros y audaces, también eran obstinados; y así como en general se llevaban muy bien, otras veces discutían acaloradamente. Pero el detonante de la separación había sido el prolongado silencio. Cada uno se había refugiado en su mundo y no dejaba lugar para el otro, un mundo de ideas, un mundo de pensamientos propios, un mundo de ensimismamiento.

Observaron el cartel verde «Yatay 10 km», Gonzalo le advirtió que por esa zona solía estar el móvil de la policía caminera. Disminuyeron la velocidad y continuaron hasta el último semáforo antes del puente. Allí doblaron a la izquierda y avanzaron con prudencia. En un cruce de calles, detuvieron el vehículo para dejar pasar a un ciclista veterano, a quien le costaba subir el repecho. Durante el breve recorrido Ezequiel miró, como si no las hubiera visto nunca, las casas bajas, sin jardines y sin espacios laterales, aunque prolijas en una calle bastante limpia.

Al bajar sintieron el calor del ambiente, que contrastaba con el frescor que reinaba en el interior del auto. Recorrieron a pie un lado de la plaza, la sombra de los altos y frondosos árboles los hizo sentir mejor. El quiosquero los saludó al verlos pasar hacia la casa de los Rolan. En la espaciosa sala de la mansión, donde viviera don Raúl, Carmen y Ezequiel, estaba por comenzar una de las muchas conversaciones que mantendrían con motivo de la demanda.

Con meticulosidad, ella depositó el brazo extensible de su celular sobre el pedestal situado al pie de la amplia escalera de mármol blanco que conducía a la planta superior. Deslizó sus dedos largos por la superficie del aparato y, antes de ver la reciente *selfie*, leyó un mensaje entrante.

Él eligió el lugar de siempre, el amplio butacón desde el que veía la gran estufa a leña y el gobelino hindú, en donde cazadores montados sobre elefantes disparaban a tigres de bengala. Un tinte rojizo le confería fiereza a la imagen.

La muchacha se había sentado en uno de los extremos del largo sofá bordó y miraba con sus verdes ojos inquisidores a su tío.

Ezequiel se reclinó en su asiento y fue de inmediato al asunto que lo había llevado hasta allí.

—Ya estás al tanto de la demanda, ¿verdad?

—Sí, por supuesto. El tío Loco me contó.

—Al hablar de tío loco, podrías estar refiriéndote a mí —respondió con una broma.

—No. Hablo en serio: nos demanda una supuesta hija del abuelo Raúl.

—¿Opinas igual que tu padre sobre lo que hubiera pensado tu madre?

—No, todo lo contrario. Vamos, conocías muy bien a mi madre… —le dijo guiñando un ojo.

Él no mostró ninguna emoción. Se limitó a decir que creía que, aunque cuando había fallecido don Raúl ella había mencionado la posibilidad de que ocurriera un reclamo de paternidad, lo había hecho más como expresión de sus temores que como una posibilidad real.

La muchacha mientras tanto terminó de enviar el mensaje y mostró en su celular la *selfie*. El día era radiante, aunque ya se notaba la formación de una tormenta por el sur. La luminosidad propia de los amplios ventanales, desde donde se apreciaban los hermosos patios interiores repletos de arbustos, había contribuido notablemente a la obtención de una imagen perfecta de ambos. No se parecían mucho. Ella era la imagen de su madre. Lucía hermosa, muy bronceada, sonriente, con la cabeza apoyada en el hombro de Ezequiel. Llevaba un ancho y leve pantalón floreado, que dejaba ver sus tobillos, y una blusa celeste, lisa, con finos tiradores. Un gorro negro con la inscripción *friday* en amarillo. Unos deportivos bajos, azules con una banda blanca. Su largo pelo castaño formando una cola pasaba por dentro del gorro. Él, en cambio, se mostraba serio en la foto.

—¿Mariela? Hace mucho que no me llama.

—No nos hemos visto desde hace ya bastante tiempo, pero si quieres llámala tú.

—Bueno, tío, ¿dónde has estado?

—La semana pasada estuve en Quito. Me gustan las montañas, será porque aquí no las tenemos; pero, claro, lo que más nos gusta a nosotros es el mar.

—El tío aventurero. Repíteme eso, siempre dices algo acerca de tomar el agua.

—Ah, sí: «Yo que he bebido del agua del Danubio, del Sena y del Támesis, del Hudson y del Orinoco…» —dijo sonriendo.

—Bueno, pero ¿cómo termina hoy?

—Siempre termina distinto, ¿no es verdad? Pues hoy termina: «Beberé el agua del pasado para conocer sus secretos».

—¡Muy bueno! También estuviste unas cuántas veces en Buenos Aires, ¿se enteró Graciela? —añadió con picardía. Él demoró la respuesta. Pasó su mano por la pera y contestó:

—Ahí viven mis socios. ¿Cuál es la relación con Graciela? —levantó su mano derecha abierta hacia arriba.

—Claro, porque para arreglar algo con ellos ya no alcanza ni el Skype ni cualquier otra forma de conferencia; ni por internet, ni por teléfono. Tienes que ir en persona —respondió la chica colocándose la mano sobre la boca.

—Sí, siempre es mejor conversar viéndose la cara en una reunión de negocios. Los gestos indican muchas cosas y a veces dicen mejor que las palabras. Además, hay muchas y muy buenas actividades culturales en Buenos Aires —agregó con aire distraído.

Ella volvió a cambiar el tema de la conversación. Él prefería tomar un tema y continuarlo hasta el final, por lo menos mientras no surgieran nuevas ideas.

—Dime, tío lindo, ¿ha conseguido una novia mi padre o solo se va de putas?

—No lo sé y si lo supiera no te lo diría. Creo que es algo que debes hablar con él. Es algo de ustedes. ¿Acaso no hay cosas que no le cuentas a él y que seguro le hubieras contado a tu madre? También recuerda que nosotros, los tíos, no estamos para eso. Y tu vida piadosa ¿cómo va? —Ahora era Ezequiel quien cambiaba de tema.

—Bueno, no he olvidado asistir a misa. Casi todos los domingos. Y seguro que tú no vas nunca.

—¿Estás leyendo algún libro nuevo?

—No, he releído los de siempre, he mirado demasiadas pelis. Adivina cuántos kilómetros corrí esta mañana.

—No sé. Ocho…

—Si te pido que adivines, es porque son más kilómetros.

—Doce.

—No, dieciocho.

—Entiendo. Lo vi en el Facebook: correrás la media maratón el domingo próximo.

La conversación prosiguió en ese ritmo. Ezequiel trató de continuar con el análisis de la situación.

—Volviendo al punto…

Carmen lo interrumpió:

—Mi madre habló mucho conmigo cuando murió el abuelo. Ella sí suponía que el abuelo había tenido aventuras y que no sería raro que tuviera también algún hijo por ahí. Él mismo tenía un hermano más grande. Según sé, solo lo vio una vez.

—Sí, habrá tenido aventuras, como cualquiera, lo que no significa nada.

—Clarísimo. Pero ella recordaba de forma especial que, cuando era niña, hubo un tiempo en que él no se llevaba bien con la abuela. Salía de tarde y volvía ya caída la noche, casi a la hora de irse a dormir. Ni siquiera cenaba al volver. Ella no se dormía hasta su regreso. Había angustia en ella cuando hablaba. Debió de haber estado muy asustada para reaccionar de esa forma.

—¿Ubicarías eso en el tiempo?

—¿Por qué?

—Bueno, hoy hablé con Palumbo y me va a averiguar todo lo que pueda acerca de esa mujer y sería interesante saber en qué estaba tu abuelo más o menos en la época de su nacimiento.

—¡Ah, tío, tú y tus amigos!... Ese Palumbo es el que pienso, el comisario, medio gánster y medio investigador privado.

—Espera, es un gran amigo de Jeremías y también mío. Ah, y de Gonzalo. Es cierto, ha tenido un par de incidentes desafortunados, pero tiene sus influencias y es una buena persona.

—Vamos, si matar a un par de tipos no lo hace malo..., ¿entonces qué?

—Como quieras, pero tener a alguien así de tu lado es pegar primero.

—Sí, ya sé, aprendió box con tu padre, igual que tú. Vamos, tío lindo, ¿por qué te preocupa esto?, va a ser fabuloso tener una tía nueva.

—Si fuera tan sencillo todo estaría bien, pero me temo que no es así. Creo, como mi viejo, a quien consulté, porque conoció mucho a don Raúl, que era un tipo de palabra. Y no digo que sea imposible que tenga un hijo por ahí. Digo que no es coherente, si ese es el caso, que no se lo haya contado a nadie.

Carmen volvió a reír:

—Los viejos pensaban muy distinto. La forma como lo hacemos nosotros ahora es más sincera y, quién sabe, se dice por ahí que las personas con muchos años cambian mucho sobre el final de su vida y hasta pueden volverse temerosas.

—Mira, chiquita, eso puede ser cierto si «sobre el final de su vida» significa «mucha edad»; pero no te olvides de que, primero, Raúl no murió muy viejo y, además, el eventual nacimiento de esta criatura ocurrió muchos años antes; por consiguiente, era relativamente joven.

Ezequiel consideró inoportuno comentar lo que estaba pensando en ese momento. Que Carmen debería comprender que se encontraba dentro de un grupo más amplio, no sabía si llamarlo familia, pero sí eran familiares de Raúl. Que el hermano de su abuelo y sus hijos harían cualquier cosa por seguir manejando la estancia. Mientras su madre estaba viva no había problemas, porque a ella no le importaba demasiado ni tenía el carácter para definir la situación y aceptaba las decisiones de los exsocios de su padre, aunque pensara que no eran correctas del todo, como lo hacía en vida de su padre. Que al otro heredero, el Loco, ya lo debían haber arreglado. Que su madre los había nombrado como herederos a ella y a Gonzalo, y que cualquiera de los dos era un riesgo grande para José y sus hijos; no por sí mismos, sino porque no pueden controlar con quién se relacionan y hay gente muy ambiciosa buscando oportunidades.

—Niña, mi hermano debe de tener algo de whisky por ahí…

En ese momento llegó Gonzalo, comentando la aparición de relámpagos en el horizonte. Ezequiel enseguida lo llevó hacia el patio de la casa:

—Hace un rato me llamó Mariela. Hace casi dos meses, un poco más tal vez, estaba terminando la primavera, que nos separamos. El tiempo pasa tan rápido… Al responder el teléfono, volví a escuchar su voz, insinuante, lenta alargando mi nombre, casi como al principio, cuando nos conocimos.

—¿Y…?

—Solo atiné a decir «Hola, ¿cómo estás?». «Hoy es mi cumpleaños», me dijo. La oí un tanto azorada. «Son cuarenta, ¿te das cuenta? Todavía quedan brasas encendidas, continúo sola…». Le respondí: «Ah, cuarenta, la mejor edad para la mujer, suele decir mi padre». Charlamos muy animados durante algunos minutos y quedamos en volver a comunicarnos. Ambos sabemos que esto no ocurrirá. Luego, por largo rato rememoré nuestros encuentros y casi volví a sentir el roce de su piel blanca y el calor de su cuerpo.

—¡Eso es bueno!

—Esa llamada fue como un beso y, te confieso, todavía la oigo pronunciar mi nombre, con esa voz suave, como hizo tantas veces. Guardaré ese sonido en mi memoria como el mejor recuerdo, para las pocas veces que quiera atisbar en el pasado un recuerdo que quizá pueda volver a ser. ¿Qué crees, Gonzalo?

—Ojalá así sea. Te veías distinto esos días, más distendido, de mejor humor. ¿Por qué no la llamas? No sabes lo que ella espera, todo eso que te dijo de brasas y qué se yo… Invítala a un viaje. Váyanse a algún lugar de Brasil o de México, algo tropical.

—Lo pensaré. —Hizo una pausa—. Lo pensaré, pero me suena mejor Roma —dijo mostrando una amplia sonrisa.

A mitad de la noche Carmen se despertó sobresaltada. A pesar de que parecía haber tomado todo con mucha calma, los recuerdos la atacaron durante el sueño y la mantuvieron desvelada por un largo y angustioso par de horas. Trató de soñar que volaba y que el mundo no podía tocarla, volvió a dormirse y a despertarse varias veces, viéndose frente a la imagen de una mujer acusadora y hostil que la recriminaba de forma continua, mientras un gentío detenía su andar para contemplarla. ¿Quién era esa mujer? ¿Por qué todos la miraban?

Alrededor de las cinco de la mañana se levantó, preparó un café con tostadas y manteca, buscó en la red información sobre reclamos de hijos y herencias. No pudo evitar recordar a su madre, miró algunas fotos de ella y buscó fotos de su abuelo, en particular las antiguas, aunque no encontró demasiadas. Cansada, se volvió a dormir alrededor de las ocho y se levantó casi a mediodía no muy despejada.

CAPÍTULO 2

¿Quién es esa mujer?

Terminaba de abrir el último postigo del quiosco, cuando vi detenerse frente a la casa de los Rolan una enorme Dodge azul cuatro por cuatro. Al bajar, Gonzalo me saludó con la mano y Ezequiel apenas inclinó la cabeza. Ingresaron a la casa con ese apuro proverbial de la gente de Montevideo.

Menudo lío se va a armar con ese asunto de la demanda. Gonzalo y la finada siempre fueron muy pacíficos, pero del otro, de su hermano, se habla mucho y se sabe muy poco.

¡Qué lástima por el Loco!, como le decimos cariñosamente. Recuerdo la oportunidad cuando le dije: «¿Cómo andas, che, loco?». Y luego comentó por ahí que yo lo había tratado de loco. Solía decirles a él y a sus amigos, a quienes trato con confianza: *che loco*. Aunque, claro, no lo culpo; en ese momento había comenzado a sensibilizarse por su enfermedad, ya había estado internado en tratamiento psiquiátrico dos o tres veces. En sus épocas normales, fue un tipo muy capaz e inteligente; siempre un poco vago y despistado, eso sí, pero buen tipo, estudioso. Un tiempo después empezó con cosas raras. La mirada perdida y el retraimiento creciente lo acompañan hasta el día de hoy.

Sobre el final de su vida don Raúl estuvo muy afectado por la esquizofrenia de su hijo; a él mismo las actitudes del muchacho se le habían tornado normales y hasta en ciertas ocasiones llegó a actuar como él. El viejo Raúl fue un zorro muy educado y ligero para los negocios. Hicieron una buena pareja con su hermano José. Eran una mezcla de españoles y franceses, de la primera ola de inmigrantes. Siempre se comentó de José que, en sus años jóvenes, tuvo tantas entradas en la comisaría que dejaron de registrarlas, pero luego cambió por completo. Don Raúl, en cambio, fue un hombre ameno, gran lector. Le gustaba intercambiar ideas, conversaba con todo el mundo: con el rico, con el pobre, con el intelectual y con el peón de campo. Muy buen docente, suelen decir sus exalumnos del liceo. Por años se comentaron algunas de sus anécdotas de clase, su forma de analizar los hechos, la vida, hasta en algunos casos sus pesares, su forma de reflexionar sobre la muerte y sobre Dios. Siempre se dijo agnóstico.

Don Raúl se acercaba a diario al quiosco, seguía siempre un número de lotería, ¡lo llevó por casi treinta años! Todos los días le dejaba *El País* y *El Día* hasta que cerró. Todavía les llevo todos los días *El País*, aunque muchas veces no hay nadie en la casa. Era como una rutina hojear el diario en el desayuno. Al faltar el padre, la hija continuó recibiéndolo, como tantas otras cosas, como si su padre siguiera vivo. No mucho tiempo después ella también partió. Pero comprar *El País* se ha trasmitido hasta su nieta.

Y la Emma no sé cómo se metió en este lío; debe de estar muy bien apadrinada para hacer esa demanda. Hace unos diez años se la veía siempre en la parrillada La Portera, donde paran los camioneros, a la entrada de la ruta. Después desapareció por un tiempo, volvió y hace unos años parece más tranquila, depende de a quién tenga a su lado, aunque mantiene las mismas amistades, y cuando necesita plata se da una caminata por la zona. De cualquier manera, es una pobre mujer y no va a salir bien de este lío.

—Hola, Pepe, ¿me das Nevada? —le solicitó un cliente que acababa de cruzar la plaza.

—Todavía sigues fumando… Eres de los pocos.

—Y de algo hay que morir…

—¿Viste quién llegó al pueblo?

—Sí, me llamó un amigo hace un rato para avisarme. Ahí viene el Vasco. Él los conoció bien a los Rolan.

—Le preguntaré por Don Raúl.

—Pos hombre, Raúl nació en un pueblo vecino el mío. Yo soy de Valcarlos, en los Pirineos. Al lado de la frontera con Francia. Si vas hacia el sur ¡Ah! Ahí está Roncesvalles. Digo, por si las moscas. También vengo a buscar unos pitillos.

—Pagaron y se fueron.

Lo recuerdo muy bien, solían realizarse grandes reuniones en lo de los Rolan. A fin de año, se llenaba la casa y se asaba el tradicional cordero. Finalizado el brindis, todos esperaban los pronósticos de Gonzalo para el año venidero. Eran una mezcla de premoniciones y adivinanzas. En realidad, conociendo la historia de cada uno de los presentes, así como sus expectativas, con un buen criterio de análisis, como el que tiene, no debe ser difícil armar un show, anunciando a cada uno su suerte para el año que comienza. Y nada más deseado por todos. En ocasiones, anunciaba cosas muy graciosas. Cuando la situación es buena, las noticias son agradables. Aunque Gonzalo también solía pronosticar situaciones no esperadas. Su nivel de acierto en todos los casos era muy alto.

Se comentó que Gonzalo estaba muy turbado durante la celebración del fin de año anterior a la muerte de su mujer, y no pudo hablar. Ese año no hubo pronósticos. Al año siguiente, las reuniones continuaron, pero los pronósticos cesaron. Los sustituyeron, a sugerencia de Carmen, por cuentos de ciencia ficción. Había que llevarlos redactados y leerlos en algún momento de la noche, aunque el que no había alcanzado a escribirlo podía simplemente contarlo. Podía ser algo novedoso o podía ser una variación de algún cuento conocido. Se divertían bastante con esto y el momento del relato lo elegía cada quien, no había que esperar la medianoche. En las cinco o seis horas que llevaba asar bien un cordero se podían contar muchas cosas y, así, se distraían de las situaciones rutinarias.

Volviendo al tema de Emma. Quizá sí es hija de don Raúl, no sería raro. Corrían épocas difíciles cuando nació, épocas de dictadura y de muertos. Emma va a tener como aliado al pueblo. Es un sitio muy localista; si no naciste en Yatay no perteneces, así hayas vivido por veinte años o más en él. Por ahí lleva ventaja la muchacha y sin duda alguien la va a apoyar. Hace unos meses estuvo reunida con abogados ligados a la familia, y al administrador, contratado hace tantos años por don José, y que desde joven trabajó también para don Raúl.

Los Rolan también jugaron fuerte al pedirle apoyo a Ezequiel; nunca le habían pedido nada, según sé. Este tipo, siempre demasiado ocupado, se ha decidido a dedicarles el tiempo requerido por situaciones como esta. Es extraño. Algo no muy bueno debe haber percibido Gonzalo.

No hay nadie en la calle. Hace demasiado calor, debería cerrar a la hora de la siesta.

Ya avanzada la mañana, al pasar por la sala Carmen vio el documento de la demanda. Permanecía sobre uno de los sillones desde el día anterior. Un poco inquieta terminó de leer las últimas palabras. Después volvió a su dormitorio, se cambió los pantalones por unos jeans gastados, tomó su libreta de notas y el celular, escribió unos datos del informe, se dirigió al fondo de la casa, abrió el portón y partió manejando con habilidad su pesado vehículo.

Recorrió casi hasta el final la calle 25 de Mayo. Se detuvo en el número 127, dobló la dirección y colocó las ruedas de frente contra el cordón, saltó del jeep y se dirigió a la puerta. Golpeó con el puño sin mucha energía. En la demanda, Emma había dado una dirección en la Ciudad de la Costa; sin embargo, su dirección en Yatay se encontraba escrita a lápiz al costado de la legal. Enseguida ladró el perro detrás de la puerta, no se escuchó otro sonido. A un costado de la casa, había un viejo muro de ladrillo sin revocar. Del terreno vecino, sobresalían sobre el muro las ramas de un árbol añoso y deforme. Observó los alrededores: se encontraba cerca del límite del pueblo. Detuvo la mirada en las banquinas de adoquines, ya con algunas hojas amarillas de los plátanos. Hacia el centro, la calle se convertía en una losa de hormigón antiguo muy gris y rajado, que presentaba una amplia pendiente hacia la oxidada vía de un ferrocarril, casi en desuso. Todas las casas eran muy similares; planas, de una planta, con paredes descascaradas. Todas tenían dos ventanas y una puerta de madera en el medio. Hace mucho tiempo supieron ser verdes o azules, pero hoy estaban descoloridas.

Pasaron varios segundos, la muchacha se sintió extraña y se preguntó qué estaba haciendo allí. ¿Habría sido otra de sus chifladuras? ¿Hacer lo primero que le viniera a la mente, ocurrírsele algo y salir sin razonar: la acción que supera al pensamiento? ¡Qué más daba!, volvería atrás y chau.

Decidió tomar unas fotos con el celular. Estaba en eso cuando oyó el ruido del cerrojo y una mujer joven abrió la puerta. Se veía que acababa de levantarse de la cama; se frotó los ojos y la miro sorprendida.

—¿Es usted Emma Fernández?

—Pase. Verá…, está todo muy desordenado… No se fije, encontraremos un lugar donde sentarnos.

Subió el alto escalón de la entrada y siguió a la mujer al interior de una pieza oscura, repleta de objetos, sillas, sillones, mesas, armarios y bolsas, casi no se podía caminar. Muchísima ropa suelta sobre las bolsas y cubriendo los sillones y sillas. Emma retiró un par de prendas de un raro sillón en razonable estado y se lo ofreció a Carmen. Ella se sentó en un pequeño taburete, al costado de la estufa a leña llena de cajas rotas y papeles arrugados. Carmen sintió una extraña sensación al sentarse en el sillón manchado; lo pensó lleno de insectos y se acomodó en el borde.

Miró a Emma más detenidamente. Intentó ver en ella un reflejo del rostro de su propia madre o de su abuelo. Ese, al final —lo entendía ahora—, había sido el motivo por el cual se había lanzado a esa inocente aventura: la curiosidad.

Emma era de un tipo similar al de su madre: altura regular, pelo lacio castaño, ojos claros color miel, piel blanca algo curtida por el sol, pequeñas vellosidades casi imperceptibles en sus brazos, nariz pequeña. Pero, a pesar de todo, se conmovió y concluyó: «Ella no se le parece en nada, mi madre tenía unos enormes ojos celestes, pelo ondulado, otra prestancia». Fue en ese momento su recuerdo más profundo. En definitiva, conocer su apariencia física no le aportó mucho. Sí se preguntó cómo alguien podía vivir en ese sitio. «Se puede vivir con pobreza pero dignamente», pensó.

Emma llevaba una vieja bata, con pocos botones. La terminaba de cerrar con su mano apretada a la altura del pecho.

Se hizo un breve silencio incómodo. A Carmen comenzó a hacérsele irrespirable el húmedo y mohoso ambiente.

—No tengo nada contra ustedes. Nunca supe quién fue mi padre; mi madre nunca me dijo nada, a pesar de habérselo preguntado con insistencia. Es absolutamente *real* —recalcó—: nunca me dijo nada, ni siquiera inventó un padre desaparecido, un padre que se fue, ni siquiera a alguien que solo pasó por el pueblo.

La muchacha escuchó sin decir nada.

—En realidad, nunca hablé mucho con ella. Hace unos meses una persona me hizo un largo cuento acerca de mi padre. Hablé con el abogado y él me aconsejó realizar la demanda. En eso estamos ahora ambas.

Se oyó un fuerte ruido proveniente de una de las habitaciones; alguien había tropezado con un objeto metálico, un balde o algo así. Crujió la única puerta interior y apareció semidesnudo un hombrote muy peludo.

—¡¿Y esta qué cuernos hace aquí?! —Y dirigiéndose a Carmen vociferó—: ¡Afuera! ¡Dale! ¡Antes que te golpee!

Carmen salió tan rápido como pudo, subió al jeep de un salto, dio vuelta en la mitad de la cuadra, subió y bajó la vereda para no demorar la maniobra. El vehículo saltó con violencia y se oyó el ruido de objetos que se golpeaban en su interior. Volvió por la misma calle que la había llevado. Ya a unas cuadras enlenteció la marcha. El corazón le palpitaba furiosamente, respiró profundo, se detuvo y miró hacia atrás. Había poca gente en la calle. Decidió dar una vuelta larga por Yatay, atravesó los dos puentes sobre el río. Sintió las caricias de la brisa y el sol otoñal de los que le permitía disfrutar el jeep sin capota. Estacionó con lentitud en la plaza, bajó, entró a un comercio, compró un helado y se sentó a saborearlo en el cordón de la vereda.

—¡Eh, Carmen!, ¿cómo estás? —escuchó la voz de su vieja amiga Laura, excompañera del colegio—. Te vi pasar en el jeep como alma que lleva el diablo, ¿estabas tratando de batir el récord del circuito de los puentes?

—Hola. ¿Te enteraste de la demanda?

—¿Quién no?… Es el comentario general, no hay otro tema; según dicen, la *prosti* esta hasta aumentó el número de clientes y también de mirones.

—Vamos a la plaza a sentarnos. ¿La conoces?

—No, ni de lejos, es una vieja. En el liceo nadie la recuerda, ni los profesores; de pronto hizo la escuela y el liceo no, o lo hizo en otro lugar.

—No, no es tan vieja… ¿Quién te habló de ella?

—Varios,… de tardecita hasta las mujeres pasean con el auto por la zona con la esperanza de verla y tener tema de conversación. Te voy a pasar por Whatsapp unas fotos. Me las mandó el Tom.

—¿Fotos comprometedoras?

—No, boba, fotos del Tom; la esperó en la puerta de la casa, se pasó toda una tarde atrás de un árbol hasta verla salir.

—Recién estuve hablando con ella.

—No me mientas. ¡¿Fuiste a su casa?! No te creo…

—Sí, si ya te diste cuenta… ¿Sabes con quién está? Con un gordo asqueroso.

—Debe ser el que se lleva la guita…, ¿sabes quién es?

—No.

—Le pido al Tom que me consiga con sus amigotes algún dato y más fotos.

—¿Tendrán un buen celular para las fotos?

—¿Qué, no sabes que estos tipos tienen celulares mucho mejores que el tuyo? Celulares y calzado deportivo es el look que los define. No sé cómo hacen, si los roban o se gastan todo lo que tienen para comprarlos. Te aseguro, en unos días tendrás fotos y datos de ella, de él y hasta de algún cliente. Ellos son de esos ambientes. Es posible que vivan por ahí mismo y el Tom seguro hará de nexo.

—Ok, espero. ¿Vamos a la playa esta tarde? ¿Te paso a buscar a eso de las cuatro?

—Sí. Y vemos si ya tengo alguna otra foto.

Llegaron en el jeep a la playa y estacionaron al lado de la zona de botes. Carmen sugirió alquilar uno, para remar un poco. Laura aceptó y propuso llamar a alguien más de la barra de amigos.

Un rato después, dos botes con cinco jóvenes cada uno salían corriente arriba. Uno de ellos cambió dos veces de remero en medio del griterío de sus compañeros, antes de seguir detrás del otro. Tomaron muchísimas fotos, del otro bote, de ellos mismos, de los otros a su vez tomando fotos, fotos de fotos. Remaron dos o tres quilómetros hasta la zona de piedras y luego volvieron dejándose llevar por la corriente. Pararon a mitad del camino de regreso hacia la playa en la punta del arenal. Es una amplia zona de arenas naturales que se depositan en una de las curvas del río. Es la zona donde hace unos años, los días de semana, concurrían los areneros con sus carros de caballo para acarrear arena para las barracas. En la curva el río es profundo y forma una especie de piscina natural. Unos metros aguas abajo, esta piscina termina en un barranco de tierra y monte, donde se ubican los pescadores.

Enseguida de bajar, marcaron dos arcos con ramas verdes y en las limpias y gruesas arenas se jugó al fútbol por un rato. Luego corrieron y se zambulleron en el río. «¡Cuidado con los calambres!», gritó uno de ellos. Estuvieron un buen rato en el agua, nadando y chapoteando. Aun sobre fin de temporada, el día era hermoso y el agua del río, no tan caliente como en verano, era más disfrutable ahora. Al salir, se dispersaron. Los varones se fueron a jugar al vóley. Las dos amigas y una compañera caminaron por la playa rumbo al camping y compraron tortas fritas, bajaron mate y termo y unas sillas plegables del jeep y se sentaron junto al agua.

—Tengo más fotos —dijo Laura—. No se escapó nadie de quedar plasmado, etiquetado y enviado a la nube.

El comercio hacía más de dos horas que estaba cerrado al público. El último trabajador se había retirado hacía largo rato. Gonzalo cerró los cajones de su escritorio y salió por la puerta lateral. Se sintió renovado, sintió el aire tibio, caminó unas diez cuadras disfrutando del tiempo y entró en el Sorocabana. El tradicional, el mítico café había sido el otro, el de Montevideo, ya cerrado hacía años, centro de tertulias y encuentros literarios. El del pueblo había tenido también su época de esplendor, ahora estaba casi siempre vacío. Se destacaban las mesas redondas, de mármol blanco; algunas de ellas tenían una pequeña chapa de bronce con los nombres de asiduos y famosos contertulios. Se sentó y leyó: «Orlando Aldama».

Don Raúl había sido un asiduo concurrente. Allí se reunían profesores, periodistas, profesionales, deportistas, empresarios. Todo tema era aceptado, desde comentarios de libros, de escritores, de fútbol, de política hasta temas banales, incluso chismes; se hablaba de la vida, por decirlo de forma simple y rápida.

Gonzalo saboreó el café, mientras la conversación iba tamizando temas y participantes. El ahora canoso pero aún atlético conocido exvolante de la selección uruguaya de fútbol y de varios cuadros argentinos y europeos le dice de pronto:

—Estás averiguando asuntos de la época de la dictadura. Ya casi nadie habla de esos tiempos; se le echa la culpa de todo mal, como si hubiera pasado la peste negra —dijo y soltó una risa fuerte y nerviosa.

Gonzalo intentó un gesto de duda y esperó una aclaración.

—Era una broma; la señorita que los persigue nació por esos tiempos.

—Entiendo. No recuerdo la fecha exacta, pero fue hace treinta años, por los ochenta. ¿La conoce alguno de ustedes?

—Todos —respondieron varios a la vez.

—Solo de vista —agregó otro levantando la voz.

—Pero poca cosa podemos contarte, salvo intimidades de la cama…—Volvió a intervenir el exjugador.

—Dale, vamos, te sales de la vaina por contar algo. —Lo animó el ingeniero—. Aunque, supongo, también tú puedes ser el padre, te has pasado una vida por esos lares.

—En absoluto, no estaba en el país en esa época. Estaba jugando afuera y casi no vine por aquí.

—Bueno, no te atajes. No es tan grave, no van contra tu patrimonio.

—Y si así fuera les corto las…, las que te dije.

—Bien, alguien tendrá algo en mente que pueda aclarar algún punto o al menos volver la conversación a sus debidos términos —volvió a intervenir el ingeniero—. Aclaremos. La vida en el pueblo en esa época no difirió en nada de la de otros momentos y menos aún del actual, salvo en lo que respecta a los cambios de la sociedad y de las personas, como pasa en todas partes.

—Mira, te diré algo. —Terció el abogado, también periodista del diario local—: Ahora se encuentra el jefe de la base aérea charlando con nosotros, como es usual y como lo era también en aquellos tiempos.

—Era buen tipo el jefe de ese momento, lo conocí bien. No tenía más relación con el gobierno de la época que la que yo pueda tener con el actual —dijo el coronel.

—El «gobierno cívico-militar», como le decían.

—Está bien —volvió a intervenir Gonzalo—, el modo particular de vida que lleva esta gente es el mismo, eso no ha cambiado y no creo que vaya a cambiar mucho nunca, cualquiera sea el tipo de gobierno.

—Disculpa, ¿te refieres a lo de la chica esta o a quienes están detrás, armando todo el embrollo?, que tampoco es su pareja actual… —dijo el coronel.

—Lo dicho para la chica aplica con perfección a esta gente abusadora —dijo Gonzalo y agregó—: Es bien sabido que todo lo que sucede pasa o pasó por estas mesas, incluso antes de ser de dominio público. Me basta con recordarles cómo nuestros abuelos sabían los nombres de todos los tupamaros antes de que los apresaran y, como era de esperarse, cuando lo hicieron no faltaba ni sobraba ninguno.

—Tal vez sospecharon de alguno más y no apareció.

—De acuerdo, pero ¿a quiénes sitúan ustedes entre los manejadores de este jueguito? —inquirió Gonzalo—. Lo sé, les hablo de arriesgar una opinión sobre gente cercana. Opinión no verificada ni confirmada y eventualmente falsa.

—Ah, yo en ese juego no participo —dijo el ingeniero—. ¿Por qué no volvemos a los ochenta y tratamos de ubicar a don Rolan y a sus conocidos de esa época? Es de recordar aquel momento cuando una persona de Yatay tuvo una discusión con él.

—Y a quien tiempo después mataron, sin conocerse hasta hoy al culpable —agregó el abogado—. Recordemos: lo mataron mucho tiempo después y la discusión en cuestión no daba ni para agarrarse a las piñas.

—No creas —respondió Gonzalo—. Los cuentos familiares dicen que fue a buscarlo —no recuerdo dónde, pero fue en un lugar público—, y cuando fue a sacar el revólver le salió con canana y todo; por eso los presentes pudieron intervenir, de forma que la cosa no pasara a mayores. Ni siquiera hubo intervención policial.

—¿Cómo es eso?, ¿salió el revólver con la canana?

—Sí. Era uno de esos revólveres pequeños, que tienen la canana con un soporte, en general metálico, que se coloca del lado interior del cinturón.

—Se trata del anecdotario local. Tantas cosas pudieron, pero no llegaron a ser —rio el ingeniero.

—Sin embargo, un tiempo después, con sinceridad no sé cuánto, el otro hombre apareció muerto. Asesinado, para ser más preciso. Nunca se dilucidó el tema, si se refieren al periodista —dijo el coronel.

Intervino de nuevo el ingeniero:

—No somos santos, pero el viejo Raúl tenía sus aventuras y no tenía una profesión que le permitiera inventar trabajos de emergencia, ni urgentes, por lo cual, o hacía sus salidas durante el día o se fingía enojado y se iba.

—Las reuniones del Sorocabana nunca terminaron ni terminan demasiado tarde, ¿verdad? —preguntó Gonzalo.

—Además no podía usar el chrysler; era el único en el pueblo, un auto americano enorme y de un color azul brillante, todos los accesorios niquelados y, ahí sí, lo identificaban desde lejos. Aún lo recuerdo —dijo el ingeniero.

—A decir verdad, de esta muchacha Emma no se sabe con certeza ni siquiera quién es la madre; hay una mujer que ahora dice serlo, pero antes nunca la trató como tal. Bueno, analicemos eso utilizando la lógica. Nadie recuerda a los niños chicos; las chicas solo comienzan a llamar la atención a partir de cierta edad, depende de cada una.

—El viejo Raúl —dicen— andaba con la madre de una amiga de Emma, Ángela María, muy bien conocida por todos los aquí presentes.

—No por todos. Querrás decir «por todos los de esa época» y en realidad, según escuché, no era con ella con quien salía, sino con una amiga, de la cual hoy día no se habla, pues hasta se podría decir que es una señora de sociedad.

—Bueno, si no conocen a la madre, seguro conocen a la hija —dijo el futbolista, riendo otra vez.

—Dejemos a don Raúl Rolan, que descanse en paz. No tuvo nada de particular, en estos temas, me refiero. Mantuvo, como todos, su matrimonio a prueba de balas. Su esposa era una excelente mujer.

—Ya en esa época los matrimonios habían empezado a durar menos, ahora hay más sinceridad en todo.

—Te voy a contradecir. Antes la sociedad era más sana, los hijos se criaban mejor, si había un error se corregía.

CAPÍTULO 3

Los socios argentinos

No muy temprano en la mañana, Ezequiel bajó de su dormitorio y fue a la cocina. Puso a calentar agua mineral en la caldera eléctrica. Mientras esperaba, tomó el mate, lo había lavado y puesto a secar la noche anterior, lo llenó con yerba hasta un poco más de la mitad, lo inclinó y golpeó apenas con la mano para formar una superficie plana inclinada, dejando un hueco, lo llenó con agua tibia y lo dejó hinchar. Luego colocó la bombilla en la zona húmeda. Llenó el termo con el agua caliente, tomó un par de galletas de campaña y se dirigió hacia el garaje, tomando el primer mate de la mañana.

Esa maldita costumbre mía de leer el correo electrónico apenas abro la computadora. Siempre hay un hijo de su madre que escribe un correo el viernes a última hora para tirarte con algún problema.

Sí, dormí a los saltos. Los *mails* iban y venían, las empresas explotaban, los bancos acreedores crecían como espuma. Ese detestable contador, ¡qué infeliz! «Vencer el mal con el bien», se dice…, ¡ojalá reviente! Pero ¡yo no cambio más! Computadora…, computadora… No te hubiera traído.

¿Por qué vengo al garaje? Si aquí solo está el auto de mi sobrina, yo estacioné en la calle. Solo falta que me hayan roto un vidrio para robarme algo. Cada vez hay más ladrones, ojalá algún día me tope con uno. La última vez, el cambio del vidrio me salió un disparate. La otra vez, no hace tanto, la puerta del auto estaba sin llave. Igual rompieron el vidrio y ¡para robarme únicamente un gorro! Hasta el gorro estoy yo. Ah, no, está todo bien. ¡Gorro de porquería!, nunca lo usé.

Lejos, queda lejos. Espero no equivocarme de ruta.

Es un divague. Ese *mail* de la otra noche... Con todo lo facturado, ¿cómo carajo va a haber pérdidas?

En seis horas más o menos estoy en Buenos Aires. ¿Y el tiempo?... No para de llover, ¡ni te digo cómo va a estar la Panamericana! Para peor, esa ciudad asquerosa se inunda. Bueno, qué importa, yo paso por cualquier calle inundada, a mí no hay quien me detenga. Este tramo de ruta vieja siempre me gustó. El cruce del puente viejo, las curvas, los árboles a cada lado. No está tan descuidada. Son unos pocos kilómetros.

Viajar me tranquiliza, pero me detendré un rato para estirar las piernas.

¡Oh, no! ¡Qué interminable cola en el puente internacional! ¿Por qué van tan despacio los trámites para cruzar la frontera? Si esto sigue así doy vuelta y vuelvo o, mejor, me quedo a pasar la noche en Fray Bentos. Pero ¿qué voy a hacer de noche? No debe de haber ni un quilombo decente.

Pasé. En Zárate encontré un restaurante donde comer algo a las brasas. Deliciosos estos chinchulines. Son pura grasa, bastante pan y ya está. Disfruto un tinto, aquí no puede ser otro que malbec. Esta noche duermo en este pueblo y mañana lunes, en cuanto llegue a Buenos Aires, ah, entro con camioneta y todo en la empresa de esos ladrones enfermizos.

La Mercosur S. A. se encontraba fuera del anillo que forma la avenida General Paz rodeando el Gran Buenos Aires, en el barrio de Ramos Mejía. La parte frontal consistía en un viejo caserón reciclado de tres pisos; allí se encontraba la oficina y salones para presentaciones y cursos. Todo realizado con mínima inversión, pero diseñado con exquisito gusto y con terminaciones muy prolijas, aparenta más de lo que en realidad es. En el fondo y lateral derecho había varios galpones modernos, donde se ensamblaban piezas de distinto tipo.

—Soy yo, Ezequiel —respondí a la voz en el portero eléctrico. Instantes después una de las chicas de la oficina apareció en la puerta. Me saludó distante. La seguí unos pocos metros hasta la sala de reuniones, donde dejé mi mochila y un pequeño portafolio.

Miré los recortes de diarios y revistas dispuestos en una pizarra de corcho, con comentarios sobre la empresa y sus premios, por innovación y por su labor en responsabilidad social empresarial. Lo de siempre, nada nuevo.

Casi enseguida bajó el contador con su *notebook* y con voz afinada y monótona comenzó a recitar el balance, traduciendo esos jeroglíficos con que suelen disfrazarse las cosas más sencillas. Lo dejé finalizar y le señalé que solo me interesaban los datos, documentos y balance por separado del negocio de Brasil. De ese negocio sí quería *todo*. Como era de esperar, el contador no los tenía a mano. ¡El muy bicho!

—Deberías haberme avisado con tiempo. Debo procesarlos, podré recién tenerlos para la tarde.

—De acuerdo, vuelvo en la tarde —respondí con sequedad. Considero al contador una buena persona, pero un tonto servil de mis socios. Incapaz de levantar la voz, incapaz de emitir un pensamiento propio.

Subí al primer piso y saludé al gerente general. Sabía que hablar con él era inútil, lo hice solo para molestar, aunque al final yo terminara ofuscado. Se ofreció a satisfacer cualquier consulta que tuviera. Como siempre, me molestó su permanente sonrisa inexpresiva. Este mataría a su madre sin modificar esa mueca.

Pensándolo bien, hoy no veo nada bueno en nadie. «Debo controlar cómo digo y hago las cosas», me dije. En cuestión de negocios, yo también modifico mi forma de comportarme y me convierto en consumado actor.

Como mis socios demorarían en llegar, aproveché para visitar a unos amigos. Volví sobre las cuatro de la tarde. Esta vez me atendió Amalia; mi pícara socia estaba con el contador. Toda la documentación estaba pronta. Disculpó la ausencia de su marido. Recibí la información solicitada para enviarla a mi estudio contable, aunque fue solo una forma de empezar a hablar, sabía de sobra lo que decía. Durante un momento en que salió el contador, miré a una Amalia sonriente y le hice una guiñada. Era una mujer bastante más joven que su marido, muy seria y profesional, pequeña, algo gordita, morocha y teñida con un tono marrón grisáceo que la envejecía un poco. Era muy eficiente; en realidad era quien manejaba los dineros de la empresa.

A las cinco de la tarde, el personal de administración comenzó a retirarse; el de la fábrica se había retirado a las tres. Alrededor de las seis, el contador se excusó y se retiró.

—Amalia, ¿tienes alguna bebida razonable? —dije.

—Buscaré algo —respondió—; pero, de seguro, recurrirás al tradicional stock de tu camioneta.

—Entonces consigue un par de vasos con hielo.

—Un solo vaso con hielo, yo arrancaré con un vinito. He preparado algunas cosillas también.

Alrededor de las cuatro de la madrugada, la acompañé hasta su casa. Descendió de la camioneta dos cuadras antes de llegar y continuó el camino casi trotando. La observé hasta que abrió la puerta.

Ya en el hotel activé la alarma del celular y me dispuse a dormir las escasas dos horas de que disponía. Me tendí en la cama boca abajo. Recién ahí sentí mis rodillas. Me dolían tremendamente. Pensé que iba a necesitar horas de sueño, pero, para mi sorpresa, me desperté antes de que sonara la alarma con mucha energía y muy despejado.

A las nueve llegué a la empresa. Esta vez, Ricardo me esperaba. Enseguida llegó Amalia con unos bizcochos aun calientes. Me sentí mal, un poco ridículo o demasiado frío. Ricardo comenzó, como era su costumbre, postergando los temas a tratar y narró con detalle su último viaje turístico. Como siempre, lo había realizado con Amalia, esta vez a la India.

—Claro, nunca hay un viaje exclusivamente turístico; siempre intercalamos alguna reunión de negocios.

También él solía hablar casi sin modificar la expresión de su rostro; siempre hablaba como si todo estuviera perfecto.

—Estos de la India tienen una cosa especial, nosotros no la comprendemos. —Bajó la voz—: Creen en la reencarnación.

Escuché apenas sus comentarios.

—Cariño —dijo Amalia—, ¡cómo se aprende en los viajes!, si bien yo prefiero sobre todo la gastronomía. No toman casi vino estos indios. No estarías mucho tiempo por ahí, socio.

—Ya saben, siempre llevo mi provisión de todo; además, si de vino se trata —como saben—, yo preparo el mío propio y es muy bueno. Pero en los viajes prefiero el whisky —dije pensando en la noche anterior. Me alteró algo ver la botella vacía en un rincón de la sala.

Ricardo volvió a pasarle la palabra a su esposa:

—Resúmenos el estado de situación del último año lo más claro posible.

—Bueno, como hablamos ayer… —ella titubeó y se turbó de forma visible. La comprendí—. Las cosas no anduvieron bien en este último negocio de Brasil, que por lejos fue el que requirió mayor inversión el año pasado.

—La situación se ha vuelto inquietante. No comparto nada de lo actuado, he invertido mucho en este negocio y pienso que cuando comienzan ese tipo de situaciones los resultados son imprevisibles. No es momento, además, de pedir un préstamo. Al contrario, yo estaba esperando los dividendos para hacer unos pagos. —Ningún comentario, solo me miraban sorprendidos. Continué—: Especificaciones mal realizadas en la compra de algunos productos motivaron una cotización errónea y la adquisición de mercaderías que debieron sustituirse por otras de mayor valor en forma adicional a las ya adquiridas, o sea, con un costo bastante mayor al doble de lo previsto. Por otra parte, los dividendos previstos en los balances son menores que los correspondientes a la previsión inicial al realizar la oferta; esto no tiene sentido. Ni hablar de los mayores costos asociados y multas por incumplimiento de los plazos. Alguien va a responder por esto.

—Ezequiel, tu experiencia te dirá que cosas como estas suceden ocasionalmente. No es para ponerte nervioso.

—Ricardo, tú puedes estar nervioso. Yo soy una persona que actúa y, cuando algo como esto sucede, siempre corto cabezas; a veces, esta expresión es *literal*. ¿Qué medidas tienen pensadas?

—Como sabes, estamos mejorando aún más todos los procedimientos de la empresa; hemos llevado a un punto óptimo los de ventas y de capacitación. Tú lo sabes bien, somos muy eficientes en esos aspectos. Tenemos mucha experiencia en participar con el cliente en la especificación de sus necesidades…

—Estás describiendo deseos —interrumpí—. Pidamos al gerente general un informe de la situación por escrito, no económica, sino técnica y de procedimientos del negocio de Brasil.

—Sí así lo quieres, está bien —dijo Ricardo.

—Ricardo, te pregunto, ¿estás de acuerdo o no con el muy breve resumen que he hecho de todos los errores cometidos?

—En términos generales, coincido. No comparto que sean errores.

—Bien, ¿cómo los llamas?, ¿qué otro término utilizas en lugar de *errores*? Como habrás entendido, *a priori* no comparto tú opinión. Hubo muchos errores y puede ser todavía peor: pueden derivar en uno mayor. No tengo dudas, un buen informe analizando cada uno de los casos con el suficiente detalle servirá para definir esta cuestión. No quiero un informe flaco, para llenar la fórmula y nada más. Una vez que lo leamos en forma individual, cada uno deberá tener una posición respecto a las acciones a tomar, sea de procedimientos, sea de despidos. Lo que sea necesario.

—No tiene por qué haber despidos.

—Ricardo, sin el informe detallado y completo, no podemos hacer nada. Voy a reunirme con el cliente en Porto Alegre para saber su opinión.

—¿Lo crees necesario? —intervino Amalia.

—Totalmente; sin embargo, este es un punto, hay que analizar el total, la sanidad contable de la empresa entera.

—Ahí no veo un gran problema; el resultado de la operación, si bien no dio los dividendos que esperábamos, estuvo lejos de dar pérdidas y la empresa en su totalidad, menos aún —aclaró Amalia.

—No me refiero a ese punto, me refiero al personal en seguro de paro, a la caída de las ventas. ¡Tantas cosas sin resolver!

—Como todos los años, estamos ajustando el plan anual para discutirlo el mes próximo, en lo cual tú también estás participando.

No dije más, me levanté saludé con algo de brusquedad y me retiré.

Me desperté bastante tarde de la siesta, ya estaba oscureciendo. Muy agobiado dejé el hotel, crucé la avenida y subí por San Martín rumbo a Florida. La enorme cantidad de gente que circula, sobre todo en horas del mediodía, había mermado. Sin embargo, todavía había un grupo grande de personas frente a un quiosco o mirando un espectáculo callejero. La basura frente a cada comercio y en cada esquina era impresionante.

Me sentía todavía un poco adormilado y decidí tomar un té. Era tarde para merendar, los comercios estaban preparándose para la cena. Me acerqué al mostrador de una confitería, donde ya habían comenzado a limpiar entre las mesas. Pedí un whisky sin hielo, lo bebí de un trago y salí de nuevo a la calle. Caminé sin rumbo. Pensé en ir a un teatro de revista, pero no había ningún espectáculo que me llamase la atención. Di vueltas y vueltas. No tenía idea de cuánto tiempo había caminado ni por dónde.

De pronto, una moto grande que circulaba por la peatonal estuvo a punto de atropellarme. Di, de forma automática, un paso atrás y eso me salvó del golpe. Al inclinarme contra la pared, un muchacho corpulento tiró de mi pequeño portafolio para arrebatármelo. Solo recuerdo que me aferré del brazo del tipo y en ese momento recibí un fuerte puñetazo en la nariz. No me dolió, ni me conmocionó, solo sentí enseguida correr la sangre por mi boca. Como en el ring, avancé sobre mi oponente, golpeando a dos manos con furia, sin mirar dónde pegaba, hasta lograr derribarlo. Durante la lucha el portafolio cayó al piso. Fueron segundos. Al incorporarse, mi oponente me tiró una cortada con una navaja, la hoja pasó a milímetros de mi rostro. El individuo se dio vuelta y corrió velozmente hacia el sur.

Quedé muy confundido y algo mareado. Observé mi pecho todo manchado de la sangre que me salía de la nariz y la boca. Del portafolio, ni rastros… Con el pañuelo hice un torniquete para mi fosa nasal izquierda. Entré en una galería poco concurrida y utilicé una vidriera oscura como espejo, me limpié como pude, me acomodé la ropa y me cubrí con el saco.

Me acerqué a Lavalle y caminé hacia un restaurante, el lugar de siempre. Recordé que el baño se encontraba al fondo, en otro nivel, había que atravesar un salón bastante angosto y largo. Entré caminando seguro y lo recorrí sin llamar la atención, me lavé bien la cara, vi el lado izquierdo del labio inferior partido y apreté contra él algunas hojas de papel. Me quité el saco y lavé las zonas manchadas. El chaleco era una pasta marrón. Me lo quité y lo arrojé en un depósito de basura. Volví a atravesar el salón, elegí una mesa pequeña contra la pared, del lado de la calle y me senté.

Mientras esperaba me palpé varias veces la nariz, me dolía un poco, intenté verificar si continuaba sangrando. Pedí un whisky con hielo. En ocasiones llevé el vaso frío sobre mis labios también inflamados. Bebía el último sorbo y estaba a punto de repetir cuando el celular sonó por segunda vez. Miré la pantalla: «Carmen».

—Hola, tío, ¿cómo estás? Papi estaba preocupado por ti, dijo que no te vio bien al salir y no tenía buenos presentimientos.

—Pero, por favor, muchacha, estoy de maravilla, sentado en el restaurante esperando mi plato favorito: bife de chorizo con salsa de champiñones y papas *noisette*, acompañado de una cervecita.

—¿Será Quilmes, por casualidad?

—Esa misma. ¿Tú cómo te encuentras? Te noté algo preocupada el otro día.

—Tío, ¿sabes que la lápida del nicho del abuelo Rolan se cayó y se hizo añicos?

—¿Cómo sucedió eso? Es una tumba vieja y no ha tenido problemas. ¿Habrán robado hasta los pernos…?

—No, tío; nos avisó la señora que cuida, no faltaba nada. Estaban todos los crucifijos, las letras de relieve; nada de valor ha desaparecido, mejor dicho, nada ha desaparecido.

—¿No se llevaron nada?

—Tío, ¿no habrán querido llevarse el cuerpo?, digo, por si se necesita realizar un ADN.

—No seas imaginativa, no tiene sentido. La comparación de ADN se puede hacer con los familiares y, en este caso, bien lo sabes, no es necesaria, por cómo presentan la demanda.

—Te entiendo, pero, si no es robo, ¿no será una señal? Algo nos quiere decir el abuelo.

—Querida niña, estás viendo muchas películas de zombis y todo eso; por favor, usa el sentido común.

—Pero no me dirás que no ha habido experiencias de señales sin explicar. ¿Por qué no podemos creer?, nos puede estar tratando de advertir acerca de algo peligroso y fuera del alcance de nuestras posibilidades de interpretación. Algo así como le sucede a papá con sus visiones; después, cuando suceden los hechos, se puede comprender su significado real, y esto solo en parte.

—Bueno, si tú o Gonzalo ven alguna señal en esto, dímelo. Sí creo que es extraño, pero no la caída de la tapa en sí, sino el momento en el cual cae. ¿Dónde estás?

—En Montevideo.

—Le pedimos a Graciela, ¿no te importa? Ella va y hace colocar una lápida nueva y se fija si hay algo raro.

—Me parece bien, pero yo la acompañaré.

—Como quieras, Carmen. Pero cambia todo lo de bronce por acrílico y plástico, hasta los crucifijos, y coloquen pernos de acero galvanizado en lugar de bronce y verás que no se cae más.

—Bueno, le diré a Graciela, pero por ahora quisiera hacer colocar las mismas cosas; algunas las puso el abuelo y otras, mami.

—De acuerdo, fue un pequeño accidente, pero, por las dudas que el viejo se quiera salir de nuevo, pide a los instaladores una doble tapa.

—No bromees con estas cosas, tío. Estoy segura: es el abuelo que nos quiere decir algo.

—Sí, te está diciendo que no te preocupes ni te pongas nerviosa. ¿No está contigo Gonzalo?

—No, está en el Yatay. Hablé con él y me dijo que de seguro el viejo volvía borracho, se olvidó de la llave y se le cayó la lápida al cerrar. ¿Por qué ustedes toman todo esto en broma? A mí no me lo parece…

—Siempre recuerda los dichos populares: no hay que tenerle miedo a los muertos, sino a los vivos. Es obvio que alguien trataba de robar algo y cuando cayó la lápida huyó.

—Sí, es lo más lógico. Recuerdas quiénes estuvimos en el entierro, por ejemplo.

—Sí, claro, nosotros tres, dos amigas de tu madre, Jeremías y nadie más, ¿por qué?

—Bueno, tío, está bien, yo tampoco recuerdo a nadie más. ¿Cómo estás pasando en Buenos Aires?

—¡Oh, de maravilla!, como te decía. Ahora mismo está llegando el mozo. Un beso y descansa. Chau.

—Chau.

Al día siguiente, Carmen y Graciela miraban el nicho abierto. Estaba alto, alrededor de tres metros desde el piso. Se veía sobresalir el extremo de un cajón que conservaba su barniz intacto, como si hubiera sido colocado hacía un rato.

Ningún otro nicho en las cercanías había sufrido daño, todos mantenían sus ornamentos de bronce intactos. La mayoría estaban lustrados por personas de la zona que brindan esos servicios. No había flores marchitas.

Graciela trajo una alta escalera rodante. La acercó al nicho, de modo que su plataforma quedó a nivel. Preguntó a su compañera si quería subir. Sin dudarlo, subió de un salto y miró hacia el interior. Vio los féretros sobre sus soportes y le llamó poderosamente la atención el grosor de las telarañas: casi como guirnaldas tétricas colgaban desde los costados hacia la parte superior del cajón. Al bajar, le dijo a Graciela:

—Ves las telarañas como se ven en las películas. Creía que era una invención de los decoradores, pero son reales. Dan miedo, aunque aquí están para confirmarnos que no se ha tocado nada nada adentro. Hasta las arañas murieron hace años.

Mientras esperaban, caminaron en silencio por el cementerio, sin alejarse mucho de la zona del nicho. El extenso entorno verde y el camino que pasaba sobre una cañada formaban un paisaje agradable.

En la mente de Carmen surgió una imagen cuando recordó el comentario jocoso que la noche anterior le hiciera su padre. Vio a su abuelo Raúl hacía treinta años llegar borracho a su casa, luego de una noche de juerga. No muy tarde, por lo que su madre, aún niña y su abuela permanecían despiertas. Sintió el terror de su madre, pobre niña, que desde su cama escuchaba la discusión y el maltrato oculto, el que nunca llegó a conocer con certeza. Lo volvió a imaginar, antes de ese momento, con un vaso de vino barato y una multitud de mujeres semidesnudas y niñas dormidas. Lo imaginó dando un portazo cuando se iba de la casa, apenas caída la noche, dejando a su esposa e hija desoladas. Luego vio a un vetusto anciano, sin ropa, esquelético, que la miró con temor antes de dar un salto y subir al nicho.

Un escalofrío la recorrió y le dijo a Graciela:

—Será como siempre. Mi padre, a pesar de decir las cosas en broma y sin comprender del todo su significado, siempre tiene razón en todo.

Calló un rato y continuó el monólogo. Graciela no comprendía y callaba.

—Sí sé lo que está haciendo, lo que está queriendo decir: pide perdón por lo que hizo. Es eso, está pidiendo perdón. ¡Y no se lo pide a Emma, sino a mí! Eso solo me dice que no es su padre, que Emma no es su hija. ¡Me está diciendo que no es verdad que haya tenido una hija!

Poco rato después, llegó el personal del cementerio a colocar la tapa. La subieron en un elevador y la colocaron con bastante esfuerzo. Las chicas miraron ahora el nicho cerrado sin hablar. En un local de aspecto lúgubre, situado a casi trecientos metros del nicho, dejaron los ornamentos que había recogido la cuidadora y les había entregado cuando llegaron, todo lo perteneciente a la lápida rota que se debía colocar en la nueva. Carmen pagó y se fueron en silencio.

Una semana después, la lápida se volvió a caer. Esta vez Carmen hizo sustituir los ornamentos de bronce por ornamentos de plástico, como había sugerido Ezequiel. No faltaba nada, pero ella volvió a sentir algo. ¿Qué le querían decir su abuelo o su madre? No había comprendido del todo el mensaje. Hablaría con su padre de forma más contundente. Pensó que podía consultar a alguien con experiencia en estos temas, pero desechó la idea. Llamó a Graciela para distraerse un rato y hablando acerca de su padre ella le dijo:

—¿Sabes su última premonición?: sintió que el Loco se iba a vivir con Rivas y su hija. Todo es tan extraño… Me lo acaba de contar Ezequiel hace poco rato.

CAPÍTULO 4

Emma y la calle

A la mañana siguiente subí al piso veinticuatro del Sheraton a desayunar. Me senté de forma maquinal en una mesa contra la pared de vidrio. Si de mis ojos surgiera fuego, todos ahí estarían muertos. Y los que no estaban ahí también, es decir, la empresa toda.

Estaba obnubilado, pero el café de la mañana me fue volviendo a la realidad. Me encontraba ante una excepcional vista de la plaza, pero no la veía. Una multitud de personas se movía con rapidez en dirección a la zona de estacionamiento de ómnibus o hacia la estación de ferrocarril. Visto desde esa altura, bien podría decirse que las personas se movían como hormigas.

Un rato después observé el reloj de la torre en el centro de la plaza. Regalo de los ingleses a principios del siglo pasado, fue vandalizado durante la guerra de las Malvinas, en el año ochenta y dos, pero ya fue reparado. Épocas muy cercanas al nacimiento de Emma. ¿Cuántos años tendría ella en ese momento? Uno o, como mucho, dos.

De pronto me vinieron a la mente las dos grandes manifestaciones en Plaza de Mayo, con una semana de diferencia; una en contra y otra a favor del dictador argentino, cuando intentó tomar las islas. ¡Qué cosas sin sentido! Lo peor es que continuamos con esos hechos absurdos. No somos más que ganado que no sabe dónde lo llevan. En mi país, sucede lo mismo.

Llamé a mi estudio contable en Montevideo. Les solicité que me recomendaran un buen estudio independiente para realizar una auditoría aquí, en Buenos Aires. Me atendió la contadora. ¡Qué absurdo! ¿Es necesaria la auditoría?, me preguntó. Y argumentó que el contador de la empresa argentina era muy eficiente y confiable. ¿Quién le pidió la opinión? Escribí en la agenda: «Analizar la eficacia de la empresa contable contratada en Montevideo, ver de sustituir a la brevedad».

Como alternativa, busqué en la red una empresa pequeña que se ocupase de estos temas. Llamé, quedé satisfecho con lo hablado y decidí solicitar por *mail* un presupuesto.

Llamé a mis socios. No habían llegado todavía y entonces le dije al contador que preparara los balances, porque había contratado una auditoría externa. El imbécil me preguntó quién iba a pagar ese gasto no previsto.

—Tal vez lo hagamos con el dinero de tu despido —le respondí, un poco en broma y un poco en serio, y agregué—: Envíame los datos completos y cómo localizar a todas las personas que dejaron la empresa el año pasado y en lo que va de este.

El contador no se atrevió a hacer ningún comentario. Al poco rato apareció un *mail* informando de tres personas, dos hombres y una mujer.

Juan Goncálvez: especialista en marketing. Seis meses en la empresa; motivo del cese: renuncia por cambio de trabajo.

Cristina Pérez: jefa de ventas. Seis años en la empresa; motivo del cese: renuncia, motivos personales.

Eleonora García: administrativa. Dos años en la empresa; motivo del cese: contrato temporal, no fueron requeridos más sus servicios.

Figuraban las direcciones, correos electrónicos, teléfonos y fotos de los tres exempleados, así como otros datos personales. Llamé a los tres por teléfono. A Pérez la encontré una persona rencorosa, muy parca y poco conforme con todo, de modo que finalicé ahí mismo la conversación. Concerté una cita con Goncálvez para almorzar juntos al día siguiente y con García para reunirnos en una conocida confitería del centro.

Goncálvez había trabajado poco tiempo en la empresa, pero lo reconocí de inmediato al ver la foto, aunque al principio no lo había vinculado con el nombre. Nos reuniríamos en el restaurante donde él almorzaba a diario, sobre la calle Corrientes, al sur de la 9 de Julio.

Me detuve algunos minutos en una galería muy concurrida de la zona. Lo vi pasar caminado distraídamente, parecía desesperanzado. Lo seguí unos metros por la calle, vi cuando entraba en el restaurante y esperé a que eligiera mesa. Tenía un traje marrón, camisa gris y corbata estampada. Se había mostrado ausente durante el recorrido y continuó así mientras esperábamos al mozo. Tomamos el menú del día: pescado con puré de boniatos, flan y vaso de vino o agua.

Lo recordaba como un joven capaz, había tenido una etapa de preparación en la empresa, todos allí estuvieron muy conformes con su desempeño. Luego, cuando le surgió una oportunidad mejor, sin pensarlo mucho cambió de trabajo. Por supuesto, esto no fue bien visto y, además, se consideró como una pérdida importante, debido a lo invertido en dinero y tiempo para su formación.

—Ahora la situación es más compleja. Cuando cambié había mucho trabajo —dijo Goncálvez —. En aquel momento, sobraban las ofertas. Ahora, en tan poco tiempo, la situación ha cambiado mucho, ya no es fácil conseguir un buen empleo. Donde estoy ahora, si bien es una multinacional, ha habido varios despidos en los últimos dos meses. No estoy seguro de mi estabilidad laboral. Pero es seguro que no hubiera sido mejor si hubiera permanecido con ustedes. Eso supongo.

Hablamos luego de los problemas actuales, del problema de la moneda, de las dificultades particulares para obtener dólares y de su valor en el cambio paralelo. En definitiva, una política restrictiva para todo tipo de negocio que dependiera del valor del dólar.

—¿Qué opinas? ¿Cuán difícil es obtener giros en dólares desde el exterior?

—Recibirlos, se reciben, pero los recibes en pesos argentinos, no en dólares. Y más difícil es enviar giros al exterior.

—Esto es bastante difícil de comprender; digo, el porqué de las medidas tomadas. Y no es la primera vez, ¿no?, ha sucedido varias veces en los últimos tiempos.

—¿A qué se debe que quisiera hablar conmigo? —dijo de pronto.

Pensé antes de responder.

—Estamos todo el tiempo analizando potenciales candidatos para trabajar en la empresa, en especial personas capacitadas por nosotros que nos han dejado. En ese sentido, tú podías haber sido una opción. Pero tu trabajo parece bastante seguro y tenemos una norma en la empresa: no tomamos personal de otra empresa que tiene trabajo seguro. Piensa esto, si las cosas no funcionan y por algún motivo debemos despedir al empleado, estaríamos dejando en la calle a una persona ocupada. Eso afectaría nuestra capacidad de decisión y no lo permitimos.

Cada uno pagó su consumición y nos despedimos de forma educada pero fría.

Era una hermosa tarde soleada, templada. Estaba de buen humor. Escogí una mesa afuera del local, sobre la vereda, junto a un jardín de macetas. Por la ancha avenida de una mano circulaban un mundo de automóviles. Pedí automáticamente un cortado, pero en el acto me corregí, pues allí no me entenderían y dije: «Un café negro, fuerte, con un chorrito de leche».

Reconocí a Eleonora al verla venir; salvo que algo raro ocurriera durante la reunión, ya había decidido contratarla. Bonita y fresca, llegó puntual caminando rápido. Le hice una seña. Se dirigió a donde estaba y, sin disimular su interés, casi sin saludar, me preguntó con vehemencia:

—Hola, ¿puede ser que me vuelvan a contratar? Sabe, desde entonces estoy sin trabajo. Está bastante difícil para personas sin experiencia, como yo. Por fortuna, vivo con mis padres todavía. Usted es el socio de Uruguay. ¿Por qué me cita aquí y no en la empresa?

Había hablado tan rápido que debí adivinar parte de su discurso. Su nerviosismo no le había permitido pensar demasiado lo que decía.

—Hola, Eleonora, ¿cómo está? Mire, en este momento me es más cómodo quedarme en el microcentro y mantener reuniones por la zona donde me hospedo; mientras, paseo por esta magnífica ciudad. La mayoría de las reuniones las tengo en el hotel, eso hago también en otras ciudades. Hoy tenía deseos de caminar y me gusta este sitio, vengo con cierta frecuencia. ¿Qué ha hecho durante este tiempo?

—Nada, terminé los estudios de secretariado y administración de empresas.

—¿Con quién se relacionó en la empresa durante su trabajo?

—Con las otras secretarias, con los presupuestadores, algo con el gerente, casi nada con la parte de contabilidad…

—¿Cuál fue su relación con la última exportación a Brasil? Ese negocio se desarrolló durante casi dos años y en esa época usted estuvo en la empresa.

Llegó el mozo y ella pidió un té.

—Bueno, no trabajé en ese negocio en particular. Trabajé en otros cercanos; contraté fletes, nacionales e internacionales, y estuve con los viáticos de los técnicos cuando fueron a presenciar los ensayos.

—¿Cómo se relacionó con las empresas de fletes?

—Washington, el gerente general, me lo sugirió; además, su esposa, creo, es dueña de una de esas empresas. No recuerdo el nombre, pero en la oficina están todos los datos. ¿En qué hotel se hospeda?

—En el Sheraton de Retiro. Mire, Eleonora, usted puede volver a trabajar en la empresa, pero deberá trabajar especialmente conmigo, y me tendrá que hacer algunos favores.

—¿A usted?

—Sí.

—Bueno, en fin, no me va a costar mucho —dijo Eleonora, acercándoseme un poco.

—No es ese el tipo de favores. —Me llevó largo rato explicarle con detalle lo que debería realizar—. Tendrá un salario especial por hacerme llegar la información necesaria sobre el personal y algunos negocios en particular. Se sobrentiende, será muy discreta con esa información. Ningún otro empleado puede conocer esta relación y ni siquiera debe comentarla en su casa. Hable del trabajo, pero de esto nada, no existe.

Ahora estaba más serena. Le alcancé una libreta y le dicté con precisión sus obligaciones y los resultados que esperaba.

—Abra una casilla de *mail* con este nombre y se comunica conmigo en esta dirección; solo recibiré en ella sus correos. Cuando necesite hablar conmigo, solo timbre a mi teléfono y yo la llamaré cuando pueda. Forme un grupo de amigos lo más grande posible, registre todo comentario relacionado, por poca cosa que le parezca. Si observa alguna actitud extraña o comprometedora, grabe o filme con el celular. Practique lo de grabar como algo natural y que nadie se dé cuenta de ello. Le voy a dar un adelanto para empezar; luego ya cobrará su sueldo como es usual. —Le entregué quinientos dólares.

—¡Dólares!, ustedes los uruguayos no tienen problemas —dijo. Me dio un beso en la mejilla y se alejó eufórica.

Desde allí llamé al contador y le informé que Eleonora iba a retomar su trabajo en la empresa a partir del día siguiente. Solo dijo: «La incluiré en la planilla».

Cuando Ezequiel respondió la llamada al celular escuchó la voz de su sobrina.

—Hola, tío lindo, ¿te cuento cómo nos fue en la audiencia de conciliación?

—¡Ay, me olvidé! Seguro fue algo inútil. Cuéntame, Carmen, de forma resumida, solo los acontecimientos principales.

—Al día siguiente de tu partida nos reunimos con tu amigo Néstor Saravia. Te confieso que no lo vi muy seguro, pero como en este momento no había nada en juego y solo fuimos a escuchar, como nos dijiste en su momento… Cuando te fuiste, traté de traer a mi memoria imágenes de un pasado no tan lejano para otros, pero sí para mí. Busqué fotos del abuelo; fueron difíciles de encontrar, aparte de unas instantáneas que encontré en un cajón de la antigua máquina de coser, esa reliquia. Hay de todo en esos pequeños cajones.

—Sí.

—Hace varios años los retratos estaban por todas las paredes de la casa, pero mi madre los hizo retirar enseguida que falleció el abuelo. Las que aparecieron no me mostraron nada nuevo. Tenía en todas un rostro ceñudo, tenso. Usaba ropa inadecuada, mal combinada, un poco desprolija. En casi todas, el botón superior prendido le arrugaba el saco; el pantalón desaliñado no correspondía al tipo de vestimenta que supuse debía usar; la corbata, mal anudada. Don Raúl no miraba de frente a la cámara. Eran instantáneas, pero no mostraban una buena imagen del abuelo.

—Era una persona muy práctica, se hacía los pantalones y camisas a la medida, pero, según su comodidad, eran pantalones anchos. Compraba un lote de gabardina y se hacía confeccionar cinco o seis iguales. Quienes lo veían pensaban que andaba siempre con el mismo pantalón. Camisas siempre de manga larga, invierno y verano, con dos bolsillos.

—La verdad, tenía otro recuerdo de él. Aunque había una fotografía de estudio de toda la familia, tomada cuando mi madre era niña aún; el abuelo aparecía muy gordo ahí. Estaba tomada en la casa, frente a la estufa, y coloreada. El color de las piedras de la estufa era incorrecto. También encontramos otra, de esas tomadas en casas de fotografía de la época, decía

1938, en la que aparece el rostro de una mujer muy bonita y hay también un decorado típico. La foto yo la había visto en un estante, la recuerdo bien. También recuerdo a mi madre diciéndome: «Esta es una Rolan auténtica». No supe nunca de quién se trataba.

—¿Y la audiencia?

—La audiencia fue en el Juzgado de Paz, en la antigua casa del gerente de lo que fue el Banco Transatlántico. No sé por qué lo recordé, mi madre, en uno de sus muchos cuentos de niña, me había hablado sobre esta casa, donde iba a jugar con la hija del gerente, creo, que era una niña de su misma edad. No reconocí el lugar de los cuentos de mi madre, estaría todo muy cambiado, los distintos tabiques divisorios, los estantes con libros se agrupaban alrededor de una estufa a leña mal ubicada y lo hacían irreconocible como banco o casa de familia. Las tres banderas patrias y el retrato de Artigas frente a la puerta de la Ciudadela, le daban solemnidad a la sala. Fui con papá y llegamos temprano, poco rato después llegó Néstor. La audiencia fue muy rápida. La jueza dijo: «Este acto no requiere audiencia conciliatoria». El abogado de la demandante argumentó sobre el procedimiento indicado, como mera retórica. Se le ordenó comenzar la demanda y repitió lo escrito en la notificación, sin agregar ni quitar nada. Después le dieron la palabra al abogado defensor. Néstor hablo lento y en voz muy baja: «Desconocemos los argumentos de la demandante. Negamos rotundamente los hechos pronunciados. Dejamos constancia acerca de la reserva del derecho que nos corresponde. Si no son demostrados los hechos reclamados, tomaremos las acciones necesarias contra esta acción malintencionada, que difama a un conocido hombre de Yatay., docente y de amplia y destacada actividad en la política y el fútbol.» La jueza concluyó: «La acción de conciliación fue mal realizada, no es posible conciliar en una acción por este tipo de reclamo. La acción de conciliación realizada se da como negativa.» Leído el documento, lo firmamos las dos partes. Néstor nos comentó que ahora deberemos esperar la nueva documentación, si se deciden a continuar. Y no sé qué quiso decir con: «Tal vez necesiten que nosotros los ayudemos.»

Así de fugaz e inútil había sido la audiencia, tal como era de esperarse. Ezequiel pensó que tendría que ponerse las pilas en el caso de la demanda.

Antes de abandonar Buenos Aires, volví a pasar por la empresa y me reuní unos minutos con Ricardo. Me recibió en su escritorio; continuaba intentando poner en marcha el nuevo escritorio virtual para el manejo de los negocios a distancia. Comentó que acababan de instalarlo, pero que todavía no operaba del todo bien. Me preguntó qué tareas le iba a asignar a Eleonora.

—Las mismas que tenía antes. Solo se trata de darle una nueva oportunidad a alguien que ha respondido a los intereses de la empresa. Necesita trabajo en este momento y no sé por qué razón fue despedida.

—Supe que te llevaste los datos de los exempleados ¿De ahí ubicaste a Eleonora?

—No, es lo opuesto; ella me llamó porque necesitaba trabajo y obtuve esos antecedentes para ver qué había sucedido. Aproveché para conocer la variabilidad de personal, que, por cierto, no fue tan grande.

Ezequiel salió por la Panamericana y, recordando que un sacerdote amigo iba a presentar un libro en la ciudad de Rosario, decidió irse hasta ahí antes de regresar a Uruguay. Volver por el cruce subfluvial del Paraná y el alto Uruguay, no significaba tanto desvío, apenas un par de días más. Era su pasión, recorrer caminos sin rumbo, sin apuro, sin un plan previo.

Emma salió de la casa y cerró golpeando la puerta. Faltaba dinero y tenía que salir a trabajar, al menos ese día no la golpearían en su casa. Caminó unas pocas cuadras hasta el cruce de la ruta, en los primeros semáforos. La noche estaba tibia y no había casi luna. Se dirigió hacia una callejuela oscura, se quitó sus pantalones color crema y su chaqueta azul, y los guardó en una pequeña mochila artesanal de lana, amarilla con bordes azules y símbolos de pájaros tejidos también en azul, muy bonita, traída por un amigo desde Perú o Ecuador, no recordaba. La dejó en la horqueta de un añoso plátano y salió hacia la luz, con sus botas marrones largas muy bien lustradas, un pantalón rojo cortísimo y un soutien blanco. Se había maquillado y hecho un moño con su pelo castaño. Resaltaba su boca de labios anchos muy rojos. Era todavía joven, bonita y tenía un cuerpo sensual.

El ambiente de la noche suave la acarició. La brisa, los sonidos lejanos… «Al menos una noche diferente —se dijo—, saldré de eso de estar congelada, viendo o pretendiendo ver la pantalla de la televisión.» Caminó un buen rato; no tenía competencia, pero tampoco clientes. En un par de oportunidades se escondió detrás de unos arbustos del cantero central para no ser vista por el patrullero que hacía la recorrida de rutina. Estuvo segura de haber sido vista, pero la policía no se detuvo. Por momentos, la brisa le llegaba caliente y olía a aceite y nafta. Se paseó entre la estación de servicio y el restaurante. Caminó cerca del estacionamiento. Había varios autos modernos estacionados. Miró hacia el interior del local buscando algún comensal solitario, esperó un buen tiempo y luego cruzó la ruta con movimientos sensuales. Se detenía en distintos puntos, por etapas. Paró un buen rato cerca de una de las luminarias del cantero central, de forma que la luz alargara su sombra sobre la calle, haciéndola ver más alta, más esbelta. Como escondiendo su verdadero ser, sus sentimientos, sus desdichas, para poder seguir siendo una prostituta cualquiera.

Pasaron unos muchachos en un viejo automóvil y le gritaron algunas obscenidades. Dos o tres coches aminoraron la marcha y se dirigieron a ella, pero continuaron. Luego otro coche se detuvo, subió en él y partió. Volvió al sitio cerca de media hora después y encontró a dos jovencitas —casi niñas, podría decirse— ocupando el lugar. No lo podía creer; eran mucho más jóvenes que ella cuando comenzó. Se le acercaron y trataron de intimidarla:

—Che, vieja, ¡fuera de aquí! ¿Eres ciega?, ¿no nos ves? Este lugar es nuestro.

Eran casi tan altas como ella, tenían una flacura esquelética y una mugre que apestaba. Emma tomó la navaja y la acercó al cuello de una de ellas:

—Si las veo de nuevo son fiambre, ¡fuera de aquí!

Las muchachas, no muy asustadas, se alejaron a buscar otro sitio. Emma caminaba o se paraba recostada a la columna del alumbrado. Hasta que se le acercó un hombre grande, con pinta de bonachón.

—Hola, ¿cómo estás?

—Hola —respondió y le insinuó un precio en voz baja. Enseguida agregó—: No soy de lujo, pero tampoco lo más barato.

El hombre la miró con curiosidad:

—¿Tienes algún lugar?

—En realidad, no. Hay un motel cerca, pero no para ir caminando. ¿No eres camionero? También podemos buscar la zona oscura de esa calle, no pasa nadie y hay un baldío.

—Sí, tengo mi camión muy cerca, solo pregunté —le respondió. Mientras caminaban hacia el vehículo, le dijo—: En realidad ¿tienes clientes para ese callejón?

—Aunque no lo creas, sí; son muchachos, en general, pero sí los hay.

—Parecen arriesgarse bastante, ¿no te parece? Pero aclaremos algo ya, antes de llegar, no quiero batir el récord del polvo más rápido, no nos vamos a tomar toda la noche, pero…

—No te preocupes, desquitarás tu pago. Como ya sabrás, es por adelantado.

—Sí, claro.

Luego de un rato de movimientos y quejidos, se quedó unos momentos sentada dentro del camión.

—¿No estuvo del todo mal, verdad?

—Para nada. ¿Te importa si fumo?

—En absoluto, toma uno de los míos —le dijo mientras le alcanzaba la cajilla—. ¿Te sientes bien?

—Sí, claro, me sentía algo afiebrada hoy de mañana, pero ya hace rato me siento mejor. Bien, debo continuar. ¡Y algunas piensan que esto es ganar dinero sin trabajar!

—Eso es seguro, hay mejores trabajos, ¿por qué no aprendes a manejar?

—Tal vez lo haga. —Le anotó su número de celular y le dijo que la llamara cuando volviera por el pueblo. Se despidió de él, bajó y continuó la caminata con paso cansino.

Un rato después, se acercó al predio baldío, se agachó al lado del árbol contra el cordón de la vereda y dejó escapar un fuerte y largo chorro, le sonó como una cascada en medio del silencio. Ya no la dejaban entrar ni en el baño del restaurante ni en el de la estación de servicio. Al salir del callejón sintió unos pasos lentos, demasiado leves, abrió la cartera y extrajo con rapidez su navaja. Solo era un hurgador viejo revolviendo entre la basura. Le llamó la atención porque era demasiado tarde, pero siguió caminando. Miró hacia atrás con cierta curiosidad y vio al viejo, que en realidad acomodaba la basura para hacer una especie de cama y pasar ahí la noche. Pensó: «Hasta los perros dormirán mejor que él esta noche y quién sabe cuántas otras».

Se puso otro poco de perfume, ya no sabía a qué olía, si a mujer, a hombre o a gato. Se dirigió al autoservicio de la estación, tomó una bebida cero de naranja y un par de alfajores de dulce de leche de los estantes, mientras el guardia le indicaba que debía apurarse. Fue a la caja y pagó, todavía riéndose del tipo haciéndole señas, tratando de alejarla rápido del comercio. Llegaron dos chicos, bastante borrachos y se le acercaron. Casi no se podían mantener en pie. «¿Cuánta plata tienen?» Le mostraron unos papeles arrugados y unas cuantas monedas. No era mucho, pero algo tenía que llevar y así evitar los golpes.

Ya estaba por amanecer. Se sentó un rato en el cordón de la vereda, a la espera de un trasnochado o un madrugador desorientado. El cielo al principio apenas rojizo comenzó a pintar una franja roja detrás de la estación y del restaurante. Pasaron otros chicos y le gritaron; ella les respondió con insultos. Ahora sí estaba cansada. Había sido una noche larga con un pobre resultado.

Se dirigió al árbol, aunque el reloj marcaba apenas las 5:45, la noche había desaparecido. Tomó la mochila azul y amarilla de la horqueta, se quitó el pequeño pantalón, lo dejó en el piso y se puso el pantalón largo cubriendo las botas. Se colocó encima la chaqueta, acomodó todo y volvió a su casa caminando con lentitud.

CAPÍTULO 5

El detective privado

En Rosario se estaba llevando a cabo la Semana de la Lectura. «No recordaba que esta sala fuera tan atractiva,… pasaron varios años desde la última vez», pensó Ezequiel, mientras se sentaba e escuchar la presentación del libro *La lectura de textos religiosos*.

La sala central de la biblioteca consistía en un espacio que unía el nivel del piso con el techo y en los laterales de los cuatro niveles que abarcaba, asomaban las estanterías de madera repletas de libros coloridos. El pasillo del borde interno de los distintos niveles estaba protegido por una graciosa y pequeña reja de hierro forjado.

Finalizada la conferencia, el padre Salvador, vestido con traje negro con el clásico cuello clerical, lo saludó con afecto.

—¿Qué haces tú por aquí? —le dijo.

—Pasaba cerca y decidí visitar a un viejo amigo.

—Esto no está cerca de nada…

—Vamos, ¿qué son unos pocos cientos de quilómetros para alguien que vive en la carretera como yo? ¿Recuerdas cuando nos encontramos en Yatay y jugamos al tenis?

—No estuve mucho por allí, en una ciudad vecina, la iglesia principal, San Pedro, se había incendiado. Me acuerdo de la reconstrucción, le mantuvieron la vieja fachada que no había sido afectada. El resto fue reparado por completo. Fue una de las obras notables de aquel ingeniero, no recuerdo cómo se llamaba.

—Eladio Dieste.

—Sí. Me acuerdo bien de Yatay, pueblo de poca fe, y del suegro de tu hermano, ese Raúl, era un pillo. No hay cosa que me disguste más que esos pequeños sitios donde debemos encargarnos de todo, de conseguir recursos, de la contabilidad, de tener plata para pagar la luz o el agua, de organizar eventillos para recaudar fondos. Son pocos los gastos, pero son menos los recursos, y sobre todo en tu país donde nadie apoya a la Iglesia.

—Salvador, la Iglesia debe ser pobre.

—Pobre sí, pobres debemos ser los religiosos. Tú lo sabes, he hecho voto de pobreza, no puedes regalarme ni un par de zapatos. Y la comida, la gente es sincera y muchos te dan hasta lo que no tienen, pero si en lugar de ser sacerdote hubiera tomado un trabajo cualquiera, de seguro pagaba todos los gastos de la parroquia sin problemas, claro, en ese caso hubiera sido solo un trabajador más, lo que no está mal, pero no es mi vocación. Ah, esos interminables consejos parroquiales ¡terrible! ¡Qué falta de solidaridad, que falta de amor! Discutiendo por tener la razón de sucesos sin importancia, cosas sin sentido. Vanidad, pura vanidad. Aquí en Argentina hay otro tipo de apoyo, como ves, tengo tiempo para escribir y tú sabes cómo me apasiona hacerlo.

—Tengo claro todos tus esfuerzos, la soledad, la completa soledad, la falta total de apoyo.

—Fueron otros tiempos y de todos damos gracias a Dios, porque por algo pasan las cosas, al fin y al cabo, siempre es para bien.

Estaba avanzada la noche pero, de todas formas, Ezequiel tomó la ruta.

«Qué fastidio la lluvia, pero qué espectáculo esta tormenta eléctrica, hacía mucho tiempo que no veía algo tan majestuoso. El padre Salvador conoció bien a Rolan en esas épocas confusas de principios de los ochenta, épocas de gobierno militar, ya de un gobierno en decadencia que quería irse y no sabía cómo.

»No quiso decirme mucho, pero interpreto, mejor dicho dio a entender o lo dio por seguro: don Raúl había tenido una amante por un buen tiempo.

Pero ¡qué cura mentiroso!, venirme a hablar a mí del secreto de confesión, si Rolan no pasaba ni por la puerta de la iglesia.

»Cómo es posible, no me podía decir nada de la mujer y de la niña, aunque de ella sí no debía saber nada, eso dio a entender. Bah, secreto de confesión. Raúl era ateo declarado, no tiene sentido,... ¿Se reconcilió y el padre Salvador no puede contar nada de lo confesado?

»Me da vueltas y vueltas eso de la confesión, el padre es muy franco para intentar engañarme de esa forma. Debe de haber otra cosa que dijo o que quiso decir y no he prestado atención. A menos que… Ah, recién ahora entiendo, secreto de confesión, no por Rolan, sino por la mujer. ¡Qué bonito! No lo creo tampoco. Pero ¿si sugirió eso? Sí, eso sí es plausible. Una pobre mujer, embarazada o no, acude a la iglesia buscando comprensión, buscando el perdón, arrepintiéndose de algo que con seguridad estuvo obligada a hacer. Pero, al menos obtiene un alivio para su alma.

»Entonces ¿qué concluyo? En efecto, don Raúl tuvo una amante y no sabemos si tuvieron un hijo. Si continúo con el razonamiento del buen padre, él no me debe develar secretos de confesión, pero sí puede trasmitirme lo que entienda positivo para esa eventual criatura y hubiera encontrado la forma de hacerlo, pues si hubo un hijo, debió de haber conocimiento de causa y no solo lo confesado.»

Miró la hora, no era muy tarde y apenas había avanzado algunos kilómetros, decidió llamar al padre Salvador.

—Hola, soy yo, Ezequiel.

—Sí, sí, claro, ¿qué dices?

—Quería ver cómo estabas de tiempo para almorzar mañana.

—Caramba, no puedo, mañana de tarde viene el obispo y estoy con los preparativos. Si quieres charlar un rato te espero de mañana a tomar un café.

—Perfecto.

—En la casa parroquial, a eso de las diez ¿te parece bien?

—Impecable, ahí estaré.

Los casi continuos relámpagos continuaron iluminando su camino por un buen rato durante su regreso a Rosario.

Al día siguiente, entró en la casa parroquial en un barrio marginal y accedió a un patio cerrado, la luz proveniente de la amplia claraboya iluminaba el brocal de un antiguo pozo, ahora en desuso, recubierto de cerámicas apenas coloreadas. A un costado estaba la reducida oficina donde se atendía al público. El padre lo condujo a la cocina, donde tenía preparada una cafetera metálica italiana, encendió el fuego y la puso sobre la hornalla. Se sentaron alrededor de una pequeña mesa, donde ya estaban colocadas las tazas para el café expreso y había una minúscula taza con leche tibia.

—Comprendo, te ha sabido a poco la conversación de anoche y entiendo la situación en que se encuentran, trataré de recordar todo lo que me sea posible.

—¿Dónde conversaban con Raúl? Según siempre entendí, él no iba por la iglesia.

—En realidad, iba a esperar a su esposa, llegaba antes de finalizar la misa y se iban juntos; por lo menos, hacia afuera, se mostraban como una pareja muy bien avenida. También lo vi, pero esporádicamente, permanecer durante toda la misa, siempre parado a la entrada, al costado de la puerta principal. Y en Yatay charlábamos en el Sorocabana, por supuesto.

—¡Ah! No te tenía formando parte del grupo.

—Sí, iba con frecuencia, eran unas charlas muy amenas. Ves, eso extraño del pueblo…

—Cuando ayer me hablaste del secreto de confesión, no te estabas refiriendo a una confesión de Raúl.

—Para nada —dijo Salvador y rio.

—Entonces te refieres a lo dicho por una mujer.

—Sí, es así, pensé que lo habías captado.

—No al principio, pero despúes lo deduje.

—Sabes, muchas veces estas mujeres son muy devotas, están ahí, la vida las lleva y las aplasta, no es su gusto, sobre todo cuando empiezan a pasar los años; cuando niñas, que las hay, o jóvenes, les puede parecer una diversión. Un día se despiertan y están preñadas, intentan abortar y si no les es posible, porque ya es muy tarde, dejan a sus hijos por ahí.

—Comprendo.

—Había mujeres como te digo con hijas, pero ninguna de ellas habló de Raúl. Tampoco tenía yo por qué preguntarles por el padre, a veces un cura es también un psicólogo y las mujeres conversan mucho, pero, te repito, como padre nunca lo oí nombrar. Pero otros cuentos son otros cuentos y ahí solo Dios sabe.

Luego cambiaron los tópicos y la conversación fue larga y amena. El padre Salvador era una persona de muy buen humor y hasta chistosa podría decirse.

Estaba anocheciendo cuando lo vi llegar. «¡Hola, Ezequiel!», le grité recostado contra el quiosco mientras sorbía un amargo. Me respondió con el brazo en alto, aunque no oí sus palabras. «Se va a topar con este Rivas, acaba de llegar», pensé sonriendo. ¡Qué tipo rata! Lo vi empujar la puerta cancel, durante el día la puerta principal está siempre abierta.

—Buenas —dijo al entrar y siguió sin detenerse.

—Buen día —respondió Rivas, poniéndose de pie.

Cuando Rivas habló, Ezequiel ya no estaba en la habitación. Llegó a la cocina, miró hacia el fondo de la casa y no vio a nadie, en consecuencia, se volvió hacia el estar y dijo:

—¿Quién lo hizo pasar?

—Nadie, yo entro solo —respondió Rivas.

—Entonces, como entró, sale y dé gracias que solo le pido que se marche.

—¿Pero usted no sabe quién soy?

—No lo sé ni me importa, sí sé que es un atrevido y no le doy un par de trompadas porque es un viejo de mierda y, sí, tengo claro quién es. Compra y vende ganado y otras cosas para los Rolan. La próxima vez, antes de venir, asegúrese de que lo puedan recibir. Vamos, ¡salga ya! —Luego también salió, cruzó la calle y se dirigió al quiosco.

—¿Vas a hacer alguna jugada? —le pregunté desde adentro.

—Nunca juego a nada por plata —me respondió—, pero bueno, haré una jugada al Cinco de Oro, como excepción.

Desde allí, vimos a Rivas sentado en su auto verde.

—Va a tener que esperar hasta que madure —me dijo.

—Ya maduró y se pudrió —le contesté; a lo cual soltó una sonora carcajada.

En el mismo momento, llegó Gonzalo. El tipo esperó unos minutos y se dirigió a la casa. Miré a Ezequiel, había estado sentado en un banco de la plaza y enfiló también hacia la casa. Rivas abrió la puerta y entró.

—Gonzalo, acabo de ser expulsado de esta casa por su hermano.

—Hola —le respondió, mirándolo fijo—. ¿Expulsado cómo? Lo veo como siempre.

—No me golpeó, si a eso se refiere. Estaba sentado esperando a alguno de ustedes y me dijo que no podía ingresar a la casa como he hecho siempre. ¿Se imagina?

—Bueno, no cabe duda. Fue mi hermano quien le dijo eso. Razón no le faltó. Hace muchos años y usted continua haciendo las cosas como si el finado estuviera vivo, sin darse cuenta de que todo cambió.

—Dijo además que no me daba unas trompadas porque era un viejo —agregó.

—Ah, sí, ¿no lo conoce? Y no lo hizo enojar demasiado, porque estoy muy seguro: él de buena gana le hubiera dado una pateadura.

—Pero ¿lo está apoyando? —dijo abriendo los brazos.

—Totalmente. ¿Le preguntó por qué había venido?

—Mire, ya ni lo recuerdo, con todo este barullo… —Se tomó la cabeza con ambas manos.

—Vino a molestar —dijo Ezequiel de forma sorpresiva. Había ingresado con sigilo.

—Otra vez —dijo Rivas, tratando de llegar a la puerta, pero tenía obstruida la salida.

—Le he dado una advertencia. No habrá otra y si no lo saco yo lo sacará Gonzalo, no quiero verlo más por aquí entrando de esa manera.

—Usted lo ha querido, ¡haré la denuncia policial!

—¡Qué susto! De hecho, lo van a demorar por ingreso ilegal a un domicilio privado.

Ya solos, le preguntó a Gonzalo qué pensaba hacer. Le contestó que iba a ir al club a tomar unos tragos y jugar cartas.

—Pues te acompaño. —Fue la respuesta.

Al llegar al club, pidieron un par de tragos y Ezequiel le preguntó, viendo a unos veteranos jugar a la conga:

—¿A esto juegas? Es demasiado aburrido.

—En un rato se abre la salita del fondo y se pone más entretenido —le dijo guiñando un ojo.

—¡Vamos, no me digas! ¿Te dedicas a la timba? Yo no juego por plata ni a la bolita y, además, me apenan los jugadores.

—Es solo una diversión como cualquier otra y no es mucha plata, son unos pocos pesos.

—No tan pocos. Conozco estos tugurios y la gente deja lo que no tiene, gente enviciada, sueña con un pálpito y pierde hasta la camisa. Pobre gente, pobre familia.

—Acompáñame cuando abran y verás, las cosas no son tan negras como las pintas. ¿Alguna vez jugaste? ¿Alguna vez entraste a ver jugar?

—No, nunca —y agregó—: Nunca participo de este tipo de cosas.

Comenzaron unas «sesiones de calentamiento», así las llamaron, es decir, no había dinero de por medio, solo por un rato mientras llegaban más participantes. Ezequiel se mantuvo al margen durante este tiempo, envió algunos mensajes, miró el estado del tiempo en el teléfono y escuchó música. Pasado un tiempo, observó cómo empezaba a moverse el mecanismo diabólico que solo enriquece a uno y llena de problemas a todos.

Se cambiaron fichas por dinero y de ahí en adelante arrancaron al mismo tiempo las cartas y los dados. Comenzaron a correr algunas bebidas gratis: ron con coca, gin tonic, caipiriña y caipiroska. Cuando le ofrecieron bebida pidió seguir con lo mismo. El que hacía las veces de mozo bromeó respecto de su fidelidad al johnnie. También le preguntó por qué no jugaba, le respondió que ya le llegaría el turno.

Una chica se sentó un rato a su lado, casi no hablaron. Ezequiel se paró y observó las distintas mesas, en particular aquella donde estaba Gonzalo, miró la mano de cada uno de los participantes y la forma personal de jugar. Se asombró de cómo alguien era capaz de perder teniendo buenas cartas o de ganar sin tener una buena mano; sin duda él nunca habría mantenido la apuesta con una mano tan pobre, mientras veía al ganador satisfecho, pensó «por algo no juego». Viendo a Gonzalo con varios cientos de dólares perdidos y cómo continuaba jugando fuerte, le sugirió seguir otro día, pero no logró convencerlo. La chica volvió a acercársele y le dijo: «Debes participar, solo mirar es muy aburrido.»

—Si mi intención fuera ganar con las cartas o los dados, sería yo el propietario de este tugurio, pero ya tengo mi negocio y estoy conforme.

Gonzalo pidió fichas por tercera vez, ya llevaba perdidos algunos miles de dólares y seguía, cada vez más excitado, cada vez más borracho.

—¿No te parece que ya es tarde y es mejor irnos? Mañana tenemos que trabajar como todos los días.

—Un rato más. Además, yo llego a la hora que quiero a la oficina, para algo soy el jefe, ya nos vamos…

—No olvides esto, tú serás el dueño, pero no el jefe, uno siempre tiene un jefe, aunque no lo creas. Serán los clientes o los acreedores, o lo que sea, pero siempre en esta vida debes responder a algo o a alguien.

Gonzalo hizo caso omiso de todo esto y continuó jugando. «Tengo un pálpito, pronto voy a recuperar todo», le había dicho hacía poco rato. Ahora ya no tenía efectivo. Pidió fichas a crédito y le dijeron: «Mejor hable con el patrón».

—¡¿Cómo?! ¡¿No me va a fiar?! ¿Acaso no vengo siempre y acaso no conoce mi capital? ¿No le parece suficiente respaldo? —le dijo ante la negativa al patrón.

—Por eso mismo, porque queremos que siga siendo nuestro cliente, mañana estará de acuerdo con nosotros, no lo dejamos seguir en estas condiciones, ya podrá buscar su revancha otro día, ¿o no ha sido así antes?

—¡¿No me estará tratando de borracho o de incumplidor?! —dijo levantando la voz.

Ezequiel se había acercado y observó la clara señal del hombre con su mano oscilante hacia la puerta.

—Volvemos mañana, Gonzalo, lo sabes bien, nunca traigo dinero conmigo, mañana será otro día y prometo volver a acompañarte para ver si hay mejor suerte.

—Dicen mañana, pero solo se juega los jueves, ¡a mí no me embroman!

—Pues será el próximo jueves entonces.

La preocupación de Ezequiel fue enorme; emborracharse, muchas veces, pero perder dinero de esa forma estúpida, jamás.

Con Palumbo, se habían conocido en el Palermo, club de boxeo del Barrio Sur de Montevideo, hacía de esto varios años. Era un negro alto, corpulento, peso completo, no fue un buen boxeador pero había ganado varias peleas como amateur gracias a su fortaleza y coraje. Era unos diez años mayor que él. Cuando lo conoció era agente de policía; con posterioridad, fue ascendiendo hasta llegar a comisario. Poseía una pequeña compañía de ómnibus de transporte local y se dedicaba a negocios varios, no todos muy limpios, aunque tampoco muy oscuros. Tenía el sobrenombre de Pirata, pero nadie se lo decía en la cara.

Lo llamó por teléfono. Palumbo respondió con suma amabilidad, sin embargo, cuando le planteó hacer una investigación cambió de forma notoria el tono, se mostró más profesional, más autoritario. Incluso cambió la forma de la conversación: para comprender los términos había necesidad de leer entre líneas. «Zorro viejo, olió de inmediato de qué se trataba», se dijo.

—Hola, en el tema ese, te refieres a la *madame* que conocemos ambos, me supongo.

—Tú lo has dicho.

—Bien, haré un rastreo general y nos juntamos a conversar personalmente. ¿Quieres algo específico?

—No, solo lo dicho. Espero tu llamada.

—De acuerdo. Hasta pronto.

Una semana después, lo llamó y acordaron reunirse en un boliche sobre la ruta, lejos de Yatay, al costado de una estación de servicio conocida por ambos. Ezequiel acompañado por Graciela llegó un rato antes. Palumbo, corpulento como siempre, con unos cuantos kilos de más y el mismo pelo, muy corto, ahora algo canoso, descendió del viejo renault color verde claro, muy bien mantenido. Debido a su enorme tamaño se movía con pesadez. Se dieron un fuerte abrazo. El Pirata sabía que en Ezequiel encontraba una persona que lo apreciaba y que tendría la capacidad de allanarle el camino si llegara a necesitarlo. Estaba tomando un johnnie walker con poco hielo.

—¿Qué tomas?

—No. Nada.

—¿No tomas un whisky?

Palumbo pidió un haig sin hielo, mientras les comentaba que había introducido a un expolicía, conocido de ambos, para trabajar unos días con Di Fabio, la pareja actual de Emma, quien tenía un reparto de bebidas alcohólicas. Le entregó un informe mecanografiado. Estaba escrito en una antigua máquina de escribir, con copias en papel carbónico azul. No estaba dirigido a nadie ni firmado por nadie. Decía con simplicidad «Informe sobre Emma Fernández».

—Léanlo con detenimiento y luego me preguntan.

Leyeron durante unos minutos, el informe comenzaba con una partida de nacimiento de Emma, donde constaba: padre desconocido, madre menor de edad, fecha de nacimiento 7 de octubre de 1982 en el hospital de Yatay. Estaban anexadas las partidas de nacimiento de su supuesta madre y fotocopias de las cédulas de identidad de ambas y también de Di Fabio. En el caso de Emma, había fotocopias de todas las cédulas de identidad tramitadas, de su credencial y pasaporte. Estaba la fecha de egreso e ingreso al país. Sus certificados de estudios escolares y liceales hasta segundo año, copia de su libreta de conducir y de su carné de salud. Agregaba la dirección de Emma, la misma que había dado para el juzgado, la situada en Ciudad de la Costa. Había incluido varias fotos de la casa. En una, de hacía tres días, se la podía ver a ella.

Emma se había criado en el pueblo hasta los catorce o quince años. De muy joven había tenido relaciones con Rivas. Más adelante había estado un par de años en Montevideo, volvió a Yatay, periodo en el que ejerció la prostitución, y luego otra vez se ausentó por un lapso más largo. Había estado por cinco años en España, no tenía datos de esa época, pero por comentarios de una de sus amigas y del propio Di Fabio, suponía lo obvio: había ejercido la prostitución en Barcelona. Entre 2000 y 2003, se había dedicado a lo mismo en Yatay, junto con una compañera de quien aportaba datos detallados, así lo demostraban las copias de los partes policiales en los que estaba involucrada, acusada casi siempre de prostitución, salvo una entrada por hurto simple y dos entradas por riñas. Nombraba los abogados que había contactado Emma, uno de ellos del pueblo y daba una larga lista de sus clientes.

Di Fabio no era de Yatay, vivía allí desde hacía cerca de veinte años, estaba vinculado al submundo del fútbol, era distribuidor y en ocasiones contrataba a alguien como ayudante para la carga y descarga de mercancías. Para el transporte usaba una vieja combi de su propiedad. Trabajaba en negro, sin empresa y, por supuesto, no tenía personal registrado. Mantenía casi secuestrada a Emma, era él quien llevaba adelante la acción y, en algunas oportunidades, la hacía salir a recorrer las calles. En definitiva, malvivientes de poca monta.

No había noticias sobre Paulina Fernández, su posible madre; solo la certeza de que no estaba en el pueblo desde hacía varios años.

Resaltaba que «los testigos mencionados no han sido contactados por instrucciones expresas de los solicitantes del informe».

—Otra vuelta. —Pidió Palumbo—. Todos sabemos quién es el responsable y organizador de todo esto —dijo de pronto—. Estoy absolutamente seguro: no puede ser otro que Rivas. Te solicito autorización para investigarlo.

—Adelante.

—Como dije en la conversación anterior ¿recuerdas?, yo no iba a aparecer por el momento, iba a contratar a alguien al que no relacionaran conmigo. En ese momento pensé: si yo aparezco ahora todo el mundo va a disparar.

—Ok, era solo un informe lo que pretendíamos, ahora iremos a más. ¿Qué sugieres?

—Sí, ahora es diferente, empecemos por hacer volar al Di Fabio del pueblo. —Meditó unos momentos y dijo—: Se va a quedar sin quien la mantenga; igual estas saltan de uno para otro, como quien cambia de camisa.

—No sé, lo que le pase a Di Fabio se va a saber enseguida en todo Yatay, no le va a ser tan sencillo.

—Lugar donde trabajar aquí no va a conseguir, deberá irse del pueblo también.

—Pienso lo mismo.

—O la volvemos a arrestar por prostitución o se va. Tú lo tienes claro, cuando trabajan en la calle es porque las dejamos.

—Sí claro, lo sé de sobra. Hagamos eso y esperemos el resultado.

Durante un largo rato recordaron viejos tiempos, se fueron varias vueltas de whisky, más de las recomendables. Al despedirse, Ezequiel le entregó a Palumbo un sobre con un fajo de billetes; él los puso en el bolsillo sin contarlos y le dijo: «Saludos a Jeremías» y salió caminando muy derechito hacia el auto.

—Pidamos algo de comer —le dijo a Graciela—. Con todo lo que tomamos no sé ni cómo me llamo. Dos asados de vacío con mixta —le dijo al mozo—, una cerveza y una coca.

Al regreso, manejó Graciela la camioneta de Ezequiel, mientras él dormía profundamente.

Casi al llegar a Montevideo recibí una llamada inquietante.

—Hola, jefe, aquí siguen apareciendo problemas.

—Dime, Eleonora.

—Se los enumeré en detalle en un *mail* que le envié a la dirección que usted ya sabe. Hay hechos nuevos, pero también hay otros desde hace algunos meses, diría hasta de casi un año. Lo de hoy es lo siguiente: una de las empresas exportadoras de España les cortó el crédito, aquí todos están muy preocupados, ya le informarán, de seguro.

Eleonora se tomó un largo rato para comentar los detalles de los nuevos incumplimientos. El corte de crédito implicaba que se debía incorporar capital a la empresa, pues como consecuencia de la falta de crédito hay que pagar los productos antes de cobrarlos a los clientes.

—Bien, gracias, Eleonora, veré el *mail*— dije y corté.

Por más que quise pensar en otros temas, no lo logré. Una sensación de angustia me atrapó, debería hablar este asunto con alguien, me pregunté con quién. Recordé un grupo de empresarios de la Asociación Cristiana de Dirigentes de Empresa, de rubros diferentes al mío, con los cuales solíamos intercambiar ideas generales. Había perdido contacto con la mayoría de ellos. Fui a la casa de mi viejo a charlar de todo un poco.

CAPÍTULO 6

Violencia doméstica

Mientras recorrían con lentitud la rambla de Piriápolis, contemplando el paisaje gris dijo Gonzalo: —Carmen, me da tristeza el mar en invierno… el viento constante y las lloviznas permanentes.

—Pues a mí me da frío, aunque dentro del auto haga calor —respondió ella—. Mira esos yates inútiles y oscilantes en el puerto desierto.

Unos cientos de metros después, él volvió a protestar: «No puede ser, la rambla cubierta por la arena que vuela desde las dunas. Siempre lo mismo en esta época, ¿por qué no la limpiarán?, ¡es una ruta nacional!».

—No te compliques, vamos por las calles interiores. —Le sugirió ella con una sonrisa en los labios—. Ya la limpiarán para la temporada.

—Sí, claro, ¿y luego qué? ¿Caminamos hasta la casa de Ezequiel?

—Vamos, papá, ¿por qué no haces como el tío? Él se divierte conduciendo con su cuatro por cuatro sobre la arena. También podríamos ser mochileros… ¡Qué fascinante!

—Tú lo sabes bien, yo prefiero un deportivo y no esos monstruos que usa mi hermano, son casi tanques.

La casa lucía hermosa, construida sobre una duna, con una amplia terraza en el primer piso.

—¿Ves, papi? También tiene entrada por la calle lateral, no hay que caminar mucho, ni siquiera pisar la arena.

Los saludaron los pocos árboles agitados por el viento y al bajar la arena los chicoteó.

—Llegan justo para el asadito —les dijo Ezequiel al verlos llegar.

—Pero, hombre, ¿con este tiempo un asadito?

—Sí, en la parrillita de la estufa a leña —les respondió riendo—. Si no comes algo de carne, parece que no has comido, además tengo unos muy buenos chorizos caseros. Bueno, pasen, pasen. Mañana compro algo de pescado fresco.

Luego de almorzar, se sirvieron un café en la salita del primer piso, desde donde se veía por sobre las dunas el mar abierto y bravío. La muchacha, con mucha lógica, se preguntó en voz alta:

—¿Por qué esta mujer se presenta recién en este momento? Pasaron casi diez años. —Luego se excusó, diciendo—: Este tema me persigue, es algo continuo. No para, no puedo deshacerme de esos pensamientos. —Y continuó—: Descartamos una hija de la vejez con sus dieciocho años recién cumplidos, recién pronta para actuar por sí misma. Es una mujer grande, ¿qué le impidió presentarse antes? —y continuó sin parar—: ¿No estaría fuera del país? Sino, hubiera reclamado al menos cuando murió. Todo el pueblo se enteró de su muerte.

—En los partidos de fútbol de ese fin de semana, tanto en Yatay como en la capital, lo recuerdo bien, se hizo un minuto de silencio en su memoria. —Recordó Ezequiel con cierta nostalgia.

—Sí, no tiene lógica esta acción ahora, si es hija. Puede comprenderse solo si se trata de un fraude. Alguien en busca de unos pesos por callarse y no manchar la memoria del viejo —dijo Gonzalo.

Su hija no escuchó el comentario y continuó hablando:

—Algo funesto sucedía, fue hace mucho. En esa época la casa de mi madre era un calvario. Ella me contaba siempre. Cualquier excusa era válida para que hubiera un problema: faltaba gas para la cocina, la camisa tenía una arruga o le faltaba un botón, la sopa estaba fría, algo no estaba en su lugar…

—También tu abuela era algo complicada… —comentó su padre.

—Me parece escuchar a mi madre contar tantas veces el mismo recuerdo y tantas veces terminar llorando. Al principio me enojaba cuando hablaba así, luego a mí también se me hizo real. El abuelo volvía del Sorocabana a eso de las ocho de la noche, parecía que iba a subir las escaleras, pero se paraba apoyando una mano sobre el posabrazos de mármol. Me parece verlo, pantalón de gabardina color aceituna de piernas anchas, camisa de mangas largas con dos bolsillos, cinturón ancho con un portalapiceras de cuero, bastante gordo en ese momento, encendía un cigarrillo sin filtro y gritaba: «¿Dónde están todos? ¿Qué han hecho de bueno hoy?» Luego avanzaba hacia la cocina. «Ya vino este, ¿cuál será el invento de hoy?», decía mi abuela entre dientes, como para que se oyese pero no se entendiese demasiado y continuaba con murmuraciones casi inaudibles. «¿Qué decís, vos, gorda inútil? No sabes ni hablar.» «¿Qué tu madre era qué?», le respondía ella echando más leña al fuego. «¿Qué hablas, tú? En tu vida supiste hacer ni un huevo frito.» «A mí no me levantes la voz ni me hables de esa forma, muerto de hambre. Mira ¿quién te va a aguantar a vos?» Él se acerca y le da una bofetada con el revés de la mano, la sangre mancha la pared. Luego desenvaina el facón de oro y plata que utiliza en ocasiones y dice: «Matarte debería, me has amargado toda la vida. A mí, mujeres, lindas mujeres, me sobraron». Ella, sin quitarse la sangre de la boca, grita: «¡Dios te va a castigar, abusador!» Él avanza y le dice: «¿Qué dios es ese, el tuyo? Ese existe solo en tu mente» y le da un planchazo en la frente. Ella cae y queda en el suelo tendida, él se asusta y la asiste, la sienta en una silla y, cuando ve que se repone, sale hacia la calle y cierra la puerta de un golpe. Se va sin agregar otra palabra. Mi madre se queda encerrada en su cuarto; luego, antes de que regrese, va hacia el comedor. Pasan las horas. Ya avanzada la noche vuelve él con un escarbadientes en la boca. Va hacia el comedor diario, allí está todavía su mujer, con el rostro amoratado. «Me voy a dormir», dice y sube las escaleras enormes hacia su dormitorio. Después bajaría y por largas horas caminaría como bestia enjaulada por la parte inferior de la casa. En esos años, todos los días había un lío. De tanto escuchar los cuentos de mi madre, me parece hasta a mí escuchar el golpe de la puerta de calle y el retumbar de los gritos. Una discusión. Otro portazo y se iba. Ella era una niña y no se dormía hasta que él volvía. Eso me lo contó mil veces.

—¿Pero qué hacía? ¿Inventaba un lío para irse al anochecer y volvía avanzada la noche o el lío era lo normal? Sin duda había algo más y eso lo estresaba sobremanera. Si aun después de volver caminaba por la casa sin poder dormirse, deberían existir otros problemas, económicos o algo así, supongo que no te contaron. También pudo estar estresado por el supuesto embarazo —dijo Ezequiel.

Cuando terminó la conversación era media tarde. Como los días eran cortos, a Ezequiel no le sobraba el tiempo antes de la noche. Optó por efectuar una de sus largas caminatas por la costa. Nadie lo acompañó.

«Al menos no llueve, cómo sopla el viento, voy a protegerme como pueda entre las dunas. Ya me tiene cansado este tema de la demanda. Pero, pobres… ellos todo el día con la matraca. Es insensato, todo es insensato, enfrentar un juicio, este tiempo espantoso, salir a caminar y trotar un rato, pero me hará bien. Pucha, estoy como el Pulga, estoy con la radio. Si hasta me parece escuchar a alguien gritándome desde el mar. Empresas de porquería… de dónde sacaré algún peso. Por lo menos troto hasta las piedras y hago volar a todas esas gaviotas. Qué hermoso, todas volando… se pararon ahí nomás; corro un poco hasta donde están.»

Luego el viento paró, el mar se retiró apenas dejando decenas de minúsculos lagos sobre la costa, lagos donde se miraba el sol rojizo, lagos alineados que convirtieron la costa en una guirnalda de esferas anaranjadas.

Entró en la casa gesticulando y expresando sus pensamientos en voz alta. Desde el estar le gritaron: «¡Otro más con la radio!»

Carmen quiso saber qué era eso de la radio y riéndose Gonzalo le aclaró:

—Desde chicos siempre escuchamos hablar de «estar con la radio», es un dicho no demasiado conocido, se refiere a alguien que habla solo, pero no cualquier tipo de conversación, habla como si llevara una radio en la mano y la mantuviera a la altura del oído. Les sucede a los boxeadores muy golpeados. —Y prosiguió—: Nunca lo habíamos entendido muy bien, recién nos quedó clarísimo cuando en el Palermo vimos al Pulga, un viejo pugilista, «con la radio».

Unos minutos después de que Ezequiel entrara en la casa, volvió a llover. Miraron una película en la televisión. Antes de cenar, Ezequiel les contó acerca de su encuentro con Palumbo y les dio una copia del informe, mientras pensaba «los excomisarios escriben todo como si se tratara de un parte policial y a veces hasta hablan así». Gonzalo relató sus conversaciones en el Sorocabana y lo que discutieron allí.

—No cabe duda, utilizan a esa pobre mujer y le hacen presentar la demanda, intentando conseguir ellos alguna tajada o distrayendo la atención sobre otros negociados que no conocemos.

—Carmen, ¿te responde esto las dudas de esta mañana? La mujer se presenta a reclamar cuando sus manejadores lo deciden y nada más. No lo presentaron antes porque no es hija biológica y punto. El asunto es ¿quiénes son ellos? No ¿quién es ella?

—Yo también tengo información. —Sonrió ahora—. Tengo un montón de imágenes de la mujer, de su compañero y de la casa. —Les fue pasando el celular.

Antes de irse a dormir, la muchacha le dijo a Ezequiel que la despertara cuando fuera a caminar por la playa, aunque fuera temprano en la mañana, iría también. Gonzalo agregó que los iba a acompañar, por supuesto dependiendo del estado del tiempo. Al día siguiente, al amanecer de un hermoso día frío pero soleado, Ezequiel se ajustaba los zapatos deportivos y cuando salía escuchó la voz de Carmen.

—Hola, tío.

—¡Ah, iba en serio eso de salir a caminar temprano! Pues vamos.

—¿Sabes desde qué hora estoy despierta, tío?

—Es bueno despertarse temprano, dime.

—En realidad me está sucediendo muy seguido. Me despierto alrededor de las cinco y estoy un largo rato sin dormirme. Me pone a temblar, este asunto del juicio. Trato de pensar en otras cosas y no lo consigo. Cuando puedo conciliar el sueño, que no es siempre, estoy tan cansada que me levanto muy tarde o directamente no me duermo, estoy hasta el amanecer en la cama y luego me levanto. Me pasó hoy mismo.

—¿Te pasa lo mismo con otros temas, temas de trabajo, estudio, o cualquier otra preocupación?

—No, es este tema horrible del juicio, el tratar con gente mala, gente con deseos de dañarte. Esos abogados ¿no piensan que del otro lado hay personas también?

—Dos cosas: primero, a mí me pasa en forma esporádica. En ciertas oportunidades, algún problema me despierta sobresaltado. En ese caso, siempre me levanto enseguida y, sea la hora que sea, preparo el mate y me pongo a hacer algo. Me siento con mucha energía y resuelvo enseguida lo que me proponga. Pero también, como se trata de una hora muy particular para estar despierto y activo, al poco rato, cerca de una hora después, me entra una somnolencia, me vuelvo a la cama y retomo un sueño placentero. El otro aspecto es el del juicio. Es sencillo decir «debemos restarle importancia, todo va a andar bien», pero hay que aceptar que muchos temas dejan de preocuparte solo cuando terminan. No te dejes llevar por la imaginación, solo repasa por un rato la situación y trata de centrarte en otra cosa, si no es intelectual la solución, que sea física, corre, haz un deporte, cambia el auto, qué sé yo.

—No te rías de mí, estoy preocupada de verdad, estoy aplastada por este asunto.

—No me río, míralo de esta manera, ¿es solo dinero? No, si fuera solo eso, no te preocuparías tanto. Es el orgullo, alguien trata de imponerte un parentesco, una proximidad. Tus sentimientos te están diciendo ¡no es verdad! ¡Es una injusticia! ¡Es un robo! Y sientes impotencia. Nada cambiará tu vida, ni tus aspiraciones, ni lo buena persona que eres, ni tus deseos y aspiraciones futuras. Piensa, es solo dinero y no te importará. Bueno, ¿un pique hasta esa boya?

—¡Te doy ventaja, tío! Igual llego primero.

El tramo era largo, a primera vista la boya parecía más cerca. Aun así, no dejaron de correr hasta llegar, pero ya no les dio para decir nada por un rato.

Cuando entraron en la casa ella reía otra vez.

Esa noche, luego de la cena, mientras Ezequiel preparaba el café, Carmen volvió a intentar hablar de sus temores, pero su padre la interrumpió procurando analizar la situación de la familia en esos años.

—Si una cosa tengo clara, porque tu madre también me contó algo, es la violencia soportada por tu abuela durante muchos años. Pobre. ¿Qué iba a hacer sola y sin recursos con sus dos hijos si decidía separarse de tu abuelo? Las cosas fueron difíciles para ella desde el principio, los primeros meses pudieron haber sido una pareja feliz, aunque tu madre no comentaba esto con frecuencia. A los pocos meses de casados tus abuelos, durante una visita de tu abuela a Montevideo, ella le contó a su familia su deseo de separarse de Raúl, la relación era insoportable y ella, ya en ese momento, no aguantaba un minuto más. Según recuerdo, la madre de ella se negó a intervenir y le prohibió a su vez decirle nada a su padre. Ella misma tampoco quería tener un problema. Esto de los problemas parece ancestral o heredado. En consecuencia, tu abuela dejó de lado su actitud y se amoldó a lo que viniera. En esa época, no tenían todavía hijos.

—Eso no me lo comentó, pero es un tema cultural —dijo Carmen.

—La situación continuó agravándose, pero también, recuerden, en los pueblos valoraban mucho el qué dirán. Entonces nada podía trascender y esto, de alguna forma, fue un límite. Y entonces qué dirían los demás, quién la apoyaría. Tuvo que soportar situaciones intolerables, incluyendo mucha violencia física y golpes innumerables. La relación se fue deteriorando todavía más cuando nacieron los hijos y cuando tenían alrededor de diez años las cosas empeoraron, a tal punto que tu abuela corrió riesgo de vida. Fue un periodo largo y abarcó la época de la demanda, pero debió ser más extenso todavía. Con los años la situación pasó a ser normal. Para la época en que conocí a tu madre la relación ya estaba en calma y así continuó hasta que murió tu abuela.

La madre de Carmen había sido mucho más explícita con su hija que con su esposo. Gonzalo lamentó no haberle prestado más atención. Del breve tiempo de su peregrinaje por este mundo, los último años estuvieron marcados por un deambular cansino y anodino.

—¿Saben?, revisé las cosas de mi abuela que estaban en una cajita de cartón. La encontré en uno de los cajones de la antigua máquina de coser; había cartas, fotos, antiguas postales. Me llamó poderosamente la atención una foto del abuelo Raúl: está con una niña de unos seis años; la niña tiene una muñeca tipo Barbie, con vestido de fiesta; el abuelo parece tener un poco más de cuarenta. La imagen ya es a color, pero con uno de esos coloridos demasiado rojizos, de pronto se hubiera visto mejor en blanco y negro. La niña no parece ser una niña de la familia que yo haya visto, pero la foto estaba guardada con todo lo demás. Esto indicaría que la abuela estaba al tanto de esa niña. Entonces ¿por qué nadie le dijo nada a mamá? Mi madre dijo más de una vez «antes de morir, el abuelo quiso decir algo», pero cuando ella llegó al sanatorio era muy tarde, ya estaba casi inconsciente.

—¿Cómo murió? —preguntó Ezequiel.

—Le repitió el infarto.

—Mientras hablaban imaginaba a don Raúl posando con esa niña, sea su hija o cualquier otra niña —comentó Gonzalo—. Ni siquiera tiene una foto solo con su propia hija ni con su nieta. Debieron tomarla sin su conocimiento. No tiene sentido que estuviera donde la encontraste, alguien la colocó ahí. Me imagino a don Raúl de costado, casi de espaldas a la cámara mirando a la niña con la muñeca, en un fondo, contra una pared mal revocada, amarillenta; la niña tiene un buzo azul, desteñido, solo se ve de la cintura para arriba y se aprecia su cara con nitidez.

—¿Cómo sabes eso, has visto la fotografía?

—No. Al menos así lo creo. Mientras Carmen hablaba, vi, como otras veces, una imagen superpuesta a la imagen real que ven mis ojos. Esas imágenes ocupan el mismo espacio en que nos encontramos, como si fueran traslúcidas, me pasa con cierta frecuencia, aunque trato de evitarlo. El piso ya no es el mismo, de pronto hay pasto, barro, el techo de la habitación lo veo en forma simultánea con el cielo o algo oscuro. Exactamente donde tú te encuentras había una zanja, no muy profunda, similar a las que se hacen para construir cimientos, una zanja en tierra, como entenderán, obvio, no era en este sitio, en ese caso debió haber sido de arena. No sé qué significa. Luego el piso cambió, era un piso barato de baldosas, con paredes blancas y camas, muchas camas de hierro, ventanas oscuras, paredes sin cuadros. Sentí calor. Un hombre se retorcía sobre la cama y luego nada, quedaba estático. Después, en este mismo sitio, el piso se convirtió en una calle mojada, había mucha agua y un auto antiguo, ruidoso, que partía. Sé que moría alguien.

Se hizo silencio por un rato.

—Pero papá, ¿qué tiene que ver esto con la fotografía de la niña?

—Nada, no tiene ninguna relación, solo lo dije para mostrarles cómo me siento, me dejé ir, lo estoy tratando de reprimir, pero bueno, me sigue pasando. Cuando empezaste a describir la imagen que encontraste, yo también la vi. La vi, repito, y quizá se trata de esa supuesta hija. La niña me parece conocida o tiene cierto parecido con otra niña o con alguien, pero no sé con quién.

—Carmen, debes aprender una cosa: en la vida siempre, en forma permanente, debemos estar demostrando nuestra fortaleza, manteniendo un nivel, de otro modo comienzan a llegar los ataques. Alguien trata de mostrar que es más fuerte. Pasa mucho con los chicos y con los viejos, pero con el resto de la gente también ocurre, a veces te das cuenta tarde. Hasta los dichos populares lo repiten, camarón que se duerme se lo lleva la corriente, el que se viste de oveja viene el lobo y se lo come —dijo Ezequiel y se dirigió hacia la cafetera para servirse otro café.

La joven se dirigió a la puerta, salió y se sentó en la hamaca bajo el largo alero. Estaba muy frío ahí. Ezequiel consultó a su hermano sobre la posibilidad de ver a un médico, tal vez le recomendara algún tranquilizante, en especial para la noche. Gonzalo le respondió que ya lo había hecho, pero ella no quería tomar nada, ni siquiera para los nervios al estómago.

—¿Cómo puede ser que este fraude haya ido a parar a esa vieja máquina de coser? Esta impresión es falsa, está editada hasta la manija —y exclamó—: ¡Es tan obvio! ¡Es tan malo el intento!

Gonzalo también la observó ahora:

—No cabe duda, es completamente falsa. Pero ¿quién pudo haberla colocado ahí? precisamente en ese cajoncito. ¿Alguna empleada doméstica?

—Coméntale a Carmen lo que vimos. La va a calmar. Trátala con mucho cariño. Lo necesita.

Rivas, con una vestimenta al estilo de don Raúl, algo más prolija y más barata, entró al club, se acercó al mostrador poco iluminado y dijo «una cervecita» y se alejó llevando la bebida hacia el fondo del local. Hasta se le parecía al caminar.

Preguntó por el patrón, como lo apodaban todos. Le señalaron el fondo del local. Entró en la oficinita contigua, cerró la puerta, le encantaba ver la sala de juegos a través del semiespejo. «Es como ser invisible», se dijo. Observó por un instante la pequeña filmadora. Se mantuvo por un buen rato mirando en silencio la sala, luego salió y cerró la puerta con sigilo. En la otra habitación usada como oficina por el patrón, todo lucía muy ordenado, todo impecable, salvo el desagradable olor a humo de cigarrillo.

—Hola, patrón, ¿cómo estás? —dijo dirigiéndose a un hombre bajo, delgado, de barba negra y abundante pelo lacio, también negro, con piel muy blanca y facciones demasiado delicadas—. ¿No vino hoy el nabo ese de Gonzalo?

—No viene siempre, solo en ocasiones y es un buen hombre, a veces tira algún dinero… Es una forma de tener algo de acción sin llegar al vicio.

—¿Cómo lo logra? ¡Esto es muy adictivo! —dijo Rivas con gesto incrédulo.

El patrón lo miró sin hacer ningún gesto, permaneció muy serio:

—No creas, hay muchos casos de personas con autocontrol, vienen cuando han juntado unos pesos y juegan hasta ese límite, al principio pierden siempre, pues no tienen la técnica del juego incorporada, pero luego ganan, en general más de lo que pierden y, por supuesto, no estoy hablando de la suerte del principiante, todo lo contrario.

—¿Y cómo van los dividendos, socio?

—Todavía no hemos recuperado la inversión —dijo—, pero puede haber algo si necesitas. Hay más gastos de lo que esperamos, sobre todo en coimas, pero ganamos muy bien; la inversión, por ahora, vale la pena, a este nivel somos los únicos. No es el nivel más alto pero es bueno.

—Juegan mujeres también, no tenía idea.

—Vienes poco, hay algunas muy asiduas, son buenas y no les falta capital. Las cuidamos como oro.

—¿Les brindas algún otro servicio?

—¿Eres nabo o qué? Aquí tenemos claro cuál es nuestro negocio, no hacemos nada que pueda ahuyentar al cliente, además, estas señoras, bueno, tú no lo comprenderías, son solo señoras que juegan por un poco de dinero en lugar de reunirse a tomar té, hacen algo más emocionante y punto, nada más. Si una hace otra cosa, es cosa de ella, pero bien lejos de aquí. ¿Qué te pasa? No te había imaginado con esas ideas. Si admirabas a tu expatrón, deberías haberlo conocido mejor y cultivarte más.

—No me ha ido bien con otras inversiones y tengo muchos gastos; mi hija es una derrochadora de primera, se cree no sé qué.

—¡Ah!, no la supiste enseñar, le aflojaste mucho de entrada, hizo lo que quiso y siempre todo le pareció poco y gratis, eso es lo peor.

—Tengo otros negocios menores, no funcionan del todo, pero en tres o cuatro meses voy a tener mucho dinero.

—¿Cómo lo vas a conseguir?

—José Rolan me debe unos pagos.

—Nunca oí a los Rolan deberle nada a nadie —acotó el patrón con una mirada de incredulidad.

—En realidad, no es que me deba, quedó de pagarme cuando a su vez cobre la venta de unos campos y se acaban de vender, por eso he hablado de unos meses.

El patrón le preguntó cuánto dinero necesitaba, cuando escuchó la cifra rio y dijo:

—¡¿Tanto te va a pagar Rolan?! En fin, te los voy a prestar, ven mañana después del mediodía, pero ten en cuenta esto, si en ese tiempo no me pagas, me quedaré con toda tu inversión en este negocio.

—Estoy de acuerdo —respondió Rivas, suspirando—. El otro día no le quisiste prestar al Torri ese y me prestas más a mí.

—A ese Gonzalo podría prestarle cuanto pida, si tengo suficiente, pero hay dos cosas, la primera, si lo dejaba continuar perdiendo es posible que no viniera más; a la larga, voy a ganar mucho más si continua como hasta ahora. La segunda, si no me paga, tiene mucho peso para mí y no podría exigírselo, en cambio contigo no tengo ese problema, no sé si has captado bien el mensaje.

Malhumorado Rivas dijo:

—Entendí. Voy a mirar un poco más el juego en directo, nos vemos mañana. —Y entró en la sala de juego.

Al día siguiente, ya con el dinero del préstamo en el bolsillo, Rivas se sintió de nuevo dueño del mundo. Fue directo al escritorio del viejo escribano. Este lucía cansado, sentado en un despacho moderno con muebles baratos, donde abundaban cuadros y archivadores muy prolijos. No tenía secretarios ni ningún tipo de empleado; apenas golpear y abrir la puerta y se encontraba uno con el hombre trabajando. Al costado tenía una mesa redonda con unos sillones, que utilizaba como lugar de reuniones.

Rivas lo miró como si estuviera hipnotizado: la imagen del profesional guardaba exacta relación con el resto, aunque correctamente vestido, se veía pálido y enfermo, tosía de forma permanente y no apartaba el pucho de su boca.

—Traje lo que me pediste, la nota firmada por el Loco y por los testigos.

—¿Cómo lo hiciste firmar? Ese será loco pero no bobo.

—Nada más sencillo, lo invité a tomar un trago de tarde temprano en el boliche del patrón. Invité a un par de chiquilines del baby fútbol y los convidé con coca-cola, les pregunté si ya sabían cómo iban a firmar pues andaba por aquí un buscatalentos. Sin duda, debían practicar la firma para los contratos venideros, ellos estaban en la mira. En cualquier momento tendrían un contrato delante de sus ojos. ¡No sabes cómo quedaron!

—Y eso ¿qué?

—Bueno, déjame continuar. Les di varias hojas blancas para practicar y les sugerí que aprendieran del Loco, que tenía una firma excelente, sobresaliente, digna de ser imitada y se los largué. Él quedó entusiasmado; fueron como alumnos y lo admiraron por un rato. Como sabes, es un pedazo de pan con los pibes.

—¿Y?

—Bueno, firmaron un montón de hojas y muchas veces en cada una, ellos tratando de imitar la de él con sus nombres. Después, fui yo y dije que mi firma era mucho más linda y mejor lograda, tomé una hoja en blanco y firmé con mi firma habitual. Él ya estaba con varias copas y también tomó una hoja y dijo que la de él era mucho mejor, y firmó una hoja en blanco bastante arriba de la página. Al final, para no despertar sospechas, tomé todas las hojas y las quemé delante de todos, bueno casi todas. Como dije, firmó bastante arriba de la página, pero no tanto como para no poder poner la parte final del texto, el resto lo puse en la cara opuesta de la página, es exactamente el texto que me indicó.

—¿Y los testigos?

Bueno, claro, eso fue más fácil, le pedí al aguatero del Club Central y al bicicletero, que también juega como defensa en el mismo club. Ambos lo conocen muy bien. Les solicité, de parte de él, unas firmas, diciéndoles que eran necesarias para presentar un documento para su beneficio. Firmaron sin chistar.

—Ya veo, están las tres copias de las cédulas de identidad —dijo el escribano y miró con detenimiento las firmas en los documentos—. Bien, las firmas coinciden, en unos días lo inscribiré. ¿Tienes el pago?

—Sí, claro —le dijo Rivas, entregándole un arrugado sobre amarillo.

—Vaya prolijidad la tuya, por las dudas contaré esto.

—Adelante, cuente, no falta ni un centésimo.

—Vamos, errores siempre puede haber. —Contó uno por uno los billetes y anotó los números de serie.

CAPÍTULO 7

Palumbo actúa

Los tableros desde donde se comanda el alumbrado público están en muebles metálicos amurados al piso de la vereda, cerrados con una llave muy simple, para protección de las personas. Los tres matones enviados por Palumbo se pusieron a conversar recostados al tablero. Uno de ellos, sin mayores dificultades, abrió la cerradura, miró hacia adentro del tablero y vio uno de los interruptores marcado con una tira de cinta aisladora roja, tal cual le habían indicado. Esperaron un rato y cuando vieron volver a Di Fabio bajaron la palanca del interruptor y dejaron la calle a oscuras. Corrieron hacia donde vislumbraban ahora la sombra del hombre zigzagueante. Se echaron sobre él y lo golpearon salvajemente, con los puños, con una botella de vidrio y también lo patearon hasta cansarse.

Ahí mismo quedó tendido en el suelo, respirando apenas. Con varias costillas hechas añicos, con la cara amoratada, llena de sangre que llegaba a cubrir por completo sus ojos y no lo dejaba ver. Sus pulmones apenas funcionaban tras la golpiza sin compasión. Di Fabio permaneció caído varias horas. Se encontraba justo frente al portón de chapa oxidada de su depósito de mercaderías, que también servía de garaje para su combi. El portón tenía una puerta pequeña para el ingreso de personas. Luego de volver en sí, le envió un mensaje a Emma para que fuera a ayudarlo. Ella abrió el candado y tras un prolongado esfuerzo logró ingresarlo a rastras dentro del local.

Emma, alguna vez y solo por unos meses, había ayudado a las enfermeras en el hospital. Con esos escasos conocimientos, lavó las heridas con abundante agua y lo vendó alrededor de la cintura y el pecho con tiras hechas de una sábana vieja. Las tensó aplicando su máxima fuerza y luego le dio algo de beber. Él casi no podía tragar y tampoco era capaz de emitir palabra alguna, solo gruñidos y quejidos. Pasó todo ese día tirado sobre un viejo y sucio trozo de polifón que otrora fuera un colchón. No comió nada.

Dos días después Di Fabio logró incorporarse, apoyándose en una vara de eucaliptus que utilizó como bastón. Comenzó a desplazarse por el interior de ese viejo galpón con paredes y techo de viejas chapas, con algunos postes podridos. En el galpón guardaba su Volkswagen combi. Le servía además como depósito para bebidas y objetos varios. La zona de depósito estaba vacía, tampoco había nada dentro de la combi. Las cajas de whisky, los envases de dos y cinco litros, las bebidas para promoción, todo había desaparecido. La puerta estaba con el candado puesto, ella lo había abierto hacía dos noches. Miró hacia arriba, el techo tenía unos lucernarios con chapas traslúcidas de fibra de vidrio que habían sido arrancadas y por ahí habían desalojado el recinto. No tenía seguro. Levantó la cubierta del motor de la combi, observó todo y la arrancó desde afuera. Funcionaba bien.

Volvió a tenderse en el piso como pudo, el dolor en las costillas y la espalda no lo dejaba pensar ni hacer. Las cosas robadas no le importaban tanto, se preguntó quién podría haber sido el causante de todo eso, no creía tener enemigos. Volvió a tomar varias pastillas de calmantes. Muchas horas después, se incorporó, volvió a la combi y se sentó de costado en el asiento, con las piernas hacia afuera y trató de girarlas, a pesar del dolor. Al final, lo consiguió, movió el cacharro apenas dos cuadras y estacionó frente a su casa. No pensaba bajar, tomó el celular para llamar a Emma. Mientras intentaba marcar el número notó la disminución de la luz que entraba por la ventanilla del auto. Miró hacia afuera y vio al corpulento Palumbo, justo cuando lo tomaba del cuello.

El Pirata se expresó con simplicidad:

—No quiero verte más por Yatay. Los muchachos te visitaron la otra noche solo como una señal, tenla siempre presente y no olvides el mensaje. Lo de la bebida, en cambio, es para nosotros, para no olvidarte mientras nos duren los tragos. ¡No quiero verte más por el pueblo!

—Pero… —intentó decir Di Fabio. Al observar la expresión de Palumbo olvidó lo que quería decir. Una vez que el Pirata se alejó, decidió bajar, entró a la casa y le dijo a Emma—: Me voy por un tiempo, ayúdame a empacar.

Tomó sus cosas más imprescindibles, documentos y algo de ropa. Por un momento pareció no dolerle el cuerpo. Cuando ella le preguntó qué sucedía, le respondió con un golpe en la cara, cerró la puerta, subió al vehículo y partió. Iba a ser la última vez que la golpeara.

Pasaron unos días y ella no salió de la casa. Lloró un poco al principio. ¿Sería cierto? ¿Di Fabio de verdad se había ido por un tiempo?, ¿por cuánto tiempo? Poco a poco, comenzó a sentirse mejor. De pronto se le iluminó el rostro, «no volverá nunca», se dijo. La casa estaba alquilada a nombre de él y tendría unos meses antes del desalojo por mal pagador, nada de qué preocuparse, la garantía era él. Ya vería de conseguir algún trabajo provisorio y luego intentaría irse ella también. Estaba harta del pueblo. A medida que pasaban los días seguía sintiéndose mejor. Una mañana, dedicó largo rato a arreglarse el pelo, colocó las pocas prendas de que disponía encima de la cama, eligió unas y se las puso. Se miró al espejo y sonrió complacida. Salió y caminando con elasticidad subió las cinco cuadras del empinado repecho que la llevaban a la calle principal del pueblo, dobló a la izquierda y caminó otras seis cuadras, luego a la derecha y continuó hasta llegar a la puerta de la oficina de Rivas.

Hizo sonar el timbre dos o tres veces antes de que este apareciera.

—Pasa —le dijo, mirando hacia uno y otro lado de la calle. No se veía a nadie.

Al ingresar a la oficina, le comentó distraídamente al hombre:

—Esperé que parara de llover antes de salir a la calle, todavía no se ve casi gente, comenzarán a salir de a poco.

Se sentó en un robusto sillón de madera y cuero y deslizó su mirada por las paredes de la pulcra habitación donde Rivas recibía a sus clientes. No había muchas cosas, una foto en la que el administrador aparecía con aspecto de cazador, con escopeta de dos caños, un cinto con cartuchos y un perro moteado. Cruzó la pierna mostrando sus bien lustradas botas símil cuero y le dijo:

—Tú y Di Fabio me convencieron de participar en este asunto del juicio contra los Rolan, ahora, por suerte, ese inmundo socio tuyo se ha tomado los vientos.

—Cuéntame qué pasó. Cambió la zona de reparto por otras, aunque, según entiendo, salió perdiendo en el cambio. Debe viajar más lejos y a zonas menos dinámicas.

—¿Y qué? Para ti como Yatay no hay, pero este es un pueblo de mierda.

—Ah, no cabe duda, él cambió para mejorar —dijo mientras reía estruendosamente.

—En realidad no me llegó a explicar nada, ni siquiera me dijo algo, solo se fue. Aunque lo vi muy asustado, alguien lo estaba siguiendo y haciendo preguntas, dijo no sé qué de la policía. Sin duda, hubo muchas cosas poco claras, pero no era un delincuente. Era un mal tipo, eso no se discute. Su huida es una bendición.

—Estoy de acuerdo, se fue muy rápido, algo lo asustó. Para mí no hay dudas, ese mafioso se está moviendo en este asunto —le insinuó mientras jugaba con una lapicera negra.

—¿De qué hablas? Mafiosos son ustedes.

—Tú lo sabes muy bien. Del Pirata.

—Por eso vine a hablar contigo, para saber qué piensas hacer con el asunto este del juicio, pues soy la nueva hija de ese Raúl. Vamos, sírveme un trago, ya es hora de tomar alguna cosita.

—No tengo ninguna bebida aquí en la oficina —le respondió.

—No lo recuerdo así, antes siempre tenías alguna botella a mano.

—Bien, creas lo que creas, de verdad, este asunto del juicio terminó para mí.

—¿Así nomás? Tú hablaste con el abogado y, para empezar, debes pagarle. Vas a ir bien derechito y pagar todo lo que le debes. Esos tipos de seguro tienen mil formas de cobrarte.

—Hace tiempo te di plata para un adelanto —dijo levantando los párpados e inclinando la cabeza hacia la izquierda.

—Ese dinero se lo quedó Di Fabio, tu socio, el que se esfumó.

—Primero no es mi socio y si tú le diste el dinero a él es problema tuyo —observó mientras continuaba haciendo girar la lapicera entre sus largos dedos.

—Bueno, le voy a decir eso al abogado: Rivas no le pagará nada.

—Está bien, te daré algo, un nuevo adelanto. —Abrió una caja fuerte antigua, de principios del siglo pasado. Había muchos papeles, poco dinero, tomó unos billetes y se los entregó.

—¿Y? ¿Qué significa «este asunto del juicio terminó para mí»?

—Escucha bien, yo legalmente en el juicio no participo y nunca participé, punto. Tú no vayas a las próximas citaciones y el caso se archivará.

—De ninguna manera. La única cara visible fue la mía y, en consecuencia, voy a continuar con el caso, es mi decisión. Tengo grandes chances de ganar el juicio o de que al menos me tiren unos pesos.

—¿No te has dado cuenta? ¿No sabes contra quién estás peleando? ¡Esta gente no va a darte nada! Van a preferir pagarles, aunque sea diez veces más caro, a los abogados, en vez de transar contigo.

—Pero cuando arrancamos dijiste «va a ser muy sencillo obtener al menos unos pesos de ellos».

—Sí, habría sido así si solo participaba Carmen, incluso consultando a su padre, pero no fue lo que ocurrió.

—Ya entiendo, le tienes miedo a ese Ezequiel.

—No es miedo, se trata de una persona acostumbrada a enfrentarse y pelear de veras, no lo corres con el poncho.

—Bien, le comentaré a Ezequiel acerca de tu participación inicial y, lo doy por hecho, no le va a gustar nada.

—Haz lo que desees, no pienso que te escuche y si lo hace, tanto me da. Vete y no vuelvas —dijo poniéndose de pie.

Emma continuó todavía unos momentos sentada mientras reflexionaba e insistió que ella iba a seguir peleando, colocó el cigarrillo en el cenicero, sin apagarlo del todo y salió lento, sin apuro, paso a paso.

«Me las he visto en peores, atorrante, no continúo siendo la niña de hace unos años, ni tampoco la mujer maltratada de hace poco, no tienes idea de lo que te puede pasar», se dijo mientras tanteaba el estilete en su cartera roja, tan roja como el pañuelo que llevaba alrededor del cuello, tan roja como sus botas.

Al salir, algo excitada por el encuentro, analizó su situación y pensó: «Si bien conozco a las mujeres llamadas a declarar como testigos míos, si bien conozco a sus hijos e hijas, en realidad, no tengo ni tuve vínculos fuertes con ellas, son solo conocidas». Razonó que tampoco las había contactado ella y decidió averiguar qué pensaban y eventualmente estrechar vínculos. Tras caminar largo rato, meditando, decidió visitarlas a la brevedad.

Al día siguiente, con una vestimenta menos llamativa, se dirigió a conversar con sus amigas, en especial con aquellas citadas para el juicio; vería a quiénes podía encontrar cerca del mediodía. Le pareció razonable, a esa hora comenzaban a despertar. Sabía bien dónde vivían, estaban todas muy cerca, pero las visitaba poco. Caminó hacia un extremo del pueblo, hacia un conjunto de viviendas que ocupaban una manzana. El terreno presentaba una pendiente no muy pronunciada hacia el lado de la vía de un ferrocarril inexistente, que bordeaba gran parte del pueblo. La mayoría de las casas se agrupaban sin dejar espacio entre ellas. Algunas tenían un pequeño jardín de escasos cinco metros hacia la calle. Todas estaban construidas con los materiales más económicos, tenían ya varias décadas y el único mantenimiento había consistido en alguna mano de pintura dada por las propias mujeres. La pobreza no implicaba desprolijidad ni dejadez, por el contrario, había orden, limpieza y hasta un atisbo de decoración elemental. Los fondos de las casas no estaban divididos y se podía acceder a través de alguno de los pocos predios baldíos que quedaban.

Emma entró por uno de ellos y se vio pronto rodeada por varios niños, todos descalzos, que jugaban inocentes del entorno donde vivían. Comían en cualquiera de las casas, mejor dicho, comían algo en una, otro poco en otra, pero sabían cuál era la suya, cuando a la tardecita se iban a dormir. Algunos niños estaban con su madre, otros eran criados por una pariente o amiga, temporalmente, mientras sus madres andaban de pueblo en pueblo. Estos últimos eran la mayoría.

—¿Cómo te encuentras, Cindy? —dijo dirigiéndose a una pequeña pelirroja con abundante cabellera, de unos ocho o diez años de edad. La niña la observó con ojos grandes, fascinada por la presencia de Emma.

—Le va muy bien en la escuela —le respondió una mujer tomando mate en una taza esmaltada; estaba sentada sobre una piedra, a la salida de una de las casas, mientras cebaba con una caldera abollada y algo tiznada.

Cindy, con sus manos y pies sucios de tierra y barro, con una pequeña pollera azul, semejante a la falda de una bailarina de ballet, usaba una camiseta un poco grande y tenía la cara muy limpia. Emma pensó en esas mujeres, en los niños, en algunos viejos y unos pocos hombres sin pretensiones que ahí vivían. Algunos la saludaron al pasar, otros no la reconocieron.

«Me imagino a Raúl Rolan paseando por el bajo, es como si lo viera, pero ¿habrá venido a un sitio como este a verme cuando niña? No me lo creo… —se dijo Emma—. Hubiera llamado mucho la atención. Y aquí ninguna de las mujeres es rubia o pelirroja como Cindy. Como antes me pasó a mí, ella puede ser hija de cualquiera de estas mujeres o de cualquier otra que no se encuentra aquí, que la haya dejado por un tiempo. Como hacían conmigo. De pronto ni siquiera tiene documentación o tiene alguna partida de nacimiento fraguada para poder ir a la escuela. Y su padre ¿quién es? Ni siquiera su madre debe saber quién es… Tantos hombres en una misma noche. Y pasa, queda embarazada, cuando se da cuenta ya es tarde y no tiene dinero para solucionarlo.»

El fondo era casi agradable, estaba arbolado con viejos y sombríos paraísos que en verano debían ser acogedores, aunque en esta época del año se veían esqueléticos recién podados. También tenía una zona despejada donde daba el sol, con una diminuta cancha de futbol, cuyos arcos estaban marcados con piedras; en otra zona, algo borrosa, dibujada en un trozo de piso de hormigón rugoso y rajado, una rayuela. Al costado, una cuerda atestada de ropa secándose. Uno de los niños, morocho, con pantalón corto, costras en sus rodillas y codos, se acercó y le pidió una moneda.

—¡Qué raro tú por aquí! —le dijo una de las mujeres, la mayor—. Tiempo que no nos vemos, ni para tu reclamo te acercaste, vinieron ellos, una sola vez, vino el flaco ese que dijo ser tu abogado.

Emma les mencionó la existencia de una serie de vicisitudes que había atravesado, sin explicar demasiado.

—Ya conocen el problema con Di Fabio —les dijo— y también el esfuerzo y la dedición que requiere en este momento mi hijo Hugo.

Trató de no mostrarse sola y menos sin apoyo, aunque esa era la realidad. Ella estaba sola, pero recién comenzaba, antes habían sido otros los que aparecieron y llevaron adelante cosas por ella. Ella nunca había participado, había sido pasiva, solo le dijeron que podía recibir algo de todo aquel embrollo.

—¿Y Olga? —preguntó

—Ya sabes cuál es la casa, aquella con la puerta verde. Ya debe estar sobria. —Fue la respuesta.

Así fue conversando unos minutos con cada una. Intentó congraciarse con ellas, ser simpática, pero las mujeres parecieron molestas. Modificaría su actitud, se propuso volver pronto y preocuparse por sus necesidades, incluso vería de hacer algo por ellas, dentro de sus pocas posibilidades. Ahora era libre.

«Debo trabajar bastante este tema, es vital para mí. Recién ahora tengo claro que Rivas nunca pensó que el juicio siguiera adelante. Hasta es posible que con alguna de ellas no haya hablado jamás, solo las puso como testigos, como a mi propia madre, jamás hablaron con ella, solo recibió una citación.»

Carmen y tres de sus amigas más compinches arrancaron en el jeep rumbo al campo, a pasar un fin de semana.

A la mañana siguiente, cuando se acercaron a la casa grande, el viejo José, quien se había levantado temprano como todos los días, estaba todavía tomando mate y las miraba con curiosidad. Había intentado, la noche anterior, conversar algo con ellas. Le respondieron con suma educación, pero apenas hablaron dos palabras y cansadas se fueron a dormir.

Observó cuando se levantaron, alrededor de las nueve, y desayunaron leche con café. La leche de campo recién ordeñada no les gustaba demasiado, también comieron alguna fruta, si bien no era abundante en la estancia.

Enseguida arrimaron dos sillas plegables a las dos reposeras de plástico blanco ya ubicadas al lado de la piscina, pidieron que les colocaran la sombrilla roja y se concentró cada una de ellas, celular en mano, en sus propias cosas, eso parecía, pero en realidad estaban las cuatro en un grupo, con otros amigos y amigas que vaya uno a saber dónde se encontraban. Rato después se fueron levantando de las reposeras con lentitud, parecía un muestrario de modelos de trajes de baño, de colores matizados, anaranjado, celeste y negro, o floreados.

Carmen se mojó en la ducha junto a la piscina, pero debido a su exclamación cuando sintió el agua fría, las demás obviaron el trámite. Fueron entrando de a poco, algunas zambulléndose y otras de forma muy lenta. Una de ellas entró, se mojó hasta la cintura y luego salió, volvió a entrar dos o tres veces hasta que también se sumergió en el agua. Chapotearon, nadaron con la bomba contracorriente encendida, fue un momento de mucho bullicio. Luego fueron saliendo cada una con su toalla y rato después volvió el silencio, cada una ensimismada con su libro de papel.

Un rato después, Carmen tomaba un café con José. Le preguntó si podía aportar información, alguna historia de esa época, algo que pudiera traer luz sobre esa incógnita, aunque fuera un chisme.

—Primero te cuento cómo nos organizábamos con Raúl en los negocios y luego en nuestra relación como hermanos y amigos, o hermanos muy queridos. Bien, en los negocios primero. Aparte de los dividendos, que nos correspondían por igual, ya que cada uno de nosotros tenía el cincuenta por ciento del capital accionario de los campos y restantes negocios, cada uno percibía un sueldo en función de las tareas convenidas. Yo, al estar en el campo y llevar las tareas de forma directa, tenía un pago mensual algo mayor. Trabajábamos en conjunto en la compraventa de animales, propiedades y maquinaria. Todo lo que fuimos comprando fue volcado a la sociedad, de esta forma la distribución accionaria no se modificó nunca. Cuando él falleció, nada cambió, salvo, por supuesto, su apoyo en las tareas que mencioné y en todo, diría. Tu madre y su hermano cobraban los dividendos correspondientes, dicho sea de paso, eran muy superiores a los salarios fijados. Por supuesto, cuando entraba dinero importante, se hacía un adelanto a cada uno con base en los dividendos esperados.

»Raúl tenía otros trabajos en Yatay. Con eso y los dividendos que le correspondían, invirtió de forma independiente. Por ejemplo, construyó la propiedad donde vives ahora, también negoció en plantaciones de eucaliptus y otras cosas. Todo esto era exclusivamente suyo y de su esposa, en vida de ella. Cuando falleció Raúl, todo continuó incambiado, el Loco, tú y Gonzalo recibieron los dividendos acorde al paquete accionario, tu madre testó el máximo legal a Gonzalo, por eso su participación en esto.

»A él nunca le interesaron estos ingresos, ni en vida de tu madre ni después. Según sé, ha ido ingresando todo ese dinero en una cuenta, no sé dónde, pero sé, iba a decir de buena fuente pero en rigor me lo dijo él mismo, nunca ha tocado un centésimo de ese dinero. En este momento debe de ser mucho.

»Con Raúl nunca quisimos dividir y tampoco importó luego de su muerte. En este momento, no tenemos que adelantarnos a los hechos, pero la empresa es suficientemente grande como para verse afectada por el hecho de que aparezca un nuevo accionista. No hay que poner la carreta delante de los bueyes.

—Tú, ¿qué opinas de esa hija?

—No sé, mujeres nunca le faltaron. Hubo un tiempo en que tenía una con casa puesta, como se dice comúnmente.

—¿Recuerdas cómo se llamaba o dónde vivía ella?

—Sí, claro. Pasados unos cuantos años se distanciaron, le dejó la casa y, al principio, le pasaba una mensualidad.

—Debo verla —exclamó Carmen.

—No, señorita, no te diré quién es. Estoy muy seguro: no tuvo hijos con ella. Luego ella se casó y tiene una vida muy estable, de modo que no conviene complicar con cosas del pasado que no vienen al caso. Al pasado pisado, nada de andar sacando trapitos al sol que no le hacen bien a nadie.

—Hablando de otras mujeres entonces, en la hipótesis de que hubiera tenido hijos, ¿le hubiera contado a mi madre, aunque fuera mucho tiempo después, qué crees?

—Te diré lo que pienso: no lo contaría a nadie, se hubiera preocupado por darle un buen pasar al niño o la niña y a su madre. O sea, hubiera arreglado el asunto solo sacando la billetera. También se hubiera asegurado de mantener el secreto, quizá sacándolas del pueblo, aunque esas cosas, al final, siempre terminan sabiéndose.

—Como conclusión, tú no aseguras que no tuvo hijos fuera del matrimonio. También se deduce que Emma no es hija suya, pues su tratamiento para con ella debió ser diferente.

—Hablando de otra cosa, hace un rato las vi a ti y a tus amigas y creo que tu padre es un adelantado para su generación. Cuando llegaba al campo, traía siempre un montón de libros, de blocks, siempre estaba escribiendo y hablando por teléfono. La primera computadora portátil que vi fue la suya, la había comprado en Miami. Ya a principios de los noventa tenía un teléfono celular; es gracioso, en esa época tenían un tamaño enorme, casi todo el aparato era la batería, la cargaba dos o tres veces por día. Caminaba muchísimo, siempre llevaba su block, su cámara, una cantimplora con agua, una pistola veintidós negra con caño largo, seis pulgadas. Pegaba muy bien. Es, además, una persona que escucha y analiza todo, parece no estar prestando atención, pero escucha todo, cuando menos lo esperas te contesta algo que quedó en el aire; tiene una memoria prodigiosa. Ese, creo, es el secreto de sus premoniciones.

—Dicho de otra forma, no crees en sus premoniciones.

—No. No creo en las premoniciones en general, pero para decir la verdad, a veces he dudado, sé de un caso, donde, para mi gusto, provocó él un suceso; algún día cuando lo entienda conveniente te lo contará, él es tu padre y si quiere decirte algo lo hará.

—Me dejas con las ganas de saberlo ¿y ya está?… ¡Así no vale!

CAPÍTULO 8

Las abogadas

Todos estuvieron de acuerdo y para la audiencia siguiente reforzarían el equipo de abogados, Ezequiel lo había recomendado desde el principio. Fue don José quien recomendó a las abogadas. Ellas reunían varias condiciones favorables que destacó. No eran del pueblo ni tenían ninguna vinculación allí. Susana Báez, especializada en derecho de familia y en procesal, y su hija, que trabajó antes en el Estado, formaban un equipo muy exitoso.

En los ámbitos empresariales o profesionales, en especial cuando abundan las discusiones, negociaciones, inspecciones y dictámenes, a veces técnicos, se suele apreciar como de primer nivel cuando el equipo consiste en un joven, con algunos años de ejercicio de la profesión, digamos tres a cinco, junto a un profesional veterano, de más de veinticinco años de actividad.

Susana, con algo más de cincuenta años de edad, rengueaba visiblemente al caminar, fruto de un accidente automovilístico ya lejos en el tiempo. Usaba vestimenta sencilla y práctica, pero sobria. Muy poco maquillada, con pelo lacio corto, su gestualidad era delicada y sonreía al hablar, además de abogada parecía docente. Trasmitía confianza. La acompañaba su hija con un porte muy similar, algo más alta y más seria, usaba pantalones en lugar de pollera como su madre.

Hasta ahora habían trabajado con ellas utilizando *mails* y realizando conferencias telefónicas o videoconferencias. Las abogadas recién conocieron personalmente a sus clientes pocas horas antes de la audiencia preliminar, cuando los visitaron en la casa del pueblo. No dieron mucha importancia a lo sucedido hasta ahora y tampoco a esta audiencia. El deseo de todos era que el juicio no se extendiera demasiado, razón por la cual no interpondrían legalismos para posponer las audiencias. Para ellos era una audiencia más.

Gonzalo y Ezequiel estaban aburridos, hartos de las demandas, por lo general laborales, sobre todo Gonzalo; ambos se habían preparado para enfrentar una situación molesta y nada más. Para Carmen el panorama era totalmente diferente.

Se reunieron con las abogadas en la sala pequeña. Ni bien terminaron de acomodarse en sus asientos, como había comenzado a ser costumbre, Carmen se adelantó expresando sus temores. De cierta forma, ella reflejó los temores y la incertidumbre de todos.

—Y llegó el gran día, nos encontramos aquí, en la casa del abuelo, de don Raúl Rolan, antes de la primera audiencia. Hace meses que este tema nos tiene en vela, tenemos el informe del investigador, tenemos los comentarios y las fotos de los chicos, mis amigos, tenemos los comentarios del Sorocabana, hemos hablado con gente con la cual convivió en esos momentos y hasta hablamos con Emma y con su amiga, se podría decir que tenemos su declaración. Todo esto no nos ha clarificado nada, estamos como en el primer día, cuando recibimos la notificación. Nadie sabe nada o nadie dice nada. Iremos ante el juez con las manos vacías. No conocemos la verdad.

Susana miró con simpatía a la muchacha y le dijo seleccionando un tono lento y cariñoso:

—Los juicios, estimada amiga, no consisten en descubrir la auténtica realidad, se trata solo de una lucha, de papeles, documentos, testigos, precedentes y de un empleo sagaz del razonamiento, para hacer prevalecer una de dos situaciones. Esto se resume en si el planteo de la demanda puede probarse o no. Si pretendes con este o cualquier juicio llegar a la veracidad de los hechos, en particular en este caso, llegar a conocer lo sucedido con tu abuelo, si tuvo una hija o no y si esa hija es Emma, bueno, sea cual sea el veredicto del juez, esta duda no podrás resolverla, no se develará aquí la verdad. Durante el juicio puedes conocer hechos o situaciones reveladoras y, a través de ellas, puedes, de pronto, conocer mejor a tu abuelo. De esta forma lo empezarás a ver como un ser humano, con sus virtudes y sus defectos. Es decir, desaparecerá la imagen idílica del hombre bueno, que te contaba o te leía cuentos en tu niñez. Mirado de otra forma, el resultado de este juicio podría hacerte compartir parte de tu vida con una persona totalmente desconocida y cuyo *modus vivendi* es para ti bastante extraño y opuesto a lo que has aprendido como virtudes humanas. Lo que no quiere decir que vayan a cambiar tus sentimientos hacia él.

»Antes de proseguir —dijo— considero mi deber esclarecer por completo el tipo de reclamo al que nos estamos enfrentando. Digo esto sin perjuicio de que puedo estar reiterando conceptos ya vertidos por mí o por mis colegas en conversaciones anteriores. El reclamo de esta señora no es por paternidad. Hasta hace unos años solo se permitía reclamar por un tiempo máximo de cinco años de cumplida la mayoría de edad por parte del demandante. En la actualidad, no prescribe. O sea que se puede reclamar en cualquier momento, no importa el tiempo transcurrido desde el nacimiento. Esto se resuelve hoy de forma muy sencilla, con un simple examen de ADN. Ella no está realizando este reclamo, ella solicita un reconocimiento tácito de hija, es decir que no importa si es hija biológica o no. El reconocimiento tácito se da por el trato como hija y fama por un periodo continuado de al menos diez años. De este modo, no corresponde realizar un ADN.

Ahora sí, por fin, luego de varias idas y venidas, de un sinnúmero de intercambio de ideas, de escribir y reescribir, de tachar y de borrar, de noches de insomnio, había llegado el día de la primera audiencia. Ahora era real, visible, comenzaba el juicio, aunque para los doctos abogados el juicio había comenzado varios meses antes, aun sin que los demandados se enterasen, el día en que Emma Fernández inició la primera acción judicial. Había pasado ya un año desde ese momento y habría que esperar un año más para conocer el fallo del juez.

El juez y el fiscal esperaban detrás de un sobrio escritorio de madera, uno de esos escritorios antiguos que ocupan mucho lugar. Los acompañaba una asistente sentada frente a una computadora instalada sobre una mesita metálica con ruedas de nylon. Dos escritorios sencillos, colocados sobre las paredes opuestas de la sala más bien amplia del primer piso, esperaban a los protagonistas del juicio: Carmen, Emma y sus respectivos abogados. En la parte posterior había algunas sillas para los acompañantes. La sala estaba pobremente mantenida, un cuadro de José Artigas maltratado por la humedad lucía como único símbolo de autoridad.

Emma Fernández estaba acompañada por un nuevo abogado. En esta oportunidad, había optado por mostrar una apariencia por completo diferente a la de la audiencia de conciliación: estaba vestida con humildad, sin maquillar, con el pelo sin teñir desde hacía por lo menos una veintena de días o así lo parecía.

Varios minutos se gastaron en detalles de la situación, de la enfermedad, el poder y la certificación médica por la falta de comparecencia de Raúl Rolan hijo. Conociendo o no los antecedentes de la malograda audiencia de conciliación, el juez dejó entrever la oportunidad de llegar a un arreglo. El nuevo abogado deslizó un par de frases mencionando también esta remota posibilidad. Era un hombre de mediana edad, bastante experimentado.

—Surgen dos hechos relativos a la demanda en sí. Primero, la solicitud de paternidad, esta no es objeto de acuerdo. Sin embargo, la demanda por herencia sí lo es —explicó el juez.

Carmen, durante meses, se había preguntado acerca de la causa por la cual la demandante no había iniciado antes algún tipo de contacto. Había esperado este momento con impaciencia y vio una oportunidad de expresarse.

—Para mí, es posible un acuerdo —dijo sorpresivamente.

Néstor, sentado a su lado, miró a Ezequiel desconcertado, que expresó en voz baja que no estaba de acuerdo. Sin embargo, lo dicho dicho estaba y la audiencia se suspendió por unos minutos. Fuera de la sala, se celebraría entre las partes un breve intercambio de opiniones. Los hombres se reunieron por un lado mientras las dos mujeres lo hacían por otro. Las dos abogadas se miraron sonriendo y salieron a fumar un cigarrillo. La reunión de los tres hombres fue hostil. Ezequiel, a pesar de los cursos de negociación a los que asistió en la Universidad de Harvard, se comportó en forma intransigente, casi irascible. A pesar de eso, el abogado mencionó una cifra, diez millones de dólares americanos.

—Vamos al boliche, allí podemos escuchar a borrachos más graciosos —dijo Ezequiel y salieron. Tomó su pipa, la encendió y dio unas pitadas.

Emma había ensayado mil veces esta conversación, la había soñado y sabía que inexorablemente algún día debería ocurrir. De hecho ya la había vivido y le dijo a Carmen sollozando:

—Yo nací de un padre y una madre, porque todos nacimos así. Yo no tuve padre, pero a mí siempre me dijeron que mi padre era Raúl Rolan. Apenas recuerdo haber estado con él alguna vez de niña. También me dijeron que tenía una hermana y un hermano, y que esa hermana tenía un profundo parecido conmigo. Muchas veces deseé acercarme. Hubiera querido que este encuentro fuera de otra forma, en una situación diferente. Para mí esto es muy estresante y no está bien: nunca debimos llegar a esta situación —dijo Emma mirándola fijo a los ojos.

—No sé por qué no me buscaste o, mejor, por qué no buscaste a mi madre cuando murió el abuelo y por qué debí enterarme mediante un cedulón judicial —le respondió con tono de reproche.

—Nos unen lazos muy fuertes, es la sangre, y de seguro podemos llegar a un acuerdo. Por favor, no es mi intención molestar y menos aún a un hermano enfermo, pero estoy en una pésima situación económica —agregó Emma—. No pretendo un reparto de bienes, ni siquiera parecido al que pudo haberme correspondido, solo pongamos un número y lo vamos masticando.

Se acercó Gonzalo, que había escuchado la última parte de la conversación y le dijo:

—En otro momento pudo haber sido distinto, pero ahora ese número es cero.

Se acercaron los demás y después de intercambiar meras palabras formales ingresaron a la sala de la audiencia. Las abogadas ya estaban conversando con el juez.

La audiencia se reanudó. El abogado de Emma parecía dictar cátedra, mostró un amplio dominio de los códigos, incluso rayó en la soberbia al ofrecerle al juez su ejemplar del Código General del Proceso. Había llegado hacía pocas horas de Montevideo y subestimaba a los profesionales del pueblo, incluyendo al propio juez. Acostumbrados a ser considerados de esta forma, la actitud pronta y generalizada de la gente del interior del país consiste en aparentar poco dominio de las situaciones y de los temas en cuestión. El propio juez no escapaba a la regla y en su proceder simulaba ni siquiera haber leído la documentación presentada.

Néstor, viejo conocido del juez, apenas dijo palabra durante toda la sesión. Tenía una actitud de excesivo respeto y la falta de experiencia o el miedo a cometer un error, lo tornaron timorato y lento. Era muy evidente que parte de los alegatos realizados no habían sido del todo prolijos. El abogado de Emma recusó cinco de los testigos propuestos por Néstor, quien trató con excesiva timidez de explicar la causa por la cual los estaba citando. El juez debió tomar una decisión y dejó abierta la posibilidad de que tanto él como el fiscal podrían llamar a los otros testigos. Al preguntarle a Néstor si habría recusación sobre su decisión, se encontró con la respuesta rápida y afirmativa de Carmen. Sin alterarse, el juez ordenó a Néstor:

—Abogado, haga callar a esta señora.

Néstor se vio forzado a elegir en el momento a los testigos que consideró más importantes. Una posterior intervención del abogado capitalino colmó la paciencia del juez que vociferó:

—Ustedes, los abogados de Montevideo, no saben cómo procedemos aquí en el pueblo. Aquí somos más abiertos, más genéricos, no utilizamos tantos preciosismos ni perdemos tanto tiempo en cosas elementales y obvias, pero analizamos con esmero cada uno de los detalles de la causa. —Luego agregó—: No me refiero a ustedes, doctoras.

—En realidad, nosotras tampoco somos de Montevideo —respondió Susana.

Acto seguido, el juez se tomó su tiempo para considerar la petición de herencia como un hecho comprendido en la solicitud de reconocimiento de paternidad. Denegó, además, el pedido de embargo genérico realizado por Emma sobre los bienes de los demandados. Fijó la fecha de las dos audiencias siguientes; en la primera, se escucharía a los testigos de la parte demandante y, en la segunda, a los testigos de la parte demandada. Para terminar, aclaró que se trataba de un proceso largo y si se lograba un acuerdo entre las partes lo debían comunicar por escrito, a fin de evitar las subsiguientes audiencias. El juicio por paternidad podría continuar o no, para tales efectos estaba presente el fiscal, al cual consultó.

—Dependerá de lo expresado en el acuerdo —respondió en tono muy frío.

A pedido del abogado de la demandante, estipuló que se anotasen los hechos en el acta sucesoria. Una vez finalizada la audiencia, volvieron a reunirse afuera de la sala, el abogado de Emma le entregó su tarjeta personal a Néstor y volvió a mencionar la posibilidad de un acuerdo.

—Si en algún momento tienen una propuesta, comuníquense, nosotros no vamos a hacerlo —dijo Ezequiel con brusquedad.

—Deberán hacerlo a través nuestro —observó Néstor y le entregó su tarjeta.

Sin mediar más palabras se saludaron y se separaron.

Los abogados quisieron conversar entre ellos y le dijeron a Gonzalo que los esperaran en la casa, pasarían por ahí en un rato. Aprovecharían para tomar un café e intercambiar opiniones.

Recién al llegar a la casa, Carmen comenzó a dejar escapar sus sentimientos, sentimientos de aflicción y de lástima por Emma. Apenas una hora antes había tenido lugar ese encuentro tan desigual, tan breve. Su estructura emocional había sido afectada, tal cual le habían advertido que iba a ocurrir. Durante apenas un par de breves minutos, Emma, preparada para el encuentro, con todos los años de experiencia propia de la calle, con una psicología aprendida golpe tras golpe, una Emma luchadora con un motivo para pelear, con una necesidad imperiosa de recursos, se había enfrentado a una Carmen muy educada, con una corta vida transitada detrás de los libros, cuyas pocas necesidades había superado con soltura debido a su capacidad individual y dedicación al estudio, y que no conocía necesidades económicas. El resultado fue devastador, solo quedaba por preguntarse si la lógica, la implacable e invencible lógica (que tan bien defendía Ezequiel), podría servirle de base para asimilar el golpe magistralmente estudiado y comenzaría a aprender una lección nueva, de esas que la universidad de la vida utiliza para que sigamos creciendo.

¡Qué diferencia entre una audiencia y otra! La audiencia que pretendió ser conciliatoria no lo fue para nada, en cambio en la audiencia que correspondió al comienzo de las acciones del juicio hubo casi más conciliación que oposición. Fue la actitud distinta de los abogados, la diferente posición de los jueces o, tal vez, fue fruto de que ambas partes, ya al principio de la acción, comenzaban a sentir el cansancio, el desgaste, la incertidumbre…

Se había producido un acercamiento que en otro momento hubiera sido impensable. Sin embargo, no todos habían reaccionado igual y los demandados mantendrían a toda costa su posición.

«¿Qué imagen se habrá formado el juez acerca del intento de conciliar?» fue la duda prendida en la mente de Ezequiel. «No es nada sencillo, el primer planteo de acuerdo entre las partes puede interpretarse como una actitud de debilidad y, en definitiva, todo se resuelve por el análisis o por las creencias del juez.»

Las abogadas no habían llegado; las esperaron en la salita biblioteca mientras saboreaban un auténtico café de Colombia preparado por Ezequiel. Gonzalo le preguntó sobre la situación de la empresa de Buenos Aires.

—Bueno, la situación económica y legal en Argentina ha empeorado mucho con el actual gobierno. No permite comprar dólares y, además, obliga a cambiar los dólares de las exportaciones por pesos argentinos a un valor muy bajo. Por supuesto, ya existe un mercado paralelo ilegal como respuesta a estas cosas absurdas. Ya hace unos cuántos años trabajo con mis socios actuales sin problemas. ¿Recuerdas cuando arranqué? Tú y tu esposa Angélica, me prestaron para la inversión inicial, también el viejo, si hará años… Se lo devolví más rápido de lo que pensaba, al principio las cosas anduvieron muy bien.

—¿Cómo no lo voy a recordar? En verdad, fue ella quien puso el dinero, yo, como siempre, dinero que recibo, dinero que invierto, a veces me va bien, otras no tanto.

—Ahora, además de estos problemas generales, alguien metió la mano en la lata, falta dinero y lo han camuflado con pérdidas debidas a errores involuntarios. Eso no lo voy a tolerar. El asunto explotó recién, pero viene manejándose desde hace un par de años con algunas acciones deliberadas. Sea como sea, ya llegué a un punto en el que debo cambiar cosas y, para colmo de males, contaba con el dinero de los dividendos de este año para una inversión en campos.

—¿Vas a explotar un campo o a dedicarte a negocios inmobiliarios?

—Todavía no lo sé. Apareció un negocio interesante con un campo cercano al de José y de ustedes, por supuesto. Está en sucesión, no hay a quién le interese el campo y lo único que buscan los herederos es hacerse de platita contante y sonante. No saben mucho de valores y como están necesitados no aspiran a mucho. Desde el punto de vista inmobiliario, es tremendo negocio y además es muy buen campo, con buenas aguadas, podría llegar a explotarlo.

—Ezequiel, tú lo sabes bien, es un negocio muy absorbente y no puedes delegarlo, debes estar encima de todo, como se dice, el ojo del amo engorda el ganado.

—Tengo algo de experiencia con la granja. Estoy de acuerdo con tu opinión; me dan bronca los empleados imbéciles, inventan cosas para afanarte, ganado que muere y mil cosas más y creen que uno no sabe nada de campo y ni se da cuenta de las barbaridades que dicen. En la granja habíamos plantado unas cuantas hectáreas de alfalfa, me envía un mensaje al celular el empleado y me dice «se perdió toda la cosecha», ya ni sé cuál fue la razón estúpida, si mal no recuerdo se la habían comido las ovejas. Lo llamé y le pedí explicaciones y cuando terminó de hablar, le dije que se fuera en ese mismo instante y no volviera más. Yo justo estaba en cama con tremenda gripe.

—Menuda decisión… ¿Quién le iba a dar de comer a los animales?

—Eso mismo. Llamé al alambrador, el tipo estaba trabajando en la granja y todavía tenía para unos quince días más y le pedí si podía hacer esa tarea. Me contestó «ningún problema», ya que estaba ahí no le costaba nada hacerlo y asunto arreglado.

—¿Y cómo siguió?

—Contraté a otro por un tiempo y luego volvió el mismo tipo que había despedido, reformado después de estar tiempo sin trabajo o haciendo alguna cosa en una pollería. Todavía está trabajando y es otra persona. Por supuesto, sabe que tiene la espada de Damocles encima.

—Bueno, pero ¿piensas seriamente explotar ese campo? Tú te vas meses al exterior…

—Es cierto, pero espero contar con el apoyo de José y sus hijos. Me pueden dar una mano, además pienso hacer una explotación ganadera semiextensiva. Es algo seguro, los vaivenes del campo son distintos que los de la industria.

—Siempre tienes la casa que fuera de don Raúl en el campo, nosotros casi no la utilizamos.

—Sí, ahora voy más que ustedes. La playita sobre el afluente del Yi es un lujo: pesco, cazo, ando en canoa, es mucho mejor que la piscina de la granja.

—La piscina está muy linda y le has puesto de todo.

—Sí, hacer ejercicio es mi debilidad.

La muchacha continuaba concentrada en su reciente encuentro con Emma, ni siquiera había escuchado la charla entre su padre y su tío, había entrado y salido, dado vueltas por la casa sin despabilarse del todo. Todavía no había pensado en el juicio, en la audiencia frente al juez.

Cuando llegaron los abogados, se escuchó la voz fuerte de Ezequiel diciendo, con expresión condescendiente:

—Vamos a escuchar la opinión de Néstor y de las abogadas. Han hecho bien en no decir palabra ante el juez.

—Bueno, no pasó nada distinto de lo esperado, fue hasta por demás típico, en algunos casos los litigantes no se hablan ni se saludan siquiera. Carmen quiso escuchar a Emma y quizá obtener algún dato nuevo y en lugar de eso recibió un verso muy bien preparado por la demandante. No es ninguna boba la muchacha.

—Una mujer inteligente, diría —dijo su hija.

—¿Pero esa intervención pudo haber influenciado la opinión del juez? —dijo Gonzalo mientras les servía café a los recién llegados.

—En absoluto, es práctica común intentar un diálogo con la otra parte.

—Magnífico, habíamos quedado algo preocupados por eso.

Susana continuó diciendo:

—Hemos estado analizando el caso y es imprescindible dejar muy en claro un punto: dependemos muchísimo de sus testigos, de cómo declaren. Pasado tanto tiempo, no hay otras pruebas, solo las declaraciones de los testigos, incluyéndolos a ustedes. Pero nuestros testigos no van a decir otra cosa, sino que Raúl era buena persona, no robó, no estafó, se llevaba bien con su esposa, etcétera; pero no van a poder afirmar: no estuvo con la madre de Emma en la cama, nunca la fue a visitar, ni hechos similares. Para eso necesitamos desacreditar a los testigos de ella. Nos ayuda mucho la poca experiencia de su abogado, naturalmente no puede pagar uno bueno, sin embargo, a veces hay abogados nuevos muy capaces, pero no creo que este sea el caso.

Susana se dirigió a Carmen y le dijo:

—Voy a instruirte para cuando tengas que declarar. Los mismos comentarios van a servir para ti, Gonzalo, así que hablo para los dos. Escuchen y asimilen bien, se los digo ahora para que vayan preparando su manera de pensar. Si no piensan diferente no declararán bien. Antes de la próxima audiencia, lo vamos a volver a hablar y repasaremos cada una de las posibles preguntas.

—Entiendo, tenemos que formarnos una idea sin fisuras de lo sucedido; aunque podamos tener dudas al respecto, esas dudas debemos desecharlas —dijo Gonzalo mientras miraba por la ventana. Parecía no prestar atención, estaba sumido en sus pensamientos.

—De acuerdo, muy de acuerdo. Para ustedes don Raúl nunca tuvo hijos o hijas, nunca lo escucharon de nadie, no tuvo parejas, aparte de la abuela, jamás oyeron discutir a don Raúl con su esposa, desde siempre se llevaron muy bien. Les van a decir que es normal que hayan tenido peleas como todos los matrimonios. Insisto, contestarán que no saben ni nunca oyeron hablar al respecto, en especial tú, Carmen, y jamás escuchaste a tu madre decir que presenció peleas entre sus padres, ¿está claro?, ¡jamás!

»No pueden mostrar ningún tipo de dudas, afirmen estos conceptos, aunque no les quede claro el significado de las preguntas, siempre pueden pedir aclaraciones sobre la pregunta y decir que continúan sin comprenderla. Continúen siempre con la aseveración de la imposibilidad total de ver a don Raúl en ese sitio, aunque aparezcan varios testigos y digan que sí, que lo vieron ahí, que lo veían siempre. Si tienen que decir que no están de acuerdo con lo que declararon o les preguntan qué piensan, digan, sin ningún atisbo de vergüenza, que mienten. No sean corteses en sus declaraciones, sean fuertes y pragmáticos. Recuerden, los ofendidos, a lo sumo, son ustedes.

Les dejó una serie de preguntas, escritas a mano, sin puntuaciones y no demasiado bien redactadas.

¿Con qué frecuencia discutían sus abuelos?

¿Recuerda cuándo su madre le habló de tener una hermana?

¿Vio fotografías de una niña desconocida junto a su abuelo?

¿Vio fotografías de su abuelo con otra mujer que no fuera su abuela, aunque fuera una compañera de trabajo?

¿De qué color era el auto de su abuelo, recuerda la marca, modelo, año?

En el liceo o en la escuela, ¿recuerda compañeras del barrio de la parada del ferrocarril?

¿Vio a Emma Fernández fuera de las audiencias? ¿Cuándo?

¿Qué color de pantalón y camisa eran los más usuales para su abuelo?

¿Cómo murió su abuelo?, ¿y su abuela?, ¿y su madre?

¿Recuerda ver gente desconocida en el entierro de su abuelo? ¿Y en el de su madre?

¿Cuántos años tenía cuando falleció su abuelo?, ¿y su madre?

¿Por qué está tan segura de que su abuelo no tuvo otros hijos? De alguna manera, siempre existe la posibilidad de que sea cierto…

Aunque se siembren dudas sobre la persona de don Raúl, aunque de verdad él no hubiera podido confiar a nadie ese secreto, aunque como alguien mencionó hubiera dicho «¿Y qué vas a hacer vos si algún día te aparece una hermana rubia e inteligente?», para saber la respuesta, deben responder pensando siempre en un hombre con un halo luminoso sobre la cabeza.

CAPÍTULO 9

Reunión empresarial

Mientras volvía a Montevideo, apenas pasado el mediodía, Ezequiel se desvió de la ruta principal en busca de un campo para chacra anunciado en venta por mercadolibre.com. Parecía interesante, era una zona de muy buena tierra, zona de productores agrícolas.

Había detenido el vehículo al costado del camino, bajo unos frondosos árboles, cuando observó una moto grande con dos ocupantes, ambos con casco, hombres jóvenes. La moto se detuvo con brusquedad frente a él cerrándole el paso. Alertado por sus experiencias anteriores, encendió el vehículo y puso el cambio. El acompañante saltó hacia atrás, sobre la rueda trasera y quedó parado delante. Ezequiel, sin darles tiempo a nada, aceleró directo al hombre, dispuesto a atropellarlo. Por fortuna, con gran agilidad este volvió a saltar sobre la moto; como había bajado, subió. Chirriaron las ruedas del pesado vehículo y Ezequiel ingresó al camino golpeando con fuerza la rueda trasera de la moto. Esta y sus ocupantes cayeron de forma aparatosa sobre el camino. Un casco rodó por el piso. Continuó la marcha acelerando a fondo mientras por el espejo retrovisor vio a los individuos ponerse de pie.

«Las salidas de las ciudades se han convertido en lugares peligrosos —pensó—. Fue un error parar en esta zona, sobre todo a la hora de la siesta, cuando todo está muy solitario.»

Llegando a Montevideo llamó a Jeremías y le preguntó:

—¿Qué harás la semana que viene?

—Nada que no pueda cancelar. —Fue la respuesta.

Así que lo invitó a ir a Buenos Aires y agregó que pasaría a buscarlo a eso de las nueve de la mañana del lunes siguiente.

—Bien, prepararé unas pizzas para el camino. —Prometió.

El viaje duraría un poco más de seis horas. Apenas salieron le comentó el pequeño incidente del día anterior. Su padre lo escuchó en silencio y le recordó:

—Algo similar te había sucedido en El Pinar.

—Sí, ya hace varios meses. Salía de casa, era verano, alrededor de las cinco de la tarde, todavía estaba Mariela, había cerrado el portón y acababa de subir a la camioneta. También dos hombres, ambos con casco, en una moto. Esa vez yo también estaba con la camioneta detenida, me salvó que ella ya había subido. Los tipos detuvieron la moto, como si fueran a preguntarme algo, abrí la ventanilla y vi como el de adelante, que había bajado, sacaba una pistola negra, nueve milímetros, me pareció. Dijo «dame plata».

—Esa vez sí se te había complicado.

—Sin duda, el malandra podía haberme pegado un tiro como si nada. Pudo ser un intento de copamiento, si no hubiera actuado rápido podían habernos hecho descender y entrar en la casa. Hay que actuar rápido, a cada momento que pasa la situación puede ponerse peor para ti. Aquella vez hice lo mismo, como la camioneta es diesel, no la apago cuando me detengo por poco tiempo, eso hizo que pudiera poner el cambio y pegar una gran acelerada hacia la moto; pasé al lado de ellos, no pudieron reaccionar. El Pinar es un lugar muy poblado, es una zona residencial, no es algo aislado y era pleno día. Pero lo saben bien: aunque alguien vea algo, no actuará ni dirá nada.

—Pudo haberte pegado un tiro, pero como dicen: quien pega primero pega dos veces.

—Cuando el hombre sacó el arma y me pidió el dinero, en ese momento, sentí que me iba a pegar un tiro, no solo lo intuí, en realidad lo imaginé y hasta sentí la bala chocando contra mi cabeza.

—Sé de qué estás hablando… de joven yo también me las vi en varias.

—Supongo que algo lo detuvo, de pronto entendió que era una acción inútil, que solo atraería la atención y decidió buscar otro objetivo. O yo reaccioné más rápido.

—Pegarle a un hombre en movimiento, si te ataca, es más difícil que pegarle a una moneda.

—A un amigo mío, me enteré después, le sucedió algo similar, les dio el dinero, no era poco, y, antes de irse, le pegaron un tiro. Estuvo varios meses delicado.

—Esto ha llegado a un límite, los ciudadanos honrados están detrás de rejas mientras los delincuentes caminan en libertad por la calle, en especial en motos, camuflados gracias a las medidas de seguridad, con cascos y cintas fluorescentes, son todos inidentificables. Todos los motociclistas son el mismo motociclista.

No muchos años después, escopeta en mano, un segundo antes de disparar sobre el delincuente, Ezequiel recordaría esta conversación.

Durante el viaje intercambiaron anécdotas, tomaron mate, hablaron de Peñarol, que el día anterior, allí mismo, en Buenos Aires, había clasificado para la final de la Copa Libertadores. Recordaron varias situaciones, hacía tiempo habían viajado mucho juntos.

Cuando cruzaban el puente sobre el río Uruguay, en Fray Bentos, Jeremías, mientras manejaba, habló sobre la magnificencia del puente.

—¡Qué obra! Ese ingeniero Ponce era un campeón. Durante las obras, buceó para inspeccionar los pilares, al subir lo descomprimieron muy rápido, lo que le acarreó muchos problemas años después.

—No estaba al tanto —respondió Ezequiel, mientras recordaba las últimas manifestaciones de los argentinos de frontera en el puente y los bloqueos por la planta de celulosa.

—¿Cómo va eso de la demanda? Siempre pienso en la madre de Carmen, se fue tan joven, teniendo tanta plata, dejó pasar la vida delante de ella. No hizo nada, no vivió. Para Gonzalo fue una mala elección, yo se lo dije, esa mujer no te conviene. Pero ya sabes cómo son las cosas.

—Recuerdo a don Raúl por los ochenta o más adelante, siempre decía que a él le gustaban las profesionales.

—Debe de haber sido más adelante, en esa época mantenía una relación bastante estable con…, bueno, una mujer a quien tú no conociste.

Ezequiel le respondió de inmediato:

—¿Es el padre de Ángela María?

—No, ella nació mucho después y no es a su madre a quien hice referencia. En los pueblos del interior fue bastante usual mantener dos casas y todavía lo es, entre la gente de plata, se entiende. Aparte de la oficial, tienen otra familia paralela. A veces ambas están en el mismo pueblo y no se conocen o hacen como si no se conocieran, a veces la familia oficial está en Montevideo.

—¿La dictadura influyó en ese tipo de cosas?

—¡Ah! La época de la dictadura… De algo te debes acordar, no eras tan chico, sin duda, pero las cosas de las que hablábamos corresponden a cosas de la vida, con o sin dictadura, hasta con monarquías o democracias, siempre fueron iguales. Si te despertaras de pronto viviendo en dictadura, con tu vida actual, y no escucharas los informativos, no te darías cuenta del cambio, eso sí, ten por seguro esto, no habría nadie intentando robarte o matarte. Solo tendrías contratado en tu empresa a algún asesor, que sería sin duda un coronel, esa sería la principal diferencia; también hoy puedes tener un asesor para agilizar los trámites y cobran muy bien por sus influencias, pero en esa época estaban en todos lados, las empresas se preciaban de tener un coronel como asesor.

—¿Estaban muy mal las cosas?

—Las cosas no son ni buenas ni malas, hay que saberlas llevar. Cuando el viento sopla fuerte hay que ponerse de costado. No recuerdo nada muy particular, los fines de los sesenta y principios de los setenta fueron mucho peores. Para los que estudiaron en esa época, a la época de la dictadura me refiero, fue una papa, fue como ir a la universidad privada hoy día. Pero en el ochenta y dos sí estuvo muy difícil, no había plata que alcanzara después de la devaluación. Pero sabes, también hubo otras crisis y para los pobres siempre es lo mismo.

—Bueno, pero cada vez hay más gente pobre.

—Ah, si te refieres a los que no trabajan, a los mendigos, a los que piden… En la década de los sesenta casi no existían. Hoy ves gente bien vestida caminando por la calle, gente joven, gente fuerte, y tiene la desfachatez de pedirte una moneda. ¡Qué vergüenza, que falta de… de todo! Yo siempre trabajé y nunca me faltó la comida, y conste que quien quiere trabajar trabaja, en cualquier lugar, en cualquier época, todo trabajo es digno, no importa el tipo de trabajo. Y si uno hace las cosas bien, con esto quiero decir lo mejor que puede, siempre te van a buscar.

Al rato continuó:

—¡Ah, los ochenta…! Más autoritarismo, más orden, más seguridad, menos delincuencia…, ¡pero en el ochenta y dos no llegabas a fin de mes con lo que ganabas! Tú recordarás, en el fondo de casa siempre hubo una parcela de terreno donde se plantaba, uno debe saber revolverse y no esperar que las cosas te vengan en bandeja. Volviendo al tema ¿quién te demanda?

—A mí nadie, a Gonzalo y a Carmen, bueno, es una prostituta que está tratando de sacar unos pesos.

—Son mujeres de la vida, la vida las lleva a eso, obedecen a alguien. Prostitutas hubo siempre, fanfarrones, bravucones, coimeros y delincuentes también. Ni me preguntes de quién hablo, de ese Rivas, de joven vivía en la barra del bar del club tomando cerveza. No entraba en la timba, pero era peligroso, con esos amigotes que tenía y tiene. Tú ten cuidado con él. Y don Raúl tenía plata, tenía muchas ínfulas, salía con alguna que otra mujer, ellas le sacaban plata, parecía listo, pero le tomaban el pelo.

—¿Y los milicos?

—Como siempre. Casi siempre andaban con esas putas baratas. Cuando les gustaba la mina de un subalterno, dalo por seguro que los fines de semana el tipo estaba arrestado.

Se alojaron en el Sheraton de Retiro como otras veces. A la noche fueron a cenar y ver un show de tango al restaurante El Viejo Almacén, próximo a la conocida avenida Paseo Colón. Eleonora y una amiga los acompañaron. Ella le entregó fotocopias de una serie de documentos y un par de informes que había redactado. Lucía muy bonita, con una pollera muy corta y un tapado de piel sintética.

Mirando la pista, luego del espectáculo, le volvió a llamar la atención, como siempre, lo bien que su padre bailaba tango.

Cuando entré en la sala de reuniones, ya todos estaban en su sitio y se leía el informe. Ricardo y Amalia, como era usual, impecables en su vestimenta, serenos y amables, apenas sonrientes, señal de que estaban preocupados. Washington, prolijo, erguido en su soberbia, miraba displicente hacia la puerta. Gregorio, el contador, con lucidos ademanes, finalizó la lectura. En la larga mesa había un lugar libre al lado del gerente general, ahí me dirigí y escuché unos instantes. Interrumpí los monótonos comentarios de Ricardo y dije en voz muy alta:

—Pasemos la palabra al gerente general, para que haga los descargos que entienda pertinentes. Washington, lo escuchamos.

Ricardo quedó mudo. Miré a los ojos a los restantes participantes de la reunión de La Mercosur uno por uno. Si alguien decía algo, se comía los dientes. Amalia miró hacia un costado, mientras el gerente general comenzó a hablar con un hilo de voz.

—No estaba claro en el pliego de la licitación —dijo como excusa.

—Usted comprenderá, es su total responsabilidad, utilizó un aprendiz para hacer la oferta, cuyo total fueron cinco millones y no la revisó de manera adecuada. La firma que figura aquí es suya ¿verdad?

Ricardo intervino con un tono suave:

—Disculpa, socio, lo estás tratando de forma muy grosera.

—Voy a continuar con los puntos siguientes, donde la responsabilidad de Washington es igual o peor. Yo me pregunto si estos montos los va a pagar él o, en todo caso, tú, Ricardo. Lo defiendes en lugar de cerciorarte de sus negociados. Y espera un poco porque voy a agregar más leña al fuego —y continué con otros casos similares. Desplegué sobre la mesa varias carpetas con los datos que había recibido de Eleonora.

Ricardo volvió a interrumpir y con voz calma pidió finalizar la reunión, a lo cual le pregunté si estaba siendo cómplice de esos errores o a lo mejor no lo eran, y en ese caso habría que hacer la denuncia a delitos complejos y solicitar la investigación técnica de la empresa.

Washington, pálido, se levantó con lentitud y dijo:

—Renuncio. No puedo ser tratado así.

—No vas a renunciar y presentar el caso como un despido indirecto. Vas a reconocer tus errores y escribirlos en la nota de renuncia —le grité después de dar dos pasos y parame frente a él, con los puños cerrados.

Amalia, quien no había intervenido, dijo:

—Calma por favor, mira que Washington ha permanecido en la empresa por más de diez años y comenzó cuando aún era estudiante.

—Peor aún —dije— pues no ha sido un fiel empleado, no ha defendido los intereses de la empresa y quizá tiene algunos otros negocios no muy claros para con la empresa. Si renuncia como corresponde, no los expondré, pero si debo hacerlo, tengo bastante documentación.

Washington dijo que traería la nota de renuncia al día siguiente, redactada adecuadamente y entonces levantaría sus cosas. Dicho esto, se retiró. Así lo haría, admitiendo su responsabilidad, sin ocultar nada.

—Bien —dijo Ricardo—, deberemos buscar un sustituto para Washington, dentro o fuera de la empresa. Reunámonos esta noche a cenar y continuaremos conversando. —Preguntó si me parecía bien que pasara por el hotel a las ocho. Solo agregué que nos iba a acompañar a cenar mi padre.

El ambiente en el remozado Puerto Madero era muy agradable, aunque ya era de noche hicimos una recorrida por el barrio repleto de restaurantes, de luces, de *glamour*. De un lado, los *docks* del antiguo puerto, reciclados en su interior, pero con el mismo aspecto exterior, los rascacielos a la izquierda, el Puente de la Mujer al fondo y los yates atracados. Estábamos a muy pocas cuadras del centro de la ciudad.

—La imagen del puente iluminado, reflejado en las aguas del puerto, es un espectáculo imperdible —dijo Jeremías, mi padre.

La reunión fue bastante animada. Se habló poco de la empresa, todos veíamos necesario ajustar algunos tornillos y pensábamos que solo con esto las cosas mejorarían. Se sobreentendió que el problema había sido extirpado. Por un tiempo, funcionaríamos sin gerente general, como al principio, pero deberíamos buscar un sustituto, pues Ricardo ya tenía unos años. Amalia se encargaría de los aspectos financieros y contables; yo, al no estar en el país, tenía poca presencia en el negocio.

De regreso a Montevideo pasamos por Luján, donde hicimos una visita a la Virgen en la catedral.

Emma y Ángela María caminaron despacio conversando de temas generales. La primera dijo:

—Necesito que hagas algo por mí.

—Sí, por supuesto, si está a mi alcance. Aunque no debiera hacer nada, me tiraron afuera de todo este asunto del reclamo al viejo Raúl.

—Mira, no te pongas violenta, negocios son negocios ¿qué entiendes que hice yo? Recuerda quién dirigía esto al principio —le respondió con mirada de pocas amigas.

—¿Qué quieres?

—No es mucho; solo necesito un texto manuscrito por Gonzalo. Te explico: estuve mirando los pedidos de trabajo en el ciber al lado de la peluquería de Pérez y encontré un par de solicitudes, sobre todo una de ellas me viene como anillo al dedo, aunque, ya lo sabes, estoy dispuesta a hacer cualquier trabajo. Pero no es fácil, no tengo experiencia ni estudios, debo inventar algo.

—¿Qué inventarás?

—Experiencia, obvio, estudios no puedo. Falsificar un certificado de estudio debe estar penado por la ley, en cambio mentir sobre una experiencia laboral, no, en el peor de los casos puedes quedar fuera del negocio y nada más.

—¿Qué harás? No entiendo,… ¿cómo te sirvo yo? —dijo Ángela María pensativa, con la mano derecha sobre la pera y el índice estirado tocándose la nariz, casi como si fuera a hacer una burla, pero era su manera usual, su pose cuando se distraía pensando.

—¡Ah! ¡Es tan sencillo! Solo necesito una nota de presentación de cualquier empresa mostrando mi experiencia de trabajo en el rubro solicitado. Ahora hay dos pedidos de personal para ventas de material de barraca y ferretería —dijo sonriendo.

—¡No! ¡Si lo demandaste!… ¿Cómo harías para obtener un informe de haber trabajado en su barraca? No, es una locura. No lo convencería ni aunque me le apareciera desnuda en sus sueños.

—No, no es nada de eso. Necesito que vayas a la ferretería y obtengas una nota, una lista, un presupuesto escrito por Gonzalo, con su propia mano. Yo redactaré algo simple y lo haré parecer suyo. Para un trabajo de ese tipo, de tan poco nivel, nadie se molestará en llamarlo para verificar la referencia.

Ambas se dirigieron a la barraca. Normalmente Gonzalo no atendía al público, pero en ocasiones, cuando se congestionaba mucho el negocio, cerca de las horas de cierre, bien del mediodía o de la tarde, apoyaba a sus empleados. Por lo general no era de gran ayuda.

Ambas entraron al negocio y cada una tomó un número. Habían esperado una mañana, cerca del mediodía, con mucha gente. Emma compró un pincel pequeño y no necesitó pedir la factura, se la entregaron de forma automática en la caja.

Gonzalo apareció y se dirigió al pulsador para llamar un nuevo número. Antes de que llegara a hacerlo, Ángela María se le acercó y le pidió asesoramiento. Apeló a su conocida amabilidad para pedirle que la orientara sobre el material a adquirir: iba a construir un pequeño galpón en el fondo de la casa. El albañil le había dado un presupuesto con materiales, le había parecido caro y pensó que sería mejor comprarlos directamente.

Él tomó una libreta de pedidos y comenzó a anotar. A su vez, realizó varias preguntas: dimensiones del local, tipo de paredes, tipo de techo, si utilizaría cerchas o tijeras de madera, las alfajías, el tipo de chapas, etcétera. Fue escribiendo una lista de materiales bastante larga. A la izquierda calculó las cantidades. Se sentó frente a la computadora y agregó los precios.

Ángela María lucía muy bonita, simpática, y parecía ser el tipo de mujer capaz de encarar la obra sin la ayuda de un hombre. Gonzalo se mostró por demás amable y profesional. Le entregó la lista que había preparado, se ofreció para cualquier otra consulta y llamó el siguiente número.

Emma, ya en el ciber, fotocopió el logotipo de la factura. Eligió una computadora y buscó el tipo de letra más parecido al del logo. Escribió el nombre de la empresa, dirección, teléfono, según aparecían en la factura; pasó una línea y luego escribió «Barraca y ferretería», Yatay, la fecha. Después redactó, despacio, midiendo las palabras:

A quien corresponda:

Por la presente, certificamos que la Sra. Emma Fernández ha trabajado en esta empresa como oficial de ventas desde el 3 de agosto de 2006 hasta la fecha.

En este periodo se ha desempeñado a entera satisfacción de la empresa.

Su egreso se debe a motivos personales.

A solicitud de parte, emitimos el presente documento

Dejó un espacio en blanco para la firma y escribió «Gonzalo Torri». Dejó una serie de espacios adicionales y escribió su nombre completo y su número de documento de identidad. Imprimió el texto en la hoja fotocopiada con el logotipo. Intentó dos o tres veces, luego miró el resultado. Sonrió satisfecha y sacó varias copias del documento final.

No muchos días después, Emma recibió un *mail* donde hacían referencia al aviso de pedido de personal para oficial de ventas. La citaban para una entrevista y le aportaban los datos del sitio y la hora de la reunión.

Se presentó en el lugar a la hora indicada. Se trataba de una agencia de colocación de personal. Una chica joven, hastiada de repetir siempre las mismas peguntas, la entrevistó con un formulario estándar. Emma alegó ser una persona sola, sin compromisos, sin hijos ni pareja, había vivido con sus padres en Yatay y, por razones de estudio, se había visto obligada a mudarse a Montevideo. También dio un domicilio temporal cercano a la empresa. Describió en detalle su trabajo en la barraca y ferretería de Torri.

El lunes siguiente comenzó a trabajar en ventas. Nunca había vendido nada y no tenía ningún conocimiento de las cosas, materiales y equipos que se vendían. Una muchacha le hizo la presentación e inducción a la empresa. Le presentó al encargado de la sección donde trabajaría, que se ocuparía del resto de la capacitación. Era un chico joven. No tuvo mayores dificultades en comunicarle su soledad, su necesidad de trabajo y el apoyo que necesitaba para empezar a desempeñarse, lo diferente que era una empresa del interior del país de una empresa tan grande e importante como esa.

En unos días ya se había adaptado a su trabajo. Tanto el encargado como las demás empleadas la apoyaban para que pudiera desempeñarse con éxito. Poco tiempo después, estaba conforme con el trabajo, le gustaba, el trato era adecuado, entonces comenzó a pensar en continuar sus estudios, prepararse en general y, además, mejorar su capacitación en esa área. Averiguó sobre los cursos secundarios nocturnos. Le sorprendió cuántos años debía dedicar a ello. Había dejado el liceo prematuramente, esto la obligaba a cursar varias asignaturas generales sin un objetivo visible, cuyo único efecto sería retrasarla en el logro de sus metas. Su única opción fueron los cursos privados, cursos específicos que apuntaban bien a sus necesidades. Debería analizar las cosas un poco mejor y, tal vez, hablar con Ezequiel.

CAPÍTULO 10

Testigos de la demanda

El día anterior a la audiencia Ezequiel viajó desde la estancia hacia Yatay, los ríos desbordados lo vieron pasar temprano. Las intensas lluvias habían cesado hacía casi tres días, pero el nivel de las aguas recién había detenido su ascenso. Entró al pueblo desde el norte y cruzó el puente. Como en cada crecida, con disgusto, vio el agua a la altura de las ventanas de las casas, las puertas y ventanas abiertas, vio otra vez a los boteros conduciendo sus embarcaciones por las calles inundadas. No por conocido le dolió menos lo que veía.

Contrastando con el cálido día anterior el viento soplaba fuerte y frío, tal cual le gustaba. La ruta había estado complicada, la camioneta patinó, corrió y saltó en medio del campo, pero terminó triunfante la recorrida. Costaba reconocerla, aunque normalmente estaba sucia, ahora tenía barro de más.

Gonzalo y Carmen todavía no habían llegado cuando entró en la casa. Con lentitud se dispuso a asar en la estufa un cuarto de cordero, carneado esa misma mañana en el campo. La estufa a leña teñía de tibieza el recinto. Sintió un ruido y se acercó al cuarto donde don Raúl durmiera por casi cincuenta años. La araña del techo se agitó con fuerza y osciló cual péndulo movido por una mano invisible. Se desplazó casi un metro de su centro de gravedad. Ezequiel cerró la alta banderola y sonrió mientras recordaba el cuento que tanto había entusiasmado a los alumnos de don Raúl. Era algo acerca de dos amigos, el primero en fallecer debía comunicarse con el otro y lo hizo utilizando ese procedimiento, es decir, haciendo pendular la luminaria del techo. Pensó en la reacción de Carmen si le relatara lo sucedido.

El péndulo se había detenido y todo volvió a la quietud normal. Mientras daba vuelta la pierna de cordero pensó en don Raúl, en la forma como cuidaba todos sus movimientos y los de sus familiares para evitar cualquier comentario adverso acerca de él o de su familia. Cuidaba los más mínimos detalles. No solo hay que serlo, sino parecerlo, solía repetir. Sin embargo, disfrutaba enormemente de los cuentos y chismes debidos a las andanzas de los personajes del pueblo. Él fue uno de ellos. ¿Cuál sería su sentir si pudiera escuchar las declaraciones sobre su persona de la mañana siguiente? ¿No estaría él escuchando con atención también? ¿Por qué no?

Un solo pensamiento le vino a la mente, el de su hija. Siempre había insistido, como si la escuchara de nuevo: «Quiso decir algo, pero no pudo; se llevó el secreto a la tumba. Eso será siempre un misterio», repitió esto sin llegar a conocer, por supuesto, la existencia del reclamo de esa supuesta hija.

Al ingresar al juzgado, Ezequiel vio a las testigos paradas en la esquina, esperando al abogado o a Emma. Su aspecto le dio bastante gracia: eran cinco mujeres, bajas, relativamente gordas, el pelo canoso, vestidas casi igual, como si hubieran elegido un uniforme, pantalón tipo babucha gris o marrón liso, un buzo con escote en uve y una campera, la que, con el pantalón, podría haber formado un conjunto, aunque difería en el color, como si los hubieran intercambiado. Tenían vistosas caravanas y anillos de una *bijouterie* grotesca. Estaba lejos de imaginar que, según su criterio, era la mejor forma de lucir en un asunto tan delicado.

—Doña Celia Céspedes, ¿quiere usted tomar asiento? —dijo el juez, dirigiéndose a la testigo.

La mujer rondaba los sesenta años, de tez muy morocha casi negra, se adelantó, tomó asiento en el lugar donde se le indicó y esperó con serenidad las preguntas.

Preguntó primero el abogado de Emma. La mujer respondió con lentitud, con propiedad, con ese tiempo que las personas del interior se toman para todas las cosas, sin apuro, hasta disfrutando de la oportunidad que la vida le brindaba: declarar en el juzgado como testigo, para favorecer a una compañera… Pudo no haberle sucedido nunca.

—Se le pidió relatar lo que supiera de la relación entre Rolan y Paulina Fernández, la madre de Emma.

—Salíamos, Paulina y yo, en compañía de mi primo Juan, del club. Juan había estado entrenando; era espectacular verlo con los guantes de boxeo puestos, era atlético, alto, fornido, se destacaba de los demás. Admiraba mucho a mi primo en ese entonces. Habíamos caminado apenas media cuadra cuando nos cruzamos con un hombre rubio, de ojos muy celestes. De su cinturón colgaba una canana de cuero marrón con tres brillantes lapiceras de oro puro. Era un político. Mi prima Paulina me comentó que era profesor de filosofía del liceo. Claro, mi prima estaba en tercero, ya tenía clases de literatura y filosofía. Yo estaba en segundo, todavía no tenía esas materias.

—¿A quién se refiere cuando menciona a Juan? —intervino el juez.

—A Juan Palumbo, mi primo —respondió la mujer sonriendo—. Como decía, en ese momento vi por primera vez a don Raúl Rolan. El hombre se dirigió de inmediato hacia mi primo y comenzó a hacerle unos comentarios sobre su participación en un combate o algo así. Juan nos presentó. Ese don Raúl no le quitó los ojos de encima a Paulina durante el resto de la conversación. Le preguntó algo, no escuché, ella le dijo su nombre y que estaba en tercero C o D. No recuerdo.

—¿Entonces este hombre, Juan Palumbo, fue quien presentó a Rolan y a Paulina Fernández? —dijo el juez

—No fue una presentación formal. En realidad, Rolan comenzó a conversar con Juan, que estaba con nosotras, y fue cuando nos conocimos.

—¿Recuerda la fecha aproximada?

—El año era 1980, lo recuerdo bien, ese año cursé segundo de liceo y fue el último para mí, por eso no puedo equivocarme. Respecto a la época, era una época algo cálida, usábamos ropa liviana, frescas, no era verano todavía, porque estábamos en clases, debió de ser primavera.

—Continúe, por favor.

—Bueno, Rolan y Paulina habían comenzado a verse un poco en secreto, ella me lo comentó, yo jamás los vi juntos en ese entonces.

—¿Sabe dónde se veían?

—Según me contaron, yo, como dije, jamás los vi juntos en ese entonces, salían en el auto de él.

—¿Y cuándo los vio juntos?

—Un tiempo después Paulina quedó embarazada y nació Emma. Hasta ese momento ella no había vuelto a ver a Rolan, ni siquiera varios meses después, cuando Emma casi caminaba. Yo había hablado algunas veces con Paulina cuando estaba embarazada y nunca me dijo quién era el padre. Pasé un tiempo sin verla, en realidad había dejado de verla con frecuencia desde su embarazo. En una oportunidad la vi en la plaza de deportes al lado del liceo, con la pequeña Emma, en compañía de Rolan. No podía creerlo, él estaba hamacando a Emma, al lado de Paulina. A la noche fui a visitarla y le pregunté qué ocurría. Paulina me lo contó entonces: por fin Rolan había reconocido a Emma como su hija. Se habían encontrado en secreto por dos años antes del nacimiento de la pequeña y él desapareció casi por un año luego de su nacimiento, pero finalmente un día había venido a conocerla y desde ese momento había seguido viniendo. Le pregunté por su esposa, si estaba en conocimiento de lo sucedido. Me contestó que no sabía, no hablaban de ella, pero por la forma como actuaba debía de saber. —La mujer permaneció callada, respirando ahora con algo de agitación.

Sin comentarios, el juez habilitó las preguntas a los abogados.

Susana Báez intervino.

—¿Cómo iba Rolan a visitar a Emma?

—No comprendo, ¿cómo iba?

—Sí, ¿iba caminando, iba en taxi, iba en coche…?

—Sí, venía en un auto grande.

—¿Recuerda algún dato, marca, color?

—Sí, era un auto negro, la marca no sé.

—¿Llevaba algo para Emma cuando iba?

—Sí, le traía regalos.

—¿Puede decirme qué regalos?

—Una vez le trajo una muñeca.

—¿Cómo era la muñeca?

—No recuerdo, era una muñeca.

—¿Algún otro regalo que recuerde?

—No, no recuerdo.

—¿Cómo era Rolan? ¿Cuál era su edad aproximada en ese momento? ¿Cómo vestía?

Era un hombre alto, rubio, más bien flaco.

—¿Cómo vestía?

—No recuerdo, pantalón y camisa, no recuerdo…

—Bien, muchas gracias, Sra. Céspedes, puede retirarse —dijo el juez.

Pasaron varios testigos, todas mujeres, dijeron casi las mismas cosas. Al final, llegó el turno de la declaración de la madre de Emma. Una mujer triste, de rostro pálido, casi melancólico, contrastaba con el de las morenas que la habían precedido en su declaración. Se sentó, suspiró apenas, era casi incorpórea. Su vestimenta, en calidad, no difería demasiado de la de las otras testigos, sí en su selección: lucía una larga pollera gris, casi el mismo gris de sus cabellos, y una camisa blanca; no usaba ni caravanas ni anillos.

Las declaraciones de Paulina Fernández, como madre de la demandante, fueron confusas, así lo observó el juez, quien casi no formuló preguntas.

—No preguntaré más —dijo con lentitud, pensando mientras hablaba, y delegó en los abogados la acción.

—¿Sabe por qué se encuentra aquí? —le preguntaron.

—Sí.

—¿Es por requerimiento de su hija?

—Sí. —Interrogada sobre sus hijos respondió—: Los tres son hijos de López, a él también me lo quitaron, era todavía joven cuando me dejó. La mayor es Emma.

Varias preguntas le fueron formuladas por el abogado de la demandante, ante una de ellas respondió:

—A ella, no sé, la vería de tarde, a mí me visitaba de noche. —Sus ojos grises se iluminaron por un momento y volvieron a apagarse.

En ese fugaz momento, todas las sensaciones de un lejano amor juvenil arremetieron contra su débil cuerpo, no llegó a saber si fue un momento en particular que se hizo presente o si se resumieron en ella todas las nostalgias de su juventud. Si el recuerdo respondió a antiguas vivencias donde su Raúl Rolan volvió a acompañarla o si fue otro momento de exaltación, solo ella lo sabrá, o quizá ni siquiera ella pudo dilucidarlo en ese ambiente hostil. Tal vez soñaba con un Raúl Rolan ideal. Brevemente el mundo distante donde se refugiaba había vuelto. A través del vidrio de aquella ventana, tantas veces vacía, en pocas oportunidades lo había visto con un puño apretando su corazón infantil. El mismo vidrio a través del cual todos los alumnos, varones y niñas, observaban a sus profesores, pero sin la inocencia, rasgada por el sentimiento de culpa, del sueño de una niña que empieza a sentir como mujer pero sigue siendo niña.

Desde el punto de vista judicial, la declaración no aportó ningún dato significativo. Para los demandantes, la inclusión de su declaración no iba a ser destacada, solo sería esa persona a quien le habían presentado a Raúl Rolan tantos años ha. Para la defensa, también pasó desapercibida su declaración. El juez ni siquiera había reparado en sus dichos.

Ezequiel no dejó de reparar en lo oculto de su belleza; a pesar de una visible vida de penurias y pobreza, no dejaba de ser una mujer hermosa y casi sensual, «solo se trata de una mujer muy atractiva viviendo en el pasado», pensó. Se preguntó si en sus declaraciones no estuvo contenida la única versión verídica de lo acontecido más de treinta años antes, cuando dijo «a mí me visitaba de noche» y si la expresión corporal que la acompañó no significó un sello de autenticidad en su expresión apagada. ¿No habían expresado más los pequeños gestos de la mujer sentada a pocos centímetros de él que mil palabras? Desde su privilegiada posición, podía ver a corta distancia a todos los testigos. A escasos tres metros detrás de ellos, estaba sentada Emma, de este modo, durante toda la audiencia, pudo presenciar simultáneamente su actitud, sus gestos, su incertidumbre durante cada una de las declaraciones. Cuando su madre prestó declaración, el rostro de Emma fue demasiado severo. Pero esta actitud no pudo disminuir en nada el gran parecido entre ambas: las líneas generales de sus rostros eran las mismas. Se trataba de dos imágenes similares, una más delicada, más sensible, una imagen de mujer vencida, la de la madre, la otra de rasgos más gruesos, menos delicados, de color más oscuro en ojos y rostro, el de la hija. El rostro de Emma no mostraba fuerza, mostraba resignación, mostraba incapacidad, se trataba del semblante de una mujer cautiva.

Tomé el vuelo de Iberia en Montevideo el mediodía del viernes. Aterrizó muy temprano en Barajas el sábado y esperé alrededor de cuatro horas. Llegué a Bilbao apenas pasado el mediodía. Retiré el citroën alquilado en el aeropuerto y me dirigí al hotel Barceló Nervión. Comí algo y descansé un par de horas. Reviví al salir a la calle. Caminé siguiendo la ría hacia el lado opuesto al mar. Crucé el puente peatonal de Calatrava y visité el Guggenheim. Desde un nivel elevado vi un laberinto, me pareció tonto. Cuando bajé, al recorrerlo, la sensación cambió de forma radical, las altas paredes y los pequeños pasillos me dieron una sensación de ahogo, aunque sabía de sobra cómo se salía. Interesante como cambian las cosas según el punto de vista.

El domingo de noche me dirigí al café Iruña, donde me reuniría con Ricardo. Cada vez que estoy en la ciudad no dejo pasar la oportunidad de ir a ese hermoso lugar, con una preciosa decoración mudéjar y un menú muy variado, sirven unos excelentes pinchos y todo tipo de sabrosos platos con frutos del mar. Pedimos primero la cerveza y luego fuimos agregando picadas, tabla de quesos, tomate y jamón ibérico, pulpo a la gallega, bacalao a la bilbaína, calamares en su tinta y pinchos de cordero. Volvimos al hotel caminando, atravesamos la plaza con los Jardines de Albia y llegamos por la plaza Circular.

Al día siguiente fuimos a la Cámara de Comercio vasca a las diez. Virginia estaba esperándonos. La había conocido en una feria en Córdoba, Argentina, durante una exposición en la que participaba la Cámara de Comercio del País Vasco. Después habíamos vuelto a encontrarnos en otra feria, esta vez en Santiago de Chile. De ahí en más nos vinculamos a través del *mail*. Cuando le dije que haría una gira por España, en concreto por Bilbao y sus alrededores, porque quería contactar algunas empresas de la zona, ella me preparó una agenda muy específica.

Charlamos un rato, nos presentó al presidente de la cámara y nos comentó el itinerario para esos días. Había agendado visitas a varias empresas, algunas estaban exponiendo en la feria, otras se encontraban en el parque industrial de Zamudio y en el polígono industrial Boroa en Amorebieta, en las afueras pero muy cercanos a Bilbao. De la lista de ocho empresas, a primera vista nos impresionaron dos como capaces de disponer del producto que buscábamos, de todas formas seguiríamos la agenda.

En concreto, la búsqueda se centraba en un producto capaz de adquirir datos, de trabajar en condiciones industriales exigentes, con importantes campos electromagnéticos, también con entradas y salidas digitales. Queríamos tener la posibilidad de cargar un software a nivel de máquina, desarrollado a medida para sus requerimientos. Sabíamos que estas empresas desarrollaban productos similares a medida, pero ya con el software incorporado y adaptado a los requerimientos particulares. No sabíamos si nos iban a facilitar el acceso a la programación. Ya habíamos probado con kits de desarrollo y funcionaban muy bien, pero eran muy lentos y necesitábamos algo profesional.

El primer día fuimos a la exposición y convención de metalmecánica que se desarrollaba en el Bilbao Exhibition Centre, en esta oportunidad Virginia nos acompañó. La feria no era demasiado impresionante, habían elegido una hora de poco movimiento. En uno de los *stands* me preguntaron si me animaba a utilizar un casco electrónico. Este simulaba un recorrido por el interior de un equipo de alta tensión. Cada vez que tomase una posición riesgosa, desde el punto de vista de la tensión que se supone habría dentro del equipo, se produciría una explosión y debería comenzar de nuevo. Al principio todo anduvo muy bien, me vi a mí mismo caminando sobre una barra cilíndrica dentro de un caño con codos y tes. Me moví con soltura utilizando los botones del equipo que tenía en la mano, pero pronto sucedió algo impensado, había olvidado quitarme los lentes y con el calor comencé a transpirar y se me fueron empañando, razón por la cual las explosiones virtuales comenzaron a hacerse muy frecuentes. Finalizado el recorrido, ya no veía casi nada. El muchacho del *stand* me dijo que no había estado nada mal. Ricardo sonriente comentó que, por un momento, durante el simulacro, se había llenado de curiosos la zona, porque hasta ese momento nadie se había prestado para hacer el recorrido virtual. Salimos de la feria con un conjunto grande de folletos, tarjetas de presentación, periódicos especializados y hasta algún artículo técnico, lo usual en todas las ferias.

En Zamudio visitamos el laboratorio de ensayos, almorzamos con el director del Instituto de Ingeniería Eléctrica, quien fue expresamente al parque a conocernos. En la tarde, continuamos con presentaciones de productos de las empresas y reuniones. Con las dos empresas más prometedoras acordamos volver al día siguiente. De regreso, pasamos por la Cámara de Comercio y Virginia nos preguntó:

—¿Cómo les ha ido? ¿Alguna de estas empresas tiene lo que buscan?

—Sí —respondimos ambos a dúo. —Las dos tienen el producto.

—¡Qué diferencia con lo que sucede en nuestros países! Nosotros, para desarrollar un producto, debemos diseñar cada elemento, hasta la estructura del equipo, la caja, cada plaqueta, importar cada componente, y algunos de ellos en pocas cantidades, esto lo hace muy difícil. Aquí, en un parque tienen todo, el que hace las plaquetas, el que hace la caja, el que hace los elementos o los trae para varios. Es otro mundo —comenté admirado con lo que había visto.

—Para completar el esquema, el Estado es al principio una especie de socio, aporta el local, consigue los negocios iniciales mediante convenios con otras empresas —dijo Ricardo, mientras movía la cabeza con un no, un no puede ser que estemos tan lejos. Y agregó—: Disculpa, socio, lo que voy a decir, esto podría pasar en un país pequeño, como tu paisito, pero que nos pase a nosotros es inconcebible.

—Eso no es nada. —Me quedé pensando en otra cosa, en el Estado socio—. En nuestros países, el Estado es socio solo al momento de calcular los dividendos y se lleva cerca de la tercera parte en impuestos, sin hacer nada, cobrándote todo desde el comienzo. Bueno, así vivimos, me pregunto qué hubiera pasado si continuáramos siendo una colonia.

—Ahí te garantizo que los impuestos sí serían mucho más altos —respondió Ricardo riendo.

—La culpa es de Napoleón —le respondí, continuando con el pensamiento anterior.

Al día siguiente nos reunimos con directores de la primera de las dos empresas que nos recibieron con marcado interés.

—En realidad, estábamos esperando afianzarnos un poco más con nuestro último producto, pero teníamos en mente salir a comercializar al exterior de forma rápida y esto que ustedes nos plantean nos parece una muy buena forma de hacer las cosas. Por supuesto, capacitaremos a las personas que envíen y los asistiremos durante el desarrollo del software.

Algo debería quedar claro, la marca del producto era la de ellos, el modelo, los números de serie; solo se indicaría que el producto sería *customizado* para el Mercosur o para el país en particular.

—Meditaremos el tema y luego enviaremos a un director con un especialista para arreglar los detalles técnicos y comerciales en Buenos Aires, en un par de meses, si les parece bien.

No sabíamos qué decir, era algo inesperado. Luego fuimos a almorzar y hablamos de temas varios, principalmente de la situación económica de los tres países.

En la tarde la reacción de la otra empresa fue idéntica.

Ya en el auto de regreso a Bilbao, dije, sintetizando el pensamiento de ambos:

—Parecemos niños con dos pedazos de pastel casi idénticos, pero que solo pueden comer uno.

El último día que pasamos en Bilbao fuimos a almorzar con Virginia: una entrada con camarones y luego cogote de merluza que estaba excelente. Después de almorzar, pasamos por un barcito donde tomamos un café negro y continuamos caminando hacia los acantilados, mientras observamos volar los alas delta.

—¿Se vuelven mañana, ya tan pronto? —preguntó ella.

—Yo sí, respondió Ricardo. —Mirando con pena el paisaje que iba a dejar.

—Yo me quedo unos días; voy a recorrer el camino de la playa hacia San Sebastián y luego cruzo los Pirineos, paso por Roncesvalles y cruzo en Saint-Jean-Pied-de-Port hacia Francia.

—¡Ahí es donde algunos dicen que se debe comenzar el camino del peregrino! —exclamó Virginia.

—¿Conoces el lugar? —le preguntó Ezequiel.

—No, pero me gustaría.

—Bueno ¿qué esperas? Salimos mañana, dile a tu jefe que no te sientes bien y el médico te mandó descansar unos días.

—Sí, el médico eres tú, nada menos… ¡mi jefe me mata!

—Pues mejor que te mate al regreso —y continué—: Les cuento una. Yo estuve una vez. Desconocía las costumbres locales. Me alojé en un pequeño hotel, una construcción muy antigua, con un comedor que había ganado premios a la comida regional, es otra de las cosas por la cual la ciudad es muy reconocida. No tenía mucho que hacer, así que preparé el mate y me quedé en el estar de la planta alta del hotel mirando televisión, tratando de aprender algo de francés. Cuando sentí hambre, no era muy tarde, bajé y me senté en una mesa del restaurante. Se acercó una mujer vestida con mucha sobriedad y me dijo que la cocina estaba cerrada, que era muy tarde. No podía creerlo ¡eran menos de las nueve de la noche! Me había perdido el plato regional, ganador del premio. Salí a la calle y estaba todo cerrado, a excepción de una hamburguesería repleta de chicos, una especie de trasnochados a las diez de la noche. ¡Qué decepción! Pero voy por la revancha. Recuerdo que había un plato de cordero con hierbas naturales que sonaba como algo fabuloso.

—Me encantará el cordero —dijo Virginia.

CAPÍTULO 11

La muerte del Loco

Desde hacía unos días, Carmen y tres compañeras de facultad preparaban el último examen, solo les restaría terminar el trabajo de fin de carrera. Para ello, se habían ido a la casa de veraneo de una de ellas en Bella Vista, a pesar de que la temporada de playa había finalizado. En la tranquilidad de la zona, les era fácil concentrarse en el estudio. En los momentos de distracción, hacían las compras, preparaban algo de comer y, a media tarde, salían a hacer un largo recorrido en bicicleta. También disponían de algunos pequeños aparatos para ejercicio: extensores manuales, barras elásticas, resortes y una colchoneta para abdominales.

Estaban acostumbradas a trasnochar y se iban a dormir casi a la salida del sol. Ese momento era como una campana que les avisaba que no siguieran, un límite, pues si por ellas fuera continuarían estudiando. Era extraño pero, para ese momento, el cansancio había desaparecido.

Esa noche, como las anteriores, estudiaron, hablaron y discutieron sobre algunos puntos de la asignatura casi hasta el amanecer. La casa era un dúplex con dos dormitorios en la planta alta, uno utilizado como salita de estudios. Todas tenían su propio lugar de estudio y no lo intercambiaban, aunque al irse a dormir dejaban muy ordenados todos los libros, cuadernos y hojas utilizadas durante la jornada. Todos los teléfonos en silencio se dejaban en el piso conectados a los cargadores.

Carmen solía sentarse en un sofá que daba hacia el fondo de la casa. Durante el día, reposaba su vista en el patio verde con senderos de piedra partida; más atrás resaltaba la figura del monte natural que bordeaba la zigzagueante cañada que se dirigía al mar. Del lado opuesto de la casa se veía la playa. Durante esa noche sin luna, no había nada que ver afuera, solo oscuridad. A la hora del amanecer, su vista siguió la angosta banda roja horizontal sobre el terreno, que se interrumpía en el monte. Durante las últimas horas le había sido difícil concentrarse en el texto. Antes de acostarse, miró el celular distraídamente. Con preocupación observó muchísimas llamadas y algún mensaje pidiéndole comunicarse con urgencia. Pensó en algo grave y llamó a su padre para enterarse de la muerte de su tío, el Loco.

Salió de inmediato hacia el velatorio en Yatay y llegaría apenas a tiempo para el sepelio. Las primeras luces de la mañana fueron cambiando las imágenes de la pequeña y fría habitación. Una gran cruz colgaba de la pared, algunas hojas de palma, unas pocas flores y, en el centro, el tímido ataúd de madera clara. La tapa reposaba contra la pared, estampada con una cruz más pequeña y más brillante y el nombre en letras de bronce.

José y sus dos hijos llegaron temprano, viajaron en el mismo vehículo desde la estancia. Los dos hijos llevaban bombachas de campo, camisa de manga larga sin doblar los puños, un pañuelo al cuello, todo de colores muy sobrios, marrón y gris, botas cortas y sombrero de cuero marrón. Fueron directo al ataúd, se pararon frente él, se persignaron, dijeron una rápida oración en voz baja y se quedaron un rato paralizados frente al cuerpo inerte. Los tres se sentaron en las sillas dispuestas en las paredes laterales, en la misma salita donde se encontraba el féretro. No era fácil distinguir a los dos hombres jóvenes vestidos tan parecido. Eran algo más altos que su padre pero no mucho, robustos y con la tez muy curtida; los tres eran muy rubios, aunque el padre tenía el pelo casi blanco y llevaba una barba grisácea. Luego de un rato saludaron a Gonzalo, quien se sentó apenas silla por medio.

Comenzaron a llegar cadetes con coronas, ramos y otros arreglos florales. Esta sucesión sería continua hasta la hora del sepelio. El intendente del departamento se acercó a media mañana y saludó a Gonzalo y a José, diciéndole a este último:

—Lamento mucho, pero es mejor así.

—Sí, vaya uno a saber en qué mundo vivía… ¿Sabe?, era ahijado mío. Desde niño fue muy distraído, siempre distante, perdía todas las cosas o las dejaba por cualquier lado y ¡claro! nunca aparecía nada. Aun de grande, perdía el bolso con la toalla y la ropa de gimnasia, y siempre había alguien a quien le sirviera. Su madre se preocupó mucho mientras vivió, lo sobreprotegió mientras pudo y tuvo razón, pero bueno…

—Sin embargo, incluso así estudió una carrera terciaria y la terminó. Contador ¡nada menos!

—¡Ah! Eso no es moco de pavo, no es para cualquiera. El muchacho era muy inteligente en verdad. Pero luego, ya sabe, las pastillas para mantenerlo a raya lo convirtieron en un opa.

—Sí, lo comprendo… ¡Pobre muchacho! Pero, aunque en su mundo, no tuvo una mala vida, por lo menos si se mira desde afuera.

—Fue una lástima —dijo José, adoptando una posición de impotencia—. ¿Sabe que todavía recordamos algunos de sus dichos? En los hechos, es como si solo hubiese vivido veinticinco años.

En ese momento se acercaron a saludarlo el comandante de la base y el del cuartel. También saludaron al intendente que ya se retiraba.

—Bueno, los dejo. Salúdeme a Carmen.

—Debe de estar por llegar, estaba en un balneario. Cuando ande por la zona, dese una vuelta por la estancia y charlamos un rato.

—Téngalo por seguro. ¡Hasta pronto!

El director del liceo, acompañado por dos profesores, se dirigió a Gonzalo luego de persignarse frente al féretro.

—¿Fue algo sorpresivo o estaba enfermo? —le preguntó uno de ellos, casi con solemnidad.

—Estaba enfermo desde hacía unos meses.

—Disculpa, todo el que viene te debe preguntar lo mismo.

—Casi —dijo levantando los hombros.

—¿Llegó a dar clases en el liceo?

—Mientras todavía era estudiante —contestó el director y se extendió en el hecho—. Sí, en efecto, antes de despertársele la enfermedad, pero aun así… Sabía mucho y se le ocurrían anécdotas geniales, relacionadas con la asignatura, por supuesto, hasta tal punto que quienes fueron sus alumnos en ese momento todavía recuerdan muchos de sus dichos. Pero, como decía, aun así le costaba mucho enfrentar una clase y mantener un orden didáctico, por lo cual solo estuvo dos años.

—La comunicación con la gente le hacía mucho bien pero también lo estresaba sobremanera.

Un momento después, alto y corpulento aunque algo avejentado, hizo su entrada Palumbo. Palmeó a Gonzalo y saludó a todo el que se le cruzó. Al llegar frente al féretro, miró unos momentos al muerto, sacudió la cabeza a ambos lados y se dirigió hacia donde estaba el comandante del cuartel.

En ese momento llegó Carmen. De mañana la sala desbordaba de verde, blanco y amarillo. Entró con paso rápido, ni siquiera vio la gente a su alrededor, se paró frente al cuerpo de su tío y, casi sin mirarlo, acomodó distraídamente unas flores. Se volvió hacia el cuerpo, hizo una oración en silencio y miró el ataúd.

De la muy blanca y bordada mortaja solo sobresalía la cara pálida y rígida del que llamaban cariñosamente el Loco, su tío. Pero no era el Loco. Recién ahora, en este instante, era una persona más, hasta elegante le pareció. Más tarde, una examiga de su madre diría lo mismo. Sus facciones se revelaban detrás del pequeño bigote negro como no lo habían hecho nunca, toda su vida habían permanecido atenazadas por una mueca rígida. Ahora esta otra rigidez le había infundido paz.

Gonzalo se le acercó y la abrazó.

—Nunca logré comprender el porqué de esa vida, así, sin sentido. ¿Por qué demoró Dios tanto en acordarse de él? —dijo mientras pasaba un pañuelo por sus ojos.

—Hay tantas cosas sin explicación…, bueno, tantas cosas que no entendemos, pero, en fin, ya descansa.

—¿Habrá sufrido mucho este último tiempo?

—Estuvo poco tiempo internado y estaba por completo fuera de este mundo, tenía un mundo propio, con personas que le hablaban y a las que él a su vez hablaba. Eso y la música. Además siempre fue un lector asiduo, aunque hacía mucho tiempo no tocaba un solo libro.

Siguieron apareciendo arreglos florales y desfilando personalidades del pueblo. Mucha gente se retiró sobre el mediodía y hubo un momento de menor bullicio, pero pronto el local volvió a colmarse de personas. Muchas salieron a conversar, la acera de la funeraria estaba repleta y también la de enfrente.

Poco rato antes del sepelio, llegó Ezequiel, miró al Loco, tocó el cajón y le dijo, casi en voz alta:

—Pareces otro, compadre, hasta la pinta cambiaste. Cuando llegues, seguro conseguís novia enseguida.

Ezequiel se unió a un grupo de muchachos desconocidos para él y relató algunas anécdotas de la juventud del Loco, de aquel tiempo en que todavía no había sido alcanzado por la enfermedad.

—Fue, en esos momentos, sin duda, un tipo jovial. Tenía siempre un comentario o un chiste oportuno pronto para irradiar optimismo —terminó diciendo.

A la hora de mayor gentío, es decir una media hora antes de la partida del cortejo, llegó Rivas acompañado de su hija. Ni siquiera pasó a ver el cuerpo del finado, saludó a José y se mantuvo separado del resto, conversando con su hija. Ella se veía poco por el pueblo. Era más bien gorda, tenía un peinado de peluquería y estaba maquillada como para ir a una fiesta. Llevaba unos zapatos con plataforma bastante alta, una pollera azul, camisa al tono y lentes negros. Encendió un cigarrillo, por lo que el portero le solicitó con amabilidad que saliera al exterior. Miró al pobre hombre como a una alimaña y aplastó el cigarrillo recién encendido en un cenicero ubicado al lado de la puerta de entrada.

Palumbo, dejó escuchar su vozarrón cuando dijo:

—¡Si habrá yeguas desagradables en la tierra del Señor!

Sus palabras las escuchó hasta el muerto, la mayoría sonrió: una grosería para otra grosería. Los pocos que pudieron sentirse no ofendidos pero algo molestos no estaban a la altura de replicar.

En ese momento, dos empleados de la funeraria solicitaron a los familiares despedirse del difunto y desalojar la sala que contenía el féretro. Es uno de los momentos más desagradables, lo fue para Carmen, quien solo tocó su pelo oscuro y se retiró sollozando. Para otros pudo ser un alivio. Para el Loco, el fin de su suplicio.

Los empleados colocaron la tapa al cajón y abrieron de nuevo la puerta. Ya estaban esperando seis hombres de la familia para trasladar el cajón hacia la carroza. A diferencia de lo que sucede en las películas en las que siempre llueve y donde la gente camina en un mundo de paraguas, el sol brillaba fuerte, no se veía una nube en el cielo. El cortejo fúnebre avanzó gradualmente, cruzó la vía del ferrocarril y siguió el sendero de altos pinos. Multitud de coches formaban el cortejo y otra multitud de curiosos observaba su paso. Ese iba a ser el acontecimiento del año, aquel donde se reuniría mayor cantidad de gente.

La carrosa fúnebre paró en la puerta del cementerio y desde allí el ataúd fue llevado a mano hasta el panteón de los Rolan. Ya frente al panteón, lo depositaron sobre un soporte con ruedas. El panteón, de grandes dimensiones para el pequeño cementerio, tenía un portón de hierro forjado. A cada lado se encontraba la ya desgastada figura de un ángel con las alas a medio desplegar. En la parte superior sobresalía la imagen de Cristo crucificado pero no muerto, no con un rostro de sufrimiento, sino sereno y amable.

El sacerdote, excompañero de clase del difunto, los acompañó hasta el panteón. Leyó un pasaje de la Biblia y dijo:

—Fue uno de los mejores alumnos de su clase en la universidad. Finalizó sus estudios y alcanzó su título, a pesar de que en el último año ya estaba bajo el peso de los primeros síntomas de la enfermedad que llevó con estoicismo hasta su día final en la Tierra —dijo como parte de la oración última y dio su bendición.

Unos instantes después, personal de la intendencia bajó el cajón hacia el interior del sepulcro.

Nadie lloró.

Al regresar, el intendente le dijo a José mientras caminaban hacia sus vehículos:

—Es extraño que don Raúl, teniendo este magnífico panteón familiar, haya sido sepultado en Montevideo.

—Bueno, quiso ser sepultado junto a su señora. Ella era oriunda de Montevideo y pidió que se la enterrase ahí, toda una cadena de acontecimientos. Antes de su muerte, ella estuvo unos cuantos meses internada. Fue cuando él compró el nicho, en ese momento estaba en construcción. Fue extraño, iba a Montevideo cada quince días y se daba una vuelta por el Cementerio del Norte. Siguió el avance de la obra. Es un bloque grande de nichos.

—Sí, de pronto estaba preocupado de que su señora falleciera y el nicho no estuviera pronto —dijo suavizando el tema el intendente, mientras hacía un ademán comprensivo.

José, algo absorto con un tema muy propio de su edad, agregó:

—Era como quien compra un apartamento en un edificio en construcción y va con periodicidad a ver cómo va quedando el sitio donde va a vivir… me imagino al faraón visitando su pirámide en construcción —El intendente no pudo cambiar el tema mientras José agregaba—: Dentro de poco, yo mismo estaré también en ese panteón frente al que hemos estado hace solo unos instantes.

—Eso impidió al pueblo dar su último adiós a don Raúl de la forma como se merecía. La mayoría de la gente no podía ir a Montevideo y muchos se enteraron tarde —dijo con prontitud el intendente.

—¿Usted cree? Por eso tanta gente se hizo presente hoy, fue por este muchacho, pero también por mi hermano Raúl —dijo José levantando los párpados

—Sí, eso creo yo al menos.

El grupo de gente continuó alejándose con lentitud, mientras Ezequiel y Gonzalo esperaron a Carmen para alejarse también del panteón. Cuando ella llegó, su padre la abrazó cariñosamente. Luego caminaron con extrema lentitud hacia la salida.

—Recuerdo cuando estaba en tercero o cuarto de liceo, la profesora de historia nos trajo hasta el cementerio, este cementerio, y dio aquí su clase; no recuerdo el tema. Hizo leer un epitafio a uno de los alumnos que, por supuesto, leyó mal —comentó Gonzalo—. Es un cementerio antiguo, puede que… —Se detuvo mientras pensó su próxima frase—: Es la historia de los pueblos jóvenes como este: los hombres y mujeres que contribuyeron a su desarrollo y crecimiento son ahora nombres escritos en esas lápidas. Algunos pasarán a ser nombres de calles o plazas.

—En pueblos con mayor historia debe pasar igual —agregó Carmen.

—Sí, claro, pero aquí son nuestros propios familiares.

Pocos días después, hubo una reunión con las abogadas para preparar la declaración de los testigos. Las abogadas simularon las preguntas que podría hacerles el abogado de la demanda. Néstor se limitó a escuchar. Luego Susana agregó:

—Una cosa es clara: no es posible demostrar algo por la negativa, solo se puede intentar demostrar algo positivo, con pruebas. No es posible demostrar que alguien no hizo algo como se ha intentado responder esta demanda. Aquí no hablamos de hija biológica eso sí es sencillo de probar por sí o por no. No se puede demostrar que no fue a un sitio o a otro, nadie estuvo en forma permanente con él, solo podemos basarnos en hechos básicos: su conocida honestidad, su hombría de bien, no mentía… Si lo de la hija hubiera sido verdadero, lo concordante con su personalidad era que lo dijera a la familia, a amigos cercanos y punto. Y resaltar mucho, sobre todo, lo chico del pueblo y una muy conocida personalidad del hombre. De ser cierto, esto no hubiera pasado desapercibido. No solo sus amigos se hubieran enterado, pero al menos ellos sí. Insistamos en que ningún amigo conoce esa situación y no se la contó a nadie.

Gonzalo y Ezequiel se retiraron luego de la reunión, mientras que Carmen permaneció conversando con Néstor y le planteó abrir la sucesión del Loco.

—Será un expediente muy simple, no tenía herederos forzosos. Tú recibirás todo lo suyo, según entiendo algo igual a lo que ya tienes.

—En realidad, no. Es mayor. Él y mi madre heredaron partes iguales, pero, al morir, mi madre testó a mi padre el cincuenta por ciento de lo suyo. O sea que papá y yo recibimos un veinticinco por ciento y el tío, cincuenta por ciento. Por cierto, papá nunca utilizó nada. Ordenó depositar en una cuenta el valor de los dividendos que iba recibiendo y ahí están todavía.

—Bueno, como dije, será un trámite muy sencillo —comentó Néstor antes de retirarse.

Días más tarde, Néstor llamó a Carmen.

—No sé cómo decirte esto, pero tu solicitud de tramitar la sucesión del Loco no es tan simple.

—¿Qué dices? ¿Por qué no es simple?

—Pues, mira, hay un testamento inscrito y se hizo hace no mucho tiempo.

—¿Un testamento? ¿Tenía alguna mujer acaso? ¡Pobre!

—Espera, lo siento, pero no es lo que estás pensando… Hizo un testamento a nombre de Rivas, cediéndole todas sus propiedades, todos sus derechos sucesorios.

—¡No, no es posible! ¡Es ilógico! Solo si fue forzado o engañado…

—Y esto no termina aquí. El testamento agrega que, en caso de muerte, los derechos recaerán en su hija, a la que apreciaba mucho, dice.

—Néstor, ¡es insólito!, casi no conocía a la hija de Rivas… ¿Qué fecha tiene el documento?

—No tengo el dato acá, pero está inscrito hace casi seis meses.

—Justo antes de internarlo en la casa de salud… ¡Esto es una locura! Solo hay una cosa por hacer, ¡matarlo a él y a toda su familia!

—Cálmate, por favor —y agregó—: Vi el documento y es un papelucho, pero está firmado por el Loco, dos testigos y el escribano. Es, como se dice, totalmente legal e irrevocable.

Carmen colgó, tiró el teléfono sobre un sillón, gritó, maldijo y amenazó. Luego recorrió el dormitorio de su padre y también el de Ezequiel. Buscó en el galpón, en la biblioteca, pero no encontró ni rastros de un arma. Sabía a la perfección que las había y varias. Luego, agotada, se sentó en el fondo de la casa. La aplastaba un peso demasiado grande. «Ahora soy socia de Rivas, no lo puedo creer, esto debe ser una broma. No es posible,… mami,

mami, ¿dónde estás?, te salvaste de esto.» Un flujo ácido subió desde su estómago, desbordándose por su boca con violencia, sin arcadas, le ardió la garganta. No atinó a nada, luego comenzó a arrodillarse, se dobló y su cara chocó contra el piso de hormigón del galpón del fondo. Así la encontró la empleada doméstica cuando llegó al sitio luego de escuchar ruidos extraños. Minutos después la ambulancia partió sin prisa, sin hacer sonar su alarma, con las luces encendidas y Carmen en su interior.

Soñó que, acostada en un lugar desconocido, oscuro, veía, sobre un recuadro algo más luminoso, imágenes tridimensionales, borrosas, de Rivas riendo y de su tío el Loco, moviéndose con esa torpeza propia no de la enfermedad, sino de los medicamentos. Imágenes calladas que se repetían una y otra vez. De pronto, no lo podía creer, continuaba viéndolos a los dos, pero también se encontraba ella, se veía a sí misma. Era como si ellos hubieran aparecido en el sitio donde ella se encontraba, sentada en su sillón preferido dcl cstar, vicndo la caccría de tigres rojos. «Hola, tío Loco —le dijo— ¿Qué has leído?» Pero su tío no estaba.

Al despertar en el sanatorio, permaneció en silencio, recordando. Tuvo miedo y lloró.

Néstor intentó comunicarse con su padre o su tío, pero recién logró ubicar al primero a la mañana siguiente. Le comentó lo sucedido a su hija. Gonzalo llamó al teléfono de la casa del pueblo y la empleada le comentó en detalle: la tarde anterior había encontrado a Carmen caída en el fondo, llamó a la emergencia médica y la llevaron al sanatorio. También le dijo que había permanecido con ella toda la noche y acababa de regresar.

Unas horas después ambos estaban con Carmen en la habitación del sanatorio. Se quedaron un buen rato, le hablaron con suavidad, aunque ella estaba muy adormilada debido a los efectos de la medicación. Luego salieron y se sentaron en la cafetería del sanatorio.

Gonzalo comentó:

—Según dijo el médico, al principio pensaron en un infarto, pero realizados los análisis concluyeron que había sido un cuadro psicótico. Está muy medicada, pero no hay ningún peligro —y agregó—: También me dijo que una situación traumática, en la cual por más que te esfuerces no puedes hacer nada, puede provocar un infarto y a esa edad un infarto hubiera sido mortal.

—No puedo creer lo que hizo este hombre —le dijo Ezequiel—. Según me dice Néstor, el testamento no es impugnable pues está validado por el escribano y los testigos. Averiguaremos quiénes son y los presionaremos un poco a ver qué dicen. Llamaré a Palumbo. ¿Qué opciones tenemos?

—Seguir como hasta ahora, pero eliminando su participación como administrador de la sociedad. La mayoría la tiene el hermano de Raúl. Veremos qué hace, él aún no está al tanto de esta novedad.

—A él no le va a influir demasiado.

—Bueno, Carmen también puede vender acciones o sus propiedades o simplemente rematarlas y olvidarse de todo esto. Yo creo que sería lo mejor, tiene suficiente como para iniciar otra cosa y no preocuparse de nada.

—También puede matar a Rivas —dijo Ezequiel sonriendo—. Yo haría eso.

—Más bien que va a tener que matar a unos cuantos. Tienes que matar a Rivas y a todos sus descendientes, ¡todos se lo merecen!

—No importa, el mal fluye, de padres a hijos y a amigos. También el bien. Pero ahora estamos hablando del mal —dijo Ezequiel y agregó—: Dejémonos de tonterías, ella ya sabrá qué hacer —y agregó—: ¡Como se le pasó a su madre lo del testamento, con lo de su enfermedad, y no limitó sus acciones! Gonzalo, tú tampoco estuviste muy rápido.

—Sí, pero yo nunca quise intervenir en sus cosas.

—Peor entonces, no debiste hacer eso.

—Es una de las cosas en las cuales he tratado de mantenerme al margen, tal vez no ha sido una decisión adecuada. Uno no se arrepiente tanto de las cosas que hizo mal como de las que no hizo. Lo del testamento fue posterior a la muerte de mi mujer, pero hubo un hecho que continuó desde la época de Raúl: nunca quisieron declararlo incapaz. Eso tampoco es fácil, pero ahora lo veo de forma diferente, aunque no lo hubieran logrado sería hoy un buen antecedente.

—Sabes cómo era tu mujer… Le dijeras lo que le dijeras, en esos temas no había quién la moviera. Solo sufría las consecuencias de las decisiones de los demás y luego, por largo tiempo, se quejaba por lo sucedido. En realidad, siempre pensamos que a la muerte del Loco iba a presentarse alguna mujer reclamando tener un hijo suyo. Es hasta gracioso, pero cuando escuché por primera vez de la demanda pensé en una demanda de paternidad al Loco, nunca imaginé a don Raúl como blanco —dijo Ezequiel.

—Es un gran dilema: o pasa toda su vida con el peso del robo del que es víctima o dedica su vida a recuperar de alguna forma legal las cosas o bueno… Ya ves, la está pasando muy mal y no creo en una rápida mejoría.

—También podemos tomar decisiones por ella. Al menos alguna acción que elimine a Rivas, entonces, aunque no recupere lo que le hubiera correspondido, tampoco se encontrará con el estafador cara a cara. Te digo, lo hablaré con Palumbo. Eso sí, debes auxiliarme con un poco de efectivo.

—¡Perfecto! —dijo golpeando la mesa con el puño—. Obvio, no le diremos nada a ella…

Al día siguiente, Carmen ya estaba en su casa. Se levantó tarde y tomó un abundante desayuno: ensalada de frutas, jugo de naranja, pan tostado con manteca y jamón, queso, miel y un café con leche grande. Gonzalo se alegró de verla tan recuperada, había sido solo algo pasajero, parecía.

—¿Sabes? —le dijo—. Cuando termine este año mis estudios, me voy a ir a hacer una maestría a Europa, en España o Inglaterra.

—Me parece una excelente idea —le respondió con tranquilidad mientras le daba una vuelta al mate.

—En realidad, te diré, lo del testamento me afectó por el tío Loco y por mamá. Lo demás es solo dinero y tampoco es mío. Con lo que tengo alcanza y sobra para mis necesidades. Bueno, pero si, por ejemplo, quiero vender aunque sea esta casa, ¿tengo que negociarlo?

—De eso se encargan los abogados y punto. Uno ni se entera de las negociaciones.

—El reclamo de Emma, aunque ahora esté a punto de resolverse, sí fue mucho más feo. Pensar que el abuelo no nos había dicho la verdad sobre las cosas, tener una tía… en un momento hasta me pareció algo gracioso.

—Tiempo al tiempo, volvamos a Montevideo y dedícate a preparar el examen.

—No debo ninguno, ya aprobé el último, pero en unos días comienzo con el trabajo de fin de carrera y me voy a reencontrar con mis compañeros.

CAPÍTULO 12

Testigo clave

Carmen caminó algo distraída contemplando su imagen reflejada en las vidrieras. Se alisó la pollera, entró en una zapatería y compró unas sandalias chinas multicolores, muy a la moda. Apenas a media cuadra se encontraba el estudio de Saravia y decidió pasar para ver si había alguna novedad. No lo creía posible, de otro modo él le hubiera avisado, pero disfrutaría de un buen rato conversando. No tenía secretaria, cuando llamó a la puerta atendió él. El escritorio era el usual para un abogado o escribano de clase media en un pueblo. Prolijo pero muy sencillo, estaba decorado con muchos cuadros, sobre todo dibujos y excelentes caricaturas realizadas por un amigo suyo de Yatay. Tomaron un café mientras Néstor le comentaba que no sabía qué más decirle. Repasaron algunos documentos y volvieron sobre un punto que había quedado de lado. Allí decía que Rolan había conocido a la madre de Emma en la casa de las Martínez.

—¿Has oído hablar de las Martínez? —le preguntó Néstor observando el expediente donde había colocado una hojita adhesiva amarilla con un signo de interrogación.

—Para nada.

—Fueron dos prostitutas muy famosas hace muchos años, no hubo quién no pasara por allí. Ahora son dos ancianas apacibles; según creo, la mayor se encuentra en una casa para ancianos. La menor vive con una hija, su nombre es Ángela María. Ninguna de las dos aparece en la lista de testigos de la demanda, es algo extraño… De pronto la madre no está del todo bien.

—¿Crees que se podrá hablar con ella? —preguntó de pronto Carmen.

—¿Lo crees recomendable? Además, ¿qué te van a decir? Ese tipo de gente no te va a decir nada. En especial a alguien de otro mundo, como tú.

Pero aquí tengo anotado el número de teléfono. ¿Pruebas tú? —le dijo levantando los párpados.

La muchacha tamborileó sobre el escritorio con los dedos de la mano izquierda, como marcando el ritmo del timbre, mientras escuchaba el sonido de la llamada.

—Hola. Habla Carmen Rolan, ¿hablo con la señora Martínez?

—Hola, hola, sí, habla Martínez —le respondió la voz apática de la anciana.

—¿Se encuentra su hija?

Luego de unos instantes oyó una voz más fresca:

—Hola, soy Ángela. ¿Quién habla?

Luego de repetir su nombre, Carmen le explicó con detalle el tema de la demanda y lo que aparecía en el expediente sobre ellas. Le pidió que intercediera para poder hablar con su madre y hacerle algunas preguntas, solo a modo de orientación para conocer mejor la situación de esa época tan lejana en el tiempo. Quería saber su opinión sobre lo sucedido con su abuelo en esos años, qué solía hacer y decir. Sería una conversación corta.

—Según entiendo, es conmigo con quien debe hablar —escuchó decir del otro lado de la línea; luego se produjo un silencio y al cabo de unos segundos volvió a escuchar—: Mi madre quiere intervenir en la conversación. Esta noche a las nueve ¿le parece bien? —y agregó—: A mi madre le gusta arreglarse para toda ocasión, por eso le pongo una hora.

Carmen, aunque se encontraba en Yatay, le dijo:

—Debo ir hasta Yatay, puede ser mañana a las nueve.

—De acuerdo, la esperamos mañana a las nueve. ¿Tiene la dirección?

Ella la anotó, dijo hasta mañana y colgó.

—Ya está, ¿qué te parece Néstor? —dijo con una amplia sonrisa de satisfacción e incredulidad al mismo tiempo.

—Impecable. ¿Qué más podemos pedir? —respondió aún impresionado.

Al salir del escritorio, llamó a Ezequiel y le dijo:

—Mañana tenemos una entrevista con Ángela María y su madre la Martínez. Te cuento quiénes son para ponerte al tanto.

—Tengo datos precisos sobre ellas —respondió él y agregó—: Muy bueno, me parece fantástico, conversen con ellas, es un hecho: deben tener muchas cosas para decir.

—En realidad, yo te llamaba para ver si podías venir, la reunión es mañana de noche.

—Lo siento, me resulta imposible, estoy volando en un rato hacia Quito. Me hubiera gustado participar…

—¡Ah! —dijo Carmen, con algo de desilusión—: Esperaba…, estaba segura de que vendrías. No sabía de tu viaje.

—Sí, hace mucho que lo estaba aplazando y se concretó hace solo unos días. Pero irás con Néstor y con Gonzalo, supongo. Te llamo mañana alrededor de las diez para ver cómo les fue. Chau. Beso.

—Chau, tío.

Al día siguiente, Carmen cruzaba nuevamente la imaginaria línea, esa que aislaba las zonas rojas, las del bajo, la que se hacía palpable en la noche. Aunque el crecimiento del pueblo había desplazado y sectorizado estas zonas, la casa de las Martínez aún pertenecía a ellas. Esta vez la acompañaron Néstor y Gonzalo. Fueron en el coche del abogado, que estacionó frente a la casa. Gonzalo pensó: «el auto conoce el camino, viene solo», como si se tratara de un ser vivo, de un carro con caballo, pero la situación era demasiado seria como para hacer una broma.

A las nueve de la noche en punto, los tres llegaban a la puerta de la casa. Durante el viaje, Carmen, quien temió hasta último momento que Ángela María no hablara con ellos, insistió en no mencionarles que Néstor era abogado. Lo presentarían como escribano, pero esperaría en el auto a ver qué ocurría. Ellos no lo creyeron conveniente y Néstor también se paró frente a la puerta de madera de eucaliptus, una puerta más pequeña que había sustituido a la antigua y muy alta abertura de dos hojas, de la cual solo quedaba un relleno de bloques bolseados y pintados a la cal.

La madre de Ángela María los estaba esperando. Los hizo pasar mientras enfatizaba el cuidado a tener por el alto escalón de acceso a la casa. Era alto de veras, como de cincuenta o sesenta centímetros. Desde el exterior no era notorio, pero una vez adentro de la vivienda quedaron asombrados por lo pequeño de la mujer. Tenía el cabello teñido de rubio, peinado con esmero con abundantes rizos. Usaba pantalones negros ajustados, una blusa azul y zapatos negros de altísimo taco. Era delgada y de una apariencia envidiable para sus más de setenta años. Tenía un rostro delicado, una pequeña nariz respingada, ojos de un color marrón verdoso enmarcados con un delineador azul violáceo. Debió haber sido una mujer muy bonita, pensaron los tres. Cuando Néstor le fue presentado como escribano dijo:

—¡Ah! El abogado.

Una vez sentados, comenzó una conversación muy superficial, cada uno comentó en forma breve quién era. Ella preguntó por el apellido de Néstor.

—Saravia —repitió—. Lo recuerdo bien a tu padre, un hombre grande, elegante, mucho más bonito que tú. Tenía ojos azules —le dijo a Néstor mirándolo a la cara.

Néstor solía mantener una posición estudiada y no reflejaba para nada su interior, pero esta vez se sonrojó y, en lugar de la voz pausada de siempre, titubeó mientras respondía de forma afirmativa.

—A mí deben verme cuando ando en motoneta. Ocasionalmente también salgo en bicicleta —comentó la anciana alardeando de su estado físico.

El pequeño estar comedor tenía pocos muebles, estaba arreglado con prolijidad extrema y muy bien aseado. Gonzalo observó los pequeños mantelitos verdes, tejidos con delicadeza y buen gusto; había varios de estos: debajo de dos pequeños floreros y de la portátil dispuesta sobre una antigua mesita de madera torneada. Unos minutos más tarde llegó su hija, apenas más alta que ella, delgada, elegante, bonita, bastante más morocha, también con el pelo teñido de rubio. Vestía pantalones muy ajustados y una ligera blusa.

—Hace poco terminé el curso de enfermería, pero todavía estoy sin trabajo. Ahora estoy practicando con personas de edad y se necesita hacer mucho esfuerzo para tratar con ellas —agregó.

«Solo transmitió su preocupación más reciente», pensó Gonzalo mientras la miraba estudiándola. Las dos estaban al tanto de todo el trámite de la demanda en su primera fase y la muchacha fue directo al tema.

—Miren —dijo—, nos visitaron, aquí mismo, Rivas y el doctor Gómez. Nos comentaron que tenían certeza de que Raúl Rolan había tenido amoríos con una mujer de esta zona del pueblo, pero no recordaban su nombre. En esa época, hubo varias mujeres ejerciendo que no eran del pueblo. Fue una época de muchos destacamentos militares en la zona, como consecuencia proliferaron este tipo de chicas. —Se detuvo un momento, como intentando recordar, más bien imaginar un tiempo desconocido para ella. Y prosiguió—: Mamá lo recuerda a Rolan vagamente.

—¡Cómo que no lo recuerdo! —interrumpió la madre—. Era un hombre alto, grande, con gran percha y ¡cómo hablaba!, siempre tocando temas interesantes. Era una maravilla como hablaba, tenía tantas anécdotas… Aunque hablaba más con mi hermana. Creo que le gustaba aquella chica, ahora no recuerdo cómo se llamaba. —La madre permaneció pensativa como en un rápido viaje en el tiempo: veía a Rolan caminar por esa misma acera, entrar en la casa, fumar un cigarrillo sin filtro y relatar historias o contar cuentos verdes.

—Como decía —continuó Ángela—, sí, se le vio muchas veces en la zona, según dicen. Pero volviendo a temas más recientes, un día, hace alrededor de cuatro años ya, nos visitaron Gómez y Rivas y nos explicaron su idea: podían hacer pasar a una de nosotras por hija de él. Como sabrán, ninguna de nosotras sabe con certeza quién es el padre, nuestras madres no nos lo han dicho y de seguro en la mayoría de los casos no lo saben. —Su madre permaneció ajena a estos comentarios. Ella continuó con un largo parlamento—: En la primera reclamación de paternidad, trámite que no trascendió, se procedería solo con testigos. Si hubiese sido necesario realizar algún examen de ADN, bien podrían haber exhumado el cadáver de Rolan o utilizado a sus hijos. Si esto acontecía y el examen era negativo, se argumentaría como un manejo de información errónea y nada más. En caso contrario, todo andaría a las mil maravillas, aunque tratarían de evitar un examen de este tipo en lo posible, pues de seguro daría negativo.

»Se seleccionó a Emma porque era más parecida a la imagen de hija de Rolan que manejamos. Emma ni siquiera supo bien quién fue su madre. Paulina, quien parece serlo, es rubia y con ojos claros como el supuesto padre. Se llegó a presentar en el juzgado el escrito de la reclamación, incluyendo alguna foto de Rolan provista por Rivas. No sabemos la causa, pero el expediente se archivó a pedido del propio Gómez. Eso nos hubiera asegurado a Emma y a mí, que llevaríamos esto adelante, una buena cantidad de billetes, aunque no ganásemos el juicio el pago sería por participar y apoyar lo más posible, como contactar a gente de la zona. Yo seleccioné a las posibles testigos. El que prometió pagarnos por estos servicios fue Rivas. Emma, en realidad, siempre fue muy sumisa y a todo decía que sí. Yo no me hubiera animado a llevar adelante una demanda así, estos tipos te meten en un lío, de pronto desaparecen y te dejan agarrada del pincel.

»Pasados unos años, ya la reclamación por paternidad biológica no se podía mantener, pues habían vencido los plazos que da la ley para poder realizar el reclamo. Hoy día, la ley se ha modificado y no existe límite de tiempo para reclamar, pero en aquel entonces sí. Quedaba, sin embargo, una opción y dependía exclusivamente de los testigos: no se necesita ADN. Consistía en decir que Rolan le había dado trato de hija por un periodo de diez años. Para este planteo no es importante si es hija biológica o no, alcanza con el trato de hija. Esta opción era viable pues no tiene plazo de presentación, no prescribe. Y ya no importaba si Emma era su hija biológica o no. Diez años para vincular a Rolan con Emma es un periodo muy largo de tiempo, pero podía hacerse. En esa época, Rolan había quedado solo en su casa del pueblo, ya que su señora, por enfermedad, se fue a vivir a Montevideo. Él estaba quince días en Yatay y quince días en Montevideo.

»No parecía muy difícil conseguir testigos nuevos o aleccionar a los contactados. Debían declarar su conocimiento sobre la relación de Rolan con la madre de Emma y ampliar el concepto. O sea que ahora deberían declarar que conocían bien la relación entre Rolan y Emma y, además, hacerla aparecer como prolongada en el tiempo. El transcurso de los años nos había dado ciertas ventajas, ya que con el tiempo los testigos verdaderos van desapareciendo, se mudan o simplemente se enferman o mueren.

»No entiendo muy bien el porqué, pero en esta segunda etapa nos dejaron de lado a mi madre y a mí. Yo hubiera creído que era en este momento cuando más necesitaban de nosotras. También se cambió el abogado del caso; un nuevo abogado joven de Montevideo se encargaría, en lugar de Gómez.

—¿Usted estaría dispuesta a declarar esto mismo en el juicio? —le preguntó Néstor.

La madre pareció regresar de su viaje e interrumpió:

—¿Sabe, señorita?, la recibimos y la invitamos a venir por ser usted la nieta de Rolan. Por supuesto que nos alegra y nos enorgullece que nos hayan visitado estos caballeros. No es frecuente poder escuchar a personas tan refinadas —y continuó—: Les confesaré algo. Hubo un momento en el cual sentí algo de nostalgia, el aroma del perfume de este caballero tan callado, ustedes lo trajeron para mostrar seriedad en esta cuestión de jueces. Ese aroma me trajo a la memoria, no sé... un momento como este, una reunión aquí, algo más numerosa, pero una reunión de lujo como esta. No recuerdo más, pero también fui transportada por ese aroma a un momento conocido, como si ya hubiera vivido este momento. ¡Ah, si tuviera algún año menos...! ¡Vaya hombre! Es usted una pintura, un modelo, ¡qué gusto haberlo podido conocer! ¿Cuál es su nombre? Dígamelo otra vez.

Gonzalo permaneció callado, algo timorato, como arrepentido de haber concurrido a la reunión. Néstor volvió al punto anterior, alabó el comentario de la madre, se disculpó con Ángela y le repitió la pregunta.

—Sí, claro, lo haría —respondió enfáticamente.

—Quiero que sepa que se lo agradeceremos muy bien —le dijo Néstor.

Cuando salieron, Néstor le dijo a Gonzalo: «Después de la declaración le dan algo, tengan en cuenta que no mucho, para esta gente alcanza con la leña necesaria para la estufa en el invierno.»

Era fin de junio, sin embargo fueron unos días de bastante calor, un veranillo. Ya de regreso de su corto viaje a Quito y aprovechando el buen tiempo, Ezequiel, cansado de haber estado todo el día llenando formularios acerca de las acciones tomadas por la empresa respecto a la responsabilidad social empresarial y de redactar un pequeño artículo sobre ahorro energético, salió a caminar por la playa. Estaba ya bastante lejos de la casa cuando comenzó a llover. Al principio, se trató de una lluvia tibia, disfrutable, comenzó el regreso caminando con lentitud ensimismado. Pronto volvió a la realidad, la lluvia se había hecho torrencial y lo que al principio fue agradable, una lluvia refrescante, se fue transformando en una cortina de agua espesa. Comenzó a sentir frío, se puso la remera y terminó su recorrido trotando rápido. No podía dejar de pensar en los acontecimientos ocurridos unos días antes, el testamento y la llamada de Carmen. Tomó el celular y marcó.

—Hola. Necesitamos charlar un rato —dijo.

—Claro, nos reunimos a almorzar mañana en el mismo boliche de la vez pasada —respondió Palumbo.

—De acuerdo.

Ezequiel salió algo retrasado y recorrió a velocidad excesiva los casi cien quilómetros hasta el restaurante, entró y se dirigió a la mesa donde se encontraba sentado Palumbo, whisky en mano. En cuanto lo vio entrar pidió uno para Ezequiel.

—Vienes solo, ¿quién manejará de regreso? —rió Palumbo.

—Como dicen, con unos tragos manejo mejor. ¡Qué disparate! Ya veré cómo lo resuelvo. Se me hizo tarde y no tuve tiempo de pasar a buscar a Graciela, además, no sé si vuelvo a Montevideo o si continúo viaje hasta el pueblo.

—¿Cómo va el juicio?

—Recién declararon los testigos de la demanda. No estuvieron mal, pero tampoco fueron contundentes, presentaron muchas lagunas; aunque fueron aleccionados, les faltó nivel. No les iba en nada el negocio y solo fueron personajes importantes por un minuto. Cometieron un único error con el color del auto de Rolan, aunque bien pudieron no recordarlo. Ese abogado novato se tragó eso, pero tampoco fue para tanto. De todos modos, no pudieron situar a Rolan en la zona durante diez años, como necesitaban de acuerdo con la ley. En realidad, si los testigos hubieran declarado bien, la situación sería en extremo difícil. Gracias a Dios no sucedió así. ¿Sabes?, las abogadas le dijeron a Carmen que si ellas estaban del otro lado le hubieran ganado el juicio de forma muy sencilla.

—¿Cómo? No comprendo… ¿Le hubieran ganado el juicio?

—Sí, si ellas hubieran sido las abogadas de Emma, hubieran arreglado las cosas, me refiero a que las declaraciones fueran contundentes: don Raúl se habría comportado como un padre. Hubieran aprovechado que ya nadie recuerda nada de esa época. Ahora, cuando se piensa en esos años, solo se habla de la dictadura, del regreso a la democracia, de los acuerdos… los cuentos del barrio quedaron de lado, olvidados.

—¡Ah, sí, con el diario del lunes es sencillo opinar sobre el partido del domingo! Pero claro, no fueron muy eficientes los testigos —respondió Palumbo riendo de manera estruendosa, ya luego de unos tragos. —Si hasta mi prima declaró… ¡No sabes cómo se reía!

—¿Te parece si pedimos una parrillada para dos?

—Sí, perfecto.

—Ahora se complicó mucho con lo del testamento y no hay manera de resolverlo legalmente. He hablado en detalle con varios especialistas en el tema y ninguno tiene solución. Por ese camino perdemos lejos, no tenemos de dónde agarrarnos y no podemos desacreditar ni al Loco ni a los testigos y menos al escribano. Pero te agrego algo: aun en el caso de que Rivas desapareciera, las propiedades beneficiarían a su hija.

—Es como si los escribanos tuvieran patente de corso —dijo Palumbo.

—¡Es así!

—Siempre supuse que alguna mina le iba a meter un hijo al Loco y chau, a otra cosa. Pero testamento… ¡no lo hubiera imaginado!

—Néstor piensa algo parecido. Está todo muy bien organizado. Un testamento a su favor y si falta, hereda su hija.

—Para salir de esto habría que matar a Rivas y a toda su descendencia. Un accidente de automóvil ¡qué sé yo! Es demasiado, una acción de ese tipo no pasa desapercibida. ¿Qué quieres hacer?

—En realidad, te vuelvo a repetir, no se puede hacer nada legal. Carmen debió declarar incapaz al Loco mientras vivía, pero ella es demasiado joven y los padres estuvieron omisos en ese tema. Ahora ya no lo hizo, por lo tanto, aunque alguien analice el testamento y le parezca una locura, él estaba con todas sus facultades. Le debe de haber dado a firmar el documento convenciéndolo de que firmaba otra cosa, el Loco no leía lo que firmaba. ¡Ojo! Eso le puede pasar a una persona totalmente cuerda. Luego lo refrendaron dos testigos y el escribano y a otra cosa. El único capaz de cambiar esto hubiera sido el Loco mismo si viviera, pero es difícil de creer que alguien haga algo de tamaña envergadura…

—¿Entonces, hermano?

—Solo si descubrimos algo… Por el momento, será mejor dejar todo como está, a menos que él haga algún movimiento.

—¿Cómo qué?

—Abrir la sucesión, por ejemplo.

—Te diré, un tipo de esta calaña de seguro tiene muchas de estas. Revuelvo un poco y te llamo. Seguro encuentro un punto donde atacarlo. También voy a investigar al escribano.

—A la hija también, averigua a qué le teme, o sea, cuál es su mayor miedo.

—Debe ser quedarse sin plata. Bueno, averiguaré.

—Gracias, viejo. Algo tenemos que hacer; vamos a esperar a que se presente la oportunidad. Te dejo y me voy antes de que anochezca, voy a manejar despacio por las dudas.

Palumbo, se rió y llamó:

—Mozo, la cuenta.

—Yo pago.

Palumbo se levantó y salió caminando muy derecho, subió a su querido R19 y arrancó bastante despacio. Un móvil de la policía caminera había estado estacionado toda la tarde frente al restaurante. Los agentes vieron arrancar el auto y se sonrieron.

Ezequiel se quedó en el restaurante. Con el vaso casi vacío se acercó a la barra, se sentó en un banco y pidió que se lo volvieran a llenar. El mozo lo miró haciendo un gesto de desaprobación, pero sirvió tal como le pidió. Permaneció en silencio. «En algún momento tengo que decidir algo. Mientras no lo haga, el tema va a seguir dándome vueltas. Me cuesta pensar en matar a una persona. Nadie está libre de un accidente de tránsito, un accidente de trabajo, cualquier cosa, matas a alguien y eso te persigue toda la vida, aunque hayas hecho todo lo posible por prevenirlo, pero las cosas pasan en un segundo. Por el contrario, si tú lo decides así nomás, sin pensarlo mucho, es otra cosa. Pero no es lo mismo esperar a que la situación con el delincuente se torne insostenible y terminas igual, o casi. Es el momento donde debes decidir, no tomar ninguna decisión es tomar una, es decidir no hacer nada.» Tomó el teléfono y marcó el número de Palumbo. Cuando contestó, le dijo:

—¿Recuerdas aquel dicho…? Era algo así como «no te vayas a cruzar delante mío cuando voy manejando».

—Sí, claro, es un dicho viejo.

— Bueno, te lo digo por si un indeseable se cruza delante de ti.

—Comprendido —respondió Palumbo y cortó la comunicación.

«Bueno, ya está», se dijo. Se metió en la camioneta, echó el asiento hacia atrás y se dispuso a dormir una siesta a las seis de la tarde.

CAPÍTULO 13

Testigos de la defensa

Otra vez el horrendo sonido del teléfono, no dejaron de llamar durante todo el día. Carmen ya no sabía si contestar o no. Miró la pantalla y vio un número desconocido. Por la característica pertenecía al pueblo. Atendió.

—Me han citado para declarar en el juicio. —La voz temblorosa de José la sorprendió, se notaba muy nervioso.

—Hola, qué gusto oír tu voz. Pero, pero… a ti no deberían haberte citado —dijo, dudando.

—Acaba de llegarme la citación —recalcó José, en un rezongo.

—Mira, avisé personalmente a todos los testigos, pero tú no estabas entre ellos. Pensándolo bien, solo nosotros podíamos agregar testigos, de hecho lo hicimos… —agregó, todavía dubitativa.

Intercambiaron pocas palabras más. Ella se interesó por la salud de José. Él le hizo saber que no le molestaba ir a declarar, por el contrario, tenía el deber de hacerlo, solo lo sorprendió la citación sin haber recibido antes una llamada de ella o de su padre.

Poco rato después, José volvió a llamar.

—Hola, recién no te dije nada, tal vez porque quería decírselo a Gonzalo e incluso porque pensé que las cosas no seguirían adelante. Pero tengo que decírtelo: mi hermano y yo visitamos varias veces la casa de las Martínez, tú ni debes de haberlas oído nombrar. Él frecuentó su casa por varios años.

—No te preocupes. Con papá y Ezequiel hemos analizado todas las posibilidades, esta es una de ellas. —Volvió a decir—: No te preocupes, he oído tanto y he hablado con tanta gente… Ya dejé de imaginarme cómo fueron las cosas en esa época. Lo sucedido quedó atrás; solo él, si estuviera con nosotros, podría decirlo, pero estas cosas, como es obvio, suceden siempre cuando la persona ya no está.

—Bueno, quería que lo supieran. ¿A qué hora llega Gonzalo? Pienso ir por ahí más tarde.

—No tiene hora para venir, pero lo llamo para que esté cuando tú vengas, le encantará recibirte.

—Sí, dile que voy a las seis. —José cortó la llamada.

Carmen se sintió apesadumbrada, imaginando por largo rato un mundo de amores sombríos. Cuando llegó Gonzalo, le comentó acerca de las llamadas de José.

La sala principal de la casa tenía un amplio estar pensado para reuniones de varias personas, pero contaba además con dos sitios más pequeños, donde podían conversar con mayor comodidad tres o cuatro personas. José dejó el abrigo y el sombrero sobre uno de los sillones grandes.

—Desde la muerte de mi hermano Raúl, he venido demasiado poco por esta casa, una o dos veces, creo. —Fue lo primero que expresó el todavía autoritario hombre al entrar mientras los saludaba afablemente. Y continuó—: Como le dije a Carmen por teléfono, Raúl, de nochecita, no estaba nunca en la casa, siempre tenía una actividad, reunión de Rotary, de la liga de futbol, en el café o lo que fuera y tuvo una época en la cual era asiduo visitador del bajo.

—Pero ¿te confesó que tuviera una hija o hijo, o nunca te comentó nada? —preguntó Gonzalo algo exaltado.

—Que él supiera, no. Yo lo sabría, me lo hubiera dicho; también se hubiera sabido en el pueblo, nadie me dijo nada, ni tampoco el tarado este de Rivas que imitaba en todo a Raúl. ¡Qué tipo! —Y prosiguió—: Es todo mentira.

—¿Dices, José, que todo alrededor de este juicio es falso? —cuestionó Gonzalo.

—Falso y premeditado, como tantas cosas. Sabes, en la historia muchas veces se han quemado libros, montañas de libros. Nunca lo había entendido hasta hace poco tiempo.

—¿Ahora lo entiendes? Eso no se podrá entender nunca —opinó Carmen.

—Piensa, en ciertas oportunidades se ha actuado por discrepar con ideas, intentando matarlas, pero ahora es distinto, los libros dicen mentiras, que se puede comprobar que lo son, al menos para las personas que vivimos esos momentos. Y eso los hace inadecuados, no veraces. De pronto en el pasado también se quemaron por esa razón y nosotros estamos equivocados por rechazar esa lógica.

—Esa puede ser tu razón, tu punto de vista, pero no es objetivo, tú dices, es mentira, pero para otro puede no serlo, tú ves las cosas desde un cierto ángulo. Para hacer historia debe haber globalidad del pensamiento, se debe buscar narrar los hechos con la mayor objetividad posible —le respondió Carmen.

—No, lo dicho en algunos libros, y peor en libros de texto refiriéndose al pasado reciente, mienten abiertamente. No es un tema de ideas, es un tema de hechos, de haber vivido y conocido tantas de esas situaciones. He vivido tantos años que ahora los libros de historia hablan de hechos sucedidos durante mi vida, algunos de los cuales los viví desde adentro y no fueron para nada como les cuentan a los chicos hoy. Eso me molesta. ¿Por qué lo hacen? Porque no saben o quieren hacer ver las cosas de otra manera.

—¿Y qué? ¿Entonces los quemas? Mira, si los libros esos dicen mentiras, quedarán expuestas y si los quemas tú mismo les das valor al quemarlos. ¿No te parece? —volvió a replicar Carmen.

—Puede ser como tú dices, pero yo los quemaría.

—Lo que quieres decir es que siempre podemos manipular la verdad, en particular en el caso del juicio. Ese es el quid de la cuestión— comentó Gonzalo.

—Es así.

—Es lo que se hace cada vez que hay un litigio, nos lo explicó Susana la abogada —aclaró Carmen. Y continuó—: Como observó su hija hace unos días, tanto problema con la manzana de Newton, consigues dos testigos y los haces decir que la manzana cayó y terminado el problema.

—Ese no es el problema. Es muy distinto decir «la manzana cayó» a decir «va a continuar cayendo de una manera determinada y calculable por siempre», como llevada por la mano de Dios y eso no se puede cambiar con testigos, y aunque hubieras quemado los libros, otro Newton hubiera vuelto a escribir lo mismo. En cambio la historia es endeble, la justicia también y lo que quede en la cabeza del lector será diferente según la época o el momento en que lea. Y aun el mismo lector no leerá de la misma forma el mismo libro en dos tiempos distintos —destacó Gonzalo.

—Todo eso está muy claro, pero los jueces no son bobos. —Hizo una pausa—. Ser abogado es un trabajo como cualquier otro —respondió José y por primera vez esbozó una sonrisa.

—Pues verás, Ezequiel, dentro de su armadura, espada en mano, aunque deba cortar el fiel de la balanza, cambiará la historia. Y nosotros al contarlo, agregaremos «lo hizo sin pensarlo dos veces», pero en realidad sí lo habrá pensado mucho, pero ese mucho no habrá sido más que un instante para él, un instante en el cual habrá abarcado todas las opciones.

—Vaya, eso es fe, Carmen —dijo José mientras se disponía a retirarse.

Jueves, tres de la tarde, Antonio, vestido lo más prolijo que había podido, algo nervioso por la posible demora del interrogatorio pues debía partir hacia Montevideo, llevaba un rato esperando en la puerta de la sala de la audiencia. Había reservado asiento en el ómnibus de las cinco. Le parecía escuchar las palabras del abogado «contesta solo lo que sabes, no inventes cosas, usa frases cortas, no te extiendas en comentarios innecesarios, no te ofusques, cualquiera sea la pregunta y lo que insinúen. No pierdas nunca la compostura, permanece tranquilo». Había solicitado ser el primero en declarar, entró sin prestar demasiada atención a quienes lo rodeaban y se sentó en la incómoda silla que le indicaron. Miró la hora.

El juez le hizo algunas preguntas elementales sobre su profesión, sobre su vida, sobre Raúl Rolan, sobre la demandada, de la que no sabía casi nada, sobre si concurría con asiduidad o no a prostíbulos. «¿Qué tendrá que ver esto de los prostíbulos? —pensó— como si yo hubiera ido alguna vez al prostíbulo con ese viejo o lo hubiera visto.»

Se hizo un largo silencio, pensó que ya había terminado todo, miró el reloj, apenas habían transcurrido siete minutos. No sabía si debía esperar autorización para irse o si podía levantarse y marcharse. «¿Esto fue todo?», se preguntó.

—Su padre y Raúl Rolan tuvieron fuertes enfrentamientos en el pasado. Apenas unos días antes de ser asesinado tuvo lugar uno de ellos. ¿Rolan pudo ser el asesino de su padre?

La voz serena y fuerte de un hombre había sonado a sus espaldas. Trató de darse vuelta para verlo cara a cara.

—Manténgase en la posición, tal como se encuentra y responda la pregunta. —Le ordenaron.

«Esto es ilógico», pensó Antonio. ¿Qué podía estar sucediendo? ¿Acaso se había comportado erróneamente en su afán de terminar rápido? Nunca antes había declarado como testigo en ningún juicio. ¿Serían esas las normas? ¿Hablar de espaldas a una persona que no veía? Era una falta de respeto hacia esa persona…

—Responda —insistió la misma voz, la de la orden absurda.

Él no era un criminal, era tan solo un testigo y estaba ayudando a la justicia a cumplir con su deber. Se preguntó en dónde estaban los abogados de Carmen. ¿Por qué permanecían en silencio? ¿Acaso tenía esto alguna relación con su sueño, con el sueño que lo atormentaba de continuo, el sueño de ver asesinar a su padre? ¿Por qué Ezequiel, siempre pronto a enfrentar todo tipo de tropelías, tampoco decía nada esta vez?

—No, no creo eso —dijo despacio. Luego levantó la voz y casi gritó—: ¿Por qué creería eso?

—Porque puede ser verdad… —le insistió la voz a su espalda—. ¿Alguna vez habló del tema de la muerte de su padre con Rolan?

—No, nunca. — Antonio, preso de la desesperación, gesticuló, se movió nervioso en la silla, intentó ponerse de pie pero lo obligaron a permanecer sentado—. Únicamente hablé con la policía y con mi familia de ese tema. ¿Qué sentido tendría haber hablado con él?

—Usted está aquí como testigo de la demanda sobre Rolan, eso implica que lo conocía bien. Comente en detalle los temas íntimos que conversó alguna vez con Rolan.

—Rolan era una persona excelente, un hombre de bien, nada que ver con la persona que usted está tratando de mostrar.

—No es lo que le pregunté. Por favor, diga los temas íntimos sobre los cuales tuvo conversaciones con Rolan.

—No lo recuerdo, hablamos de tantas cosas…

—Vamos, conteste lo que le estoy preguntando.

—No presione de esa manera al testigo —intervino el hombre de traje gris y rostro amable sentado frente a él.

Antonio respiró hondo, intentó recomponer la situación, razonó sobre lo que estaba haciendo en ese lugar, miró al juez a los ojos. Miró al otro hombre frente a él, sentado a la izquierda del juez, de rostro enjuto y traje marrón, y a la joven señora sentada frente al PC, más separada hacia la derecha.

—Por favor, piense en un encuentro suyo con Rolan, hubiera presentes o no otras personas. Un encuentro donde se abordaran temas propios de personas con mutua confianza y descríbame en detalle cuál fue el tema, qué dijo usted y qué dijo Rolan —dijo la voz a su espalda, que ahora parecía estar burlándose de él.

Pasaron unos segundos.

—Por favor, De Souza —dijo el juez—. Intente contestar, tómese su tiempo, pero intente describirnos alguna situación como la que plantea el doctor.

—No recuerdo, hablamos alguna vez de mujeres con Rolan, pero teníamos una gran diferencia de edad y se trataba de una persona muy formal.

—El referirse a temas íntimos no implica necesariamente hablar sobre mujeres —intervino el juez—. Puede haber otros temas que haya tratado con Rolan.

—Sí, hablamos de fútbol, de política, hablamos sobre libros, no sé, hablamos muchas veces…

—En definitiva, ¿usted nunca tuvo con Rolan una conversación donde él le pudiera haber comentado si tenía o no una hija fuera del matrimonio?

—No, ni tampoco de ninguna relación pasajera con mujer alguna.

—De haber tenido una hija fuera del matrimonio, ¿cree que se lo hubiera comentado?

—Esas cosas, a uno o a otro, siempre se comentan y siempre se saben —respondió Antonio.

Gonzalo saludó al juez, acomodó la silla asignada a los testigos, tomó asiento como si estuviera en su casa, sonrió y esperó las preguntas, sin demasiada aprensión.

El juez lo miró y le dijo:

—En realidad, la que podría brindar mejor testimonio, si viviera, sería su esposa. Lamento que hoy no pueda estar presente para defender a su padre.

—Quizá, así es mejor.

—Dígame, Gonzalo, ¿escuchó hablar a su esposa acerca de la relación entre sus padres en los ochenta?

—No mucho. Según es de mi conocimiento, Raúl Rolan y su esposa constituían un matrimonio como cualquier otro, con las disputas típicas y normales de cualquier pareja. Nada especial.

—¿Escuchó comentar si hubo golpes o maltratos de algún tipo?

—No, nunca me comentó acerca de semejante situación.

—¿Escuchó alguna vez comentarios acerca de Rolan, respecto a relaciones extramatrimoniales o situaciones de cualquier tipo con otras mujeres? Piense en particular cuando todavía no era casado, cuando apenas eran novios con su esposa, con su exesposa, quiero decir.

—No, nunca escuché nada de eso ni de parte de su hija ni de él ni de sus vecinos o empleados ni de cualquier otra persona.

—¿Quiere preguntar, abogado? —dijo el juez.

Casi con violencia, el hombre le dijo en voz muy alta:

—¡¿Cómo puede ser?! Todo el pueblo sabe a ciencia cierta que Rolan golpeaba a su esposa ¿y usted declara no haber escuchado nada al respecto? No le creo nada, vuelva a afirmar que no sabe nada.

—Abogado, ¿usted es casado?…

—Gonzalo, solo responda la pregunta, sin ningún comentario adicional —dijo el juez y prosiguió—: Señora, no escriba lo dicho por el testigo.

—¿Cuál era la pregunta? —dijo Gonzalo—. ¡Ah! ¿Si mentí? Por supuesto que no.

—Gracias, Gonzalo. Voy a interrogar ahora a la señora Carmen Torri. Los abogados no realizarán preguntas —puntualizó el juez.

—Señora Carmen Torri, le voy a plantear la misma pregunta que le hice recién a su padre: ¿escuchó a su madre o a cualquier otra persona decir que su abuelo, Raúl Rolan, golpeaba a su esposa o ejercía cualquier otro tipo de presión o abuso sobre ella o sobre su hija?

—En una época mi madre me comentó que cuando ella era aún pequeña, no sabría decir su edad con precisión, alrededor de los seis u ocho años, supongo, sus padres peleaban con frecuencia y ella tenía miedo, porque había gritos y golpes de puertas. Nunca dijo que hubiera golpeado a su madre o a ella.

—¿Escuchó esto de alguna otra persona?

—No.

—¿Comentó esto con su padre?

—No.

—¿Comentó esto con otra persona?

—Sí, con Ezequiel.

—¿Qué le respondió él?

—Me dijo que esperara a casarme para entenderlo, que siempre hay disputas en los matrimonios y un grito más o menos o el golpear la puerta alguna vez no significa nada. Resaltó que mi madre era una persona muy normal y que ese comentario no debería tener nada de particular, era como cualquier otro cuento de su niñez, de la escuela, de si tuvo una nota baja o si la pusieron en penitencia. Y, de hecho, me había contado también ese tipo de cosas.

—¿Oyó decir alguna vez que su padre podía haber tenido otra hija?

—En absoluto, jamás lo escuché hasta ahora.

—Muchas gracias, Carmen, puede retirarse. —El juez continuó diciendo—: Ya que he interrogado a la demandada, en este momento tomaré declaración a la demandante. Emma Fernández, tenga a bien tomar asiento en el sitio para los testigos. Fernández, cuénteme cuándo comenzó con la demanda, si alguien la aconsejó o asesoró para comenzarla y cuándo se enteró de la muerte de Rolan.

—Me enteré cuando volví de Argentina. Mi padre había muerto hacía cinco o seis años. En ese momento, consulté a un abogado y me dijo que podía presentar una reclamación como hija y como heredera, y eso hice.

—¿Cuántos años estuvo en Argentina?

—Dos.

—¿Antes de eso estuvo viviendo en Yatay?

—Sí.

—Cuando falleció Rolan, entonces, usted estaba en Yatay, ¿no se enteró de su muerte?

—No. Es decir, sí, pero no le di importancia.

—¿En ese momento no se le ocurrió que podía presentar una demanda?

—No.

—En vida de Rolan, también pudo haber realizado la misma acción, no me refiero a la petición de herencia, pero sí al reconocimiento como hija…

—No se me ocurrió.

—¿Mantenía en ese momento una relación con Rolan

—No. Él me visitó varias veces cuando era niña, pero luego dejó de vernos.

—¿A quién se refiere cuando dice vernos?

—A mi madre y a mí.

—¿Cuándo entonces dejó de verse o hablarse con Rolan?

—Cuando tenía yo diez o doce años.

—¿Luego nunca más le habló o nunca más lo vio?

—Sí, no nos hablamos; verlo, lo veía a veces por la calle.

—En esas circunstancias, cuando lo veía por la calle, ¿lo saludaba, al menos?

—No, no me animaba a saludarlo.

—¿Por qué no se animaba a saludarlo?

—Él tenía su familia, no sé si hubiera querido saludarme.

—Pero hasta los, digamos, doce años, ¿no le preocupó que tuviera una familia o no sabía?

—Sí, sabía, siempre supe acerca de su familia, es decir, a esa edad ya uno comienza a darse cuenta de algunas cosas,… no entendía eso de la otra familia, pero sí sabía que la tenía. Conocía, además, casos similares.

—Fernández, ¿fue al liceo? Y en tal caso ¿hasta qué año?

—Terminé la escuela, pero no fui al liceo, de chica me refiero, ahora estoy continuando cursos nocturnos en Montevideo.

Se hizo un silencio. El juez pidió que le leyeran las últimas anotaciones e hizo unas correcciones, luego pidió que sustituyeran a la asistente y dijo:

—Ya es algo tarde, pero si hay otro testigo le tomaremos declaración.

Rivas ingresó a la sala caminando con arrogancia y se dirigió al sitio de los testigos. Todos los presentes se encontraban muy cansados.

—Dígame, Rivas, de todos los entrevistados, es usted el que sin duda mejor conoció a Rolan. Debería poder decirnos mucho de todo lo sucedido…

—Efectivamente, trabajé con Rolan muchísimos años, aprendí con él muchas cosas. Le debo no solo el haber trabajado para la familia, sino su apoyo y ayuda para poder tener mi negocio propio, o sea, la administración de negocios rurales, la cual me imagino todos conocen. Debo dejar esto bien claro: don Raúl Rolan fue más que un jefe, más que un compañero de trabajo, más que un amigo, fue un padre para mí —dijo esto con orgullo, utilizando gestos ampulosos, como si se dirigiera a alguien omnipresente.

—Respecto al tema de este litigio y debido a los largos años transcurridos juntos y de la manera como usted lo define, se puede deducir que existió una gran intimidad entre ustedes, capaz de permitirle conocer algunos hechos de los cuales solo usted está al tanto. Infiero también su participación en alguna de sus aventuras. Descríbame su vida, en especial respecto a su relación con las mujeres.

—Prácticamente no había situación que yo no conociera. En cuanto a amantes, tuvo muchas, tuvo en particular una pareja bastante estable durante un tiempo, pero se trató de una relación totalmente desvinculada de la demanda, pues esta señora no tuvo hijos en ese periodo. Rolan era una de esas personas muy cuidadosas y precavidas, pues estaba seguro de que, de poder, cualquiera de esas se hubiera embarazado. Le pasa a todos en ese ambiente, más si tienen dinero, si se descuidan la quedan… Hubo un momento en el cual una de las mujeres apareció embarazada y él se preocupó bastante. Lo discutimos varias veces, pero por las cuentas que hicimos no podía ser de él, aunque se le había roto un condón durante una relación con ella. Igual, la mujer perdió el embarazo.

—¿Lo perdió o lo abortó? El aborto no era legal en esa época, de todos modos se practicaban muchos. No considere en la declaración que pudo tratarse de un hecho ilícito, ¿me comprende?

—Sí, perfecto —dijo Rivas con soltura—. Me atrevería a decir que si alguna chica conseguía un buen embarazo, por las buenas, usted me entiende, no lo iba a perder así nomás, no por plata.

—¿Sugiere, usted, que esta chica fue forzada a abortar?

—Vea, estoy comentando este punto para mostrar el nivel de confianza que teníamos con Rolan. Este embarazo fue ajeno a la intervención de Rolan y también el aborto, forzado o no. Estoy declarando acerca de la preocupación de un momento determinado, la cual terminó en nada. Lo que sí declaro del caso de esta mujer es que desconozco cómo sucedieron las cosas, ni sé quién fue el responsable. Me refiero al responsable del embarazo. Del responsable del aborto, si es que lo hubo, sé menos aún. En el supuesto caso de que Emma Fernández fuese su hija, lo hubiéramos comentado de forma similar al caso que acabo de referir.

—En consecuencia, ¿sabe si tuvo hijos fuera del matrimonio?

—Puedo asegurar que no tuvo, por lo menos que él supiera.

—Bien. Abro la sesión de preguntas de los abogados.

—¿Qué vicios tenía Rolan?

—Bueno, fumaba, tomaba, apostaba algo a los caballos y trabajaba demasiado —le respondió en tono irónico.

—¿Cuánto diría que bebía y qué bebidas? ¿Tomaba a diario, una vez por semana… cuándo tomaba?

—Tomaba vino a diario.

—¿Se alcoholizaba? ¿Lo vio usted en estado etílico avanzado? Para ser más claro: ¿lo vio borracho?

—Lo vi muchas veces tomar algunas copas de más, no al punto de caerse o perder el conocimiento, quiero decir, no al nivel de no recordar al otro día lo sucedido el día anterior, pero sí perder la línea, hablar demasiado o discutir por cosas sin importancia.

—¿Lo vio golpear a su mujer?

—No.

—¿Sabía si la golpeaba, aunque fuera ocasionalmente?

—No tengo constancia de eso, ni nunca me mencionó nada de golpearla, ni a ella ni a nadie, era una persona muy pacífica, podría gritar, discutir, pero no golpear. Varias veces hizo comentarios acerca de su mujer: era insoportable, inútil, cualquiera de sus empleadas domésticas puede decirle esto, pero de quejarse no pasaba la cosa.

—Dígame, ¿usaba armas, Rolan?

—Sí, claro, salía a cazar con frecuencia, tenía rifles y escopetas, calibres doce y dieciséis, tenía un perro de caza, cuya raza no recuerdo, tenía varios revólveres y también una pistola. Tiraba muy bien. En esa época, todas las armas estaban registradas y se puede pedir el registro, el organismo de control en ese momento era el cuartel, yo también registré las mías.

—Doy por supuesto que debe estar al tanto del conflicto entre él y De Souza. ¿Cuál es su opinión? ¿Pudo ser responsable de su muerte? Acaba de declarar acerca de su comportamiento, que se trataba de una persona que a lo sumo gritaba. Sin embargo, hay varios testigos de su intento de sacar un revólver durante una discusión con el periodista. Eso es comprobable y el hombre, tiempo después, apareció muerto. No comentó acerca de eso. ¿Rolan solía portar armas blancas?

—Son muchas preguntas e insinuaciones; responderé en el orden en que me fueron presentadas. Tenía un facón de gaucho, un arma de unos cuarenta centímetros de hoja, la usaba en los desfiles. Tenía también varios facones de uso diario, del orden de dieciocho o veinte centímetros de hoja. Él usaba siempre uno con mango de oro y plata, como la bombilla o la boca del mate tipo galleta o las riendas y el rebenque. Respecto de lo sucedido en la peluquería donde discutió con De Souza, se le trabó en la canana el pequeño revólver calibre treinta y dos largo que llevaba a la cintura y sacó el revolver con canana y todo; esto dio tiempo a los presentes a interponerse y las cosas no pasaron a mayores. Respecto de si él lo mató, digo con certeza que no, el crimen del periodista fue algo calculado, frío, es posible que hayas sido realizado por varias personas y es imposible que yo no lo hubiera sabido o sospechado. Además, esa noche lo acompañé a su casa muy tomado, estuve un buen rato con él, me ofrecí a ir a buscar al médico, estaba muy mal del estómago y vomitó varias veces. No pudo en ese mismo momento salir y matar con premeditación al periodista ese.

—¿No le caía bien el periodista?

—¿Por qué lo dice?

—Por la forma como se expresó recién de un hombre muerto hace diez o quince años.

—No responda —le dijo el juez—, su opinión de De Souza no tiene relación con el caso actual. Si no tiene más que agregar o si los abogados de la defensa no quieren agregar algo, puede retirarse.

—Solo una cosa —dijo Susana Báez—. Para sintetizar, porque esta declaración se fue muy larga: como persona de íntimo conocimiento de Rolan ¿qué puede decir acerca de Emma? Ella dice que es hija suya.

—Digo que no es cierto.

—Muchas gracias, puede retirarse.

Dos días después de este interrogatorio, Antonio visitó a Ezequiel en la casa del pueblo. Hablaron muy poco, como era costumbre del hijo del periodista, quien continuaba estupefacto con lo sucedido durante su declaración. Manifestó su disconformidad de diversas maneras y se mostró dispuesto a realizar una reclamación formal. Por lo menos, deberían darle explicaciones.

—Escucha, Antonio, no sucedió nada anormal durante tu declaración. Como es natural, algunos jueces son más permisivos que otros. No sé si recuerdas claramente la ubicación de los lugares de los distintos participantes de un juicio —le dijo Ezequiel con voz pausada, intentando convencerlo de que se calmara pues no había ocurrido ningún hecho extraño—. En un extremo se encuentra el juez, el fiscal, en caso de estar presente, y el asistente. En síntesis, los representantes del Poder Judicial. Al lado, se encuentra el sitio previsto para el testigo, mirando de frente a estos representantes. Un poco detrás del testigo, algo más de dos metros, se ubican dos escritorios con sillas, uno para el demandante con su abogado y el otro para el demandado, también con su abogado. Hay espacio para otras dos personas en cada escritorio. Luego, detrás, hay varias sillas para otras personas que concurran. Como es natural, los testigos esperan fuera de la sala y van ingresando de a uno. La posición del testigo es frente al juez y de espalda al resto de los presentes. Esta es la forma de proceder en nuestro país, para que no ocurran trampas como que el abogado guíe la respuesta del testigo. Supón que alguien debe responder sí o no. Si viera a su abogado, alcanza con que hayan arreglado de antemano alguna señal que indique lo que debe responder, por ejemplo, colocar el celular de un lado o de otro de donde se encuentra, o boca arriba o abajo, mostrar o no el reloj y todas las cosas que se te puedan ocurrir. Hay un montón de trampas que se hacen en las declaraciones. Es común ver en las películas a los testigos ubicados de frente al público en las salas, sobre todo en películas americanas, y eso hace que ante una eventual situación donde debiéramos ser testigos nos confundamos. Yo creo que los abogados deberían aleccionar a los testigos acerca de lo que puede suceder durante las declaraciones y cómo pueden ser tratados.

CAPÍTULO 14

Rivas mueve las piezas

La declaración de Ángela María Martínez se había pospuesto para nueva fecha debido a lo extenso de las exposiciones de los otros testigos. En la instancia anterior, ella había permanecido separada del grupo de testigos. Esta vez volvía a estar sola.

Llegó al juzgado vistiendo jeans rojos, un buzo marrón escote redondo y campera de lana también marrón, con grandes botones. Entró a la sala como si se sintiera cómoda. Era protagonista y lo sabía. Sus declaraciones serían decisivas. Con ellas terminaría todo, se habría quitado de encima a los buitres y esperaba a cambio un reembolso por parte de los Torri y, lo más importante, protección en caso de necesitarla. Del otro lado, estaba solo Emma, nada podía ofrecerle. No sabía el camino a tomar por Rivas y sus cómplices. Ya la habían dejado de lado una vez y ahora habían hecho lo mismo con Emma. No había dudas sobre la dirección que deberían tomar sus declaraciones: se limitaría a nombrar a las participantes, pero para nada pondría sobre la mesa a ninguno de los organizadores, antes bien se responsabilizaría ella misma y a Emma por lo realizado. Sus declaraciones fueron casi un monólogo.

—Emma y yo, una tarde de lluvia, como tantas otras, estábamos sin un peso, sin nada que hacer, esperando algún cliente, mirábamos televisión y nos pusimos a pensar en la cantidad de demandas por paternidad que aparecían a diario. Nos dijimos «¿por qué no hacer algo similar nosotras?» Entonces, buscamos entre las personas del pueblo muertas recientemente, vimos quiénes eran sus herederos y los analizamos, según nuestro conocimiento de la gente. Buscamos a quienes, para impedir el ruido de una demanda, nos pudieran dar unos pesos, algo no necesariamente grande. Haciendo una lista surgió el nombre de Rolan. ¿Quiénes eran sus herederos? Un loco y una hija recién fallecida, con una nieta joven. Parecía un buena opción, sobre todo sencilla. Averiguamos algo de él con nuestras madres y sus amigas; como todos, podía haber ido en esa época por el barrio y también, por qué no, tener una hija. Armamos la historia y fuimos con el abogado Gómez, quien redactaría la demanda y nos cobraría veinte por ciento de lo que obtuviéramos. Y esa fue la historia inicial de este juicio. Más adelante, nos enteramos de otras cosas, por ejemplo, que deberíamos cubrir los costos del ADN. Además, no daría positivo, por ahí no íbamos a ningún lado. Pero daría lugar a una audiencia de conciliación, donde podíamos intentar un acuerdo para no seguir adelante con el juicio, cosa que no haríamos en ningún caso.

—Ustedes pusieron en el expediente una foto de Rolan, ¿de dónde la obtuvieron?

—Se la pedimos a Rivas y él, sin más, nos la dio.

—Algo deben haberle dicho a este hombre… ¿Por qué accedió a entregarles la foto?

—No le dijimos nada.

—¿Pero le explicaron cómo la utilizarían?

—Sí, yo le comenté. Quien hizo el pedido fue Emma, hace muchos años ella estuvo muy relacionada con él. ¿Me explico?

—Prosiga —dijo el juez.

—Eso es todo. Luego Emma continuó con la demanda, pero modificando el expediente y con otro abogado. Yo no volví a saber del asunto hasta la visita del doctor Néstor Saravia, quien me preguntó esto mismo y me consultó acerca de si me animaba a declararlo en el juzgado. Me pregunté por qué no, si es lo que sucedió en realidad… Además, el primer expediente se cortó, por lo tanto no llegamos a realizar una demanda falsa ni a mentir ni a malgastar el tiempo del juzgado.

El abogado de Emma cuestionó:

—En caso de haber prosperado el primer intento, ¿cuánto dinero esperaban recibir y por qué no se presentaron ante alguno de los herederos, les adelantaron el tema de la demanda y trataron de arreglar sin la prosecución del expediente?

—Es sencillo, todo sucedió muy rápido. Llegamos a presentar el escrito redactado por Gómez, nos explicaron cómo continuaría y no nos animamos a seguir adelante. Fueron unos días nada más y no tuvimos tiempo de hablar, lo cortamos antes de la notificación de la demanda.

—¿No dirá usted todo esto, casi sin sentido, con la intención de desacreditar a mi cliente? Repito, parece no tener sentido, intentar obtener dinero por una mediación y no llegar siquiera a realizar el planteo a la persona a la cual ustedes habían analizado y estudiado, según declara, como una persona propensa a acceder a un arreglo de forma rápida.

—Usted piense como quiera, yo estoy relatando únicamente lo sucedido.

—¿Cuál fue el argumento de Emma para continuar con la demanda?

—No lo sé, no estoy al tanto del resto de la demanda, pero lo aseguro: el inicio fue exactamente como lo declaré. No existe ningún parentesco entre ella y Rolan: fue la persona que elegimos.

Continúa sin responderme, se dijo Emma y volvió a colocar el celular en la cartera. Ya van varios días, lo llamo, a distintas horas, es muy claro que no me quiere contestar. Se dirigió sin pensarlo a la oficina de Rivas, golpeó la puerta con la mano derecha y, acto seguido, la abrió y entró. Desde la calle se accedía a una pequeñísima sala de espera. Entró y lo vio con un cliente. Él la vio entrar y le dijo:

—Estoy muy ocupado ahora, llama más tarde.

—En cambio yo tengo mucho tiempo, esperaré y cuando te desocupes hablamos —le respondió.

Tomó asiento en una silla ubicada frente a la ventana y esperó. Agarró un folleto cualquiera de la mesa y lo ojeó. Eran avisos de maquinarias y revistas agrarias, colocadas con prolijidad de modo que se viera la carátula de muchas de ellas, estaban dispuestas en abanico.

Rivas comenzó a ponerse nervioso, la reunión se prolongaba y ya no estaba prestando atención a los planteos de la persona sentada frente a él. Le preocupaba tener un enfrentamiento con Emma delante de su cliente. También le disgustaba conversar frente a testigos. Como pudo, aduciendo una excusa, finalizó su reunión. Cuando el cliente salió, se paró delante de ella y le dijo:

—¿Qué quieres? Ya te lo dije con toda claridad el otro día: ya no tengo ninguna relación con este asunto tuyo y de Rolan. Me citaron a declarar y es simple: dije la verdad y punto.

—Como siempre estás equivocado, no es ese el tema —le respondió Emma.

—Sí, el equivocado soy yo —dijo mientras reía—. Solo mírate. Entonces ¿cuál es el tema?

—¿Recuerdas hace dieciséis años, cuando todavía era menor y tú comenzaste a visitarme regularmente? Por cierto, estabas bastante mejor en esa época, ahora, pareces un sapo. —Rivas no respondió. Pareció recordar. Ella continuó—: No te estoy reprochando esa época, fue grandiosa,… duró poco.

Como una película, viejas imágenes pasaron por la mente de Rivas. Una tarde soleada de fin del verano, no hacía mucho calor, en el fondo verde de la casa del bajo, separada de la de los vecinos por altos tejidos de alambre cubiertos por una tupida capa de enredaderas con flores azules, campanitas les llamaban, se habían armado varias mesas. Los vasos de vino rosado se llenaban y vaciaban, las damajuanas vacías se apilaban contra una de las paredes de la casa sin revoque. Dos guitarras, un tamboril y demasiados cantantes. Mujeres de todas las edades con ropas livianas y amplios escotes se recostaban en el pasto verde o se sentaban en las mesas o en la falda de los hombres. También corrían algunos niños mugrientos y mocosos.

Como una mariposa corrió Teresa, mitad niña, mitad mujer, los hombres nunca le habían prestado atención, sin embargo, aquel día, vaya uno a saber por qué, algo había cambiado, estaba más grande, su rostro sonrosado, sus muslos amplios, sus ojos grises y alegres. Corrió como siempre alrededor de todas las mesas, alrededor de las plantas, junto con los demás niños. En una de las vueltas, asió la camisa de uno de los hombres para no caerse. Al hacer esto, recibió una palmada.

—Ese hombre fui yo, te llamaba Teresa —dijo de pronto.

Ella no supo muy bien de qué le hablaba.

—Así es. Bueno, al menos recuerdas algo, no olvidarás que luego me fui de Yatay por un par de años. ¿Tienes idea de por qué?

—¿Por qué, qué? —le respondió el hombre.

—¿Por qué me fui del pueblo?

Ahora Rivas la miraba con mayor atención.

—¿No tienes idea? Ni la más remota idea ¿eh?

El hombre continuó sin emitir palabra.

—Estaba embarazada. Tampoco tienes idea de quién estaba embarazada. ¿No es verdad? Pues de ti.

—Vamos, con todos los tipos con que andabas, sería un milagro si hubieras estado embarazada por culpa mía y ¿cómo lo sabrías?

—Muy simple. Tú dices «todos esos tipos», eso fue después. Cuando comencé contigo fue diferente, fue el comienzo, fue hasta amor. Te repito, en ese momento no había otros hombres, por lo cual yo no tengo ninguna duda. —Se levantó rápido y puso sobre la mesa la foto de un muchacho alto con pantalones oxford, camisa a grandes cuadros, con una guitarra en la mano.

Él se vio a sí mismo de muchacho, con una ropa diferente, casi disfrazado, pero era como verse a sí mismo de joven.

Emma continuó hablando:

—Seguro te preguntarás por qué no te lo dije antes. Antes era una persona débil, dependiente, explotada por ustedes, los machitos del pueblo. En ese momento, hice lo correcto: me fui y nadie se enteró. Pero ahora es diferente, ya no dependo de nadie, ya no tengo miedo de ustedes, pueblerinos. Yo, aunque no te guste, llevo una vida respetable, y sí, es justo, tengo cosas para reclamar, pensiones alimenticias y muchas cosas más que me corresponden a mí o a él.

Rivas volvió a decirle como la vez anterior:

—Vete. Si esto tiene algún atisbo de verdad, tú sabrás como proceder, pero hagas lo que hagas, vete y no vuelvas por mi oficina ni vuelvas a dirigirme la palabra, porque para empezar colocaré una demanda policial contra ti.

—Tú has como quieras, yo también sé lo que puedo y debo hacer —le contestó y salió de la oficina dejando la puerta abierta.

Levantó el teléfono y pidió a sus colaboradores dirigirse a la oficina de forma urgente, los esperaría allí. También llamó al comisario y le comentó que Emma lo estaba molestando y lo había dejado muy mal parado con un cliente. El comisario le respondió que tendría una larga charla con ella. Unos momentos después, un patrullero detuvo a Emma en la calle y ella debió escuchar una fuerte reprimenda del comisario por lo que había hecho y la advertencia acerca de ir por la oficina de Rivas.

Un rato después, con tranco lento, el termo bajo el brazo y el mate en la mano llegó Aguilar, casi enseguida llegó su primo, también de apellido Aguilar, uno conocido como el Gordo y el otro como Pancho. Ambos se dispusieron a escuchar aquello que el administrador necesitaba con tanta urgencia. Sin saludar casi, él abrió una carpeta y leyó.

—Al principio de la demanda, ¿recuerdan?, dimos una dirección de Emma para el juzgado. Era en la Ciudad de la Costa, en el barrio El Porvenir.

No tengo ni idea de dónde queda este lugar. —Tomó el teléfono, buscó en la guía de inmobiliarias y llamó a una de ellas—: Mire, me han ofrecido un terreno en el barrio El Porvenir.

Con amabilidad, el empleado de la inmobiliaria le indicó dónde quedaba el barrio, describiéndolo como una zona de muy poco valor.

—Tengo muy buenos terrenos por toda la costa, si busca algo mejor puedo ofrecerle lo que necesite.

—Muchas gracias —le dijo Rivas—, pero es una propiedad comprada por un amigo hace muchos años, en un remate, y no tiene idea de dónde queda el predio.

Rivas tenía abierto Google Maps en la computadora, donde había seguido los puntos detallados por el hombre de la inmobiliaria. Era un barrio de unas pocas manzanas, un pequeño fraccionamiento, ni siquiera sabía por qué le habían puesto ese nombre, alguien muy optimista…

Les dio una foto de Emma, describió al muchacho y les escribió la dirección que acababan de identificar. El chico vivía con una tía o una prima de ella, deberían averiguar bien toda su vida. De acuerdo con su edad, tendría que estar en el liceo e iría a algún liceo público cercano. Quería saber en qué clase estaba, el nombre y dirección de sus amigos, de su novia, si tenía, todo lo relacionado con él.

A la semana siguiente, Rivas observaba la imagen de una precaria vivienda de veraneo utilizada durante todo el año. Construida en la base de una duna, algo levantada del piso, rodeada por un montecito de pinos y acacias. Había otras del muchacho en la casa, en el liceo, en un bar, con unos amigos. Estaba la dirección del liceo y los datos completos del muchacho. También estaba la foto de una mujer, la posible tía de Emma, aunque lo de tía no sería en el sentido estricto de la palabra, era quien lo cuidaba.

Dio varias vueltas a la manzana, se detuvo largo rato en la parada del ómnibus, volvió a caminar y tomó un café en el bar frente a la oficina de Ezequiel esperando verlo llegar. Cruzó la calle y entró en el edificio. La recepcionista le preguntó a qué oficina se dirigía, consultó por el interno y la dejó pasar; le dijo oficina 1003. Detrás del largo escritorio de las recepcionistas se encontraba una gran fuente rectangular con dos chorros verticales de casi dos metros de alto. Emma los observó admirada desde la panorámica del ascensor mientras subía. Una vez en la oficina, una chica le pidió que esperara en una salita. Al cabo de media hora, la hizo pasar. Se sentó frente a Ezequiel mientras este la miraba extrañado. Entonces, dijo:

—El juicio ya está definido y, por lo tanto, le voy a contar en detalle la historia de la demanda, de cómo se organizó. No sucedió como contó Ángela María, ella no mencionó la participación de Rivas, de un abogado y de un escribano de Yatay. Estos dos últimos no intervinieron en el juicio, pues tomó otros rumbos mientras avanzaba. —Luego le comentó acerca de sus reuniones con ellos, en particular, de la última.

—¿Tienes algún detalle o, si es posible, alguna prueba que pueda corroborar la participación de estas otras dos personas que mencionas?

—¿Ángela María no les comentó nada?

—Algo nos dijo, pero no importaba para el juicio, en consecuencia, no analizamos la situación de estas personas. Ya que has venido, relata tú la situación, pero no me interesa si se trata solo de un comentario tuyo, quiero, como dije, algo más…

—Hubo un expediente inicial en la solicitud de paternidad y no se siguió adelante con él.

—Sí, por supuesto, eso lo sé. Néstor lo encontró apenas comenzó el juicio, esa demanda había caducado.

—¿Entonces sabe el nombre del abogado que lo presentó? Esa es una de las personas.

—Su participación como abogado no es un delito ni lo sitúa como parte del negocio para nada. También conozco a todos los escribanos de Yatay, algunos han trabajado para José. Eso tampoco significa nada.

Ella volvió a narrar el comienzo de la historia, su reunión con Ángela María y agregó los nombres de otras dos mujeres. Ezequiel le dijo:

—Las voy a hacer investigar. —Mientras, anotaba «hablar con las testigos cuando termine el juicio»—. ¿Qué más? ¿Ustedes se reunieron con el escribano o con el abogado?

—Con el abogado, sí, con el escribano, no, solo se mencionó su participación en las reuniones, pero no se dijo su nombre, ni siquiera sé con certeza si es hombre o mujer. La secretaria del abogado comentó que han participado en negocios sucios en la venta de terrenos y también de campos, falsificaciones de firmas y otras cosas.

—Nosotros, hasta donde estoy enterado, no hemos hecho negocios con ellos, pero averiguaré. ¿Alguna otra cosa?

—Sí. ¿No cree que esta información vale algunos pesos?

—Escucha, has contado solo rumores, chismes.

—Bueno, entonces ¿puede prestarme algo?

—¿Cuánto quieres?

—No sé… cien o doscientos dólares.

Ezequiel tomó doscientos dólares de la billetera, se los entregó y le dijo que volviera si tenía datos comprobables. Le dio una tarjeta y agregó el número de celular de ella en la agenda de su celular.

Llegamos con Gonzalo a la Casa Violeta, nos sentamos de espaldas a la rambla, de modo que nuestros invitados tuvieran la mejor vista del puertito del Buceo. Se acercó el mozo y nos consultó:

—¿Van pidiendo algo o esperarán?

—Un johnnie sin hielo y un vodka con coca.

Alrededor de media hora después, llegaron Ricardo y Amalia. Llamaban la atención por el refinamiento y buen gusto en su forma de vestir, y la *bijouterie* fina de ella. Luego de un pequeño preámbulo social, Ricardo y Amalia fueron directo al asunto de la reunión.

—Uno de los temas que queríamos comentarte es que el contador, Gregorio, renunció. De todos modos, mientras conseguimos un sustituto, va a ir un día por semana a la empresa y hará algunas tareas en su casa. Eso hace que Amalia tenga que dedicar un poco más de tiempo; en realidad, era lo que hacía al principio y es lo que le gusta para no aburrirse.

—El resultado de la auditoría, como vimos en detalle, mostró muchos errores en la gerencia de la empresa, pero la parte contable no tenía problemas. Incluso se alabó la tarea del contador, de modo que no entiendo por qué la renuncia. No se lo trató mal y, muy por el contrario, auditar el sistema, más que sembrar dudas, fue un aval para su tarea.

—No sé por qué lo tomó de esa manera, pero le cayó mal. Así son las cosas —dijo Ricardo—. Pero quiero hablar de otro tema: tú conoces en detalle la tarea realizada por uno de nuestros técnicos al participar en la redacción del pliego de compra de estos equipos a medida, de los que fuimos a buscar proveedor a Bilbao.

—Sí, lo tengo bien presente; hablé varias veces con él.

—Hay uno de los detalles de nuestro producto, en el que trabajamos todavía, que destacaría nuestra oferta sobre todas las otras. Pero la responsable de la aprobación del pliego no acepta incluirlo. Si lográramos que lo hiciera, sería como si fuésemos solos a la licitación.

—Es normal y habla bien de quienes redactan el pliego.

—Estoy de acuerdo, Ezequiel, pero muchas veces el producto que cumple realmente tus necesidades solo lo tiene un fabricante. Bien, por eso pensamos en pedirte si, dada tu capacidad, puedes intentar convencer a la técnica de incorporar este agregado.

—Y bueno, para mantener un prestigio, muchas veces es necesario ampliar la cancha. De todos modos, nada me costará hacer una visita por Buenos Aires.

—Ni siquiera eso, esta persona es una asesora uruguaya y vive en Montevideo —dijo Amalia sonriendo y agregó—: Es una chica muy guapa.

—¡Ah, no vale! ¿Por lo menos tienen una foto? ¿Qué edad tiene? —les dije.

—Ya acordé una reunión para mañana, te acompañaré por si necesitas responder alguna consulta específica —dijo Ricardo.

—Bien, explícame ese detalle tan particular a incluir en el pliego, cuáles son sus ventajas y por qué no lo tienen los otros. ¿Es muy novedoso, todavía no está probado o, por el contrario, es algo que la mayoría está dejando de utilizar pero todavía puede tener alguna ventaja?

—En realidad, no es ni una cosa ni la otra, es un accesorio y no sé bien para qué sirve.

—¡Fantástico! Seguro con todos esos datos convenzo enseguida a esta mujer.

—Si fuera sencillo, nuestro técnico, que trabajó con prolijidad, lo habría hecho, o quizá yo mismo.

—Volvemos con los espejitos de colores… Bueno, charlar por charlar y tratar de convencer a la vieja esta.

—¿Por qué supones que es una vieja?

—¡Es obvio! ¿No?

Al día siguiente, aguardé a mis socios en la sala de espera de la empresa donde me habían indicado. Llegó la hora de la reunión, sin que aparecieran. «Ya me lo figuraba», me dije. Golpeé a la puerta donde decía Análisis de Mercado. Una atractiva mujer, casi de mi edad, abrió la puerta.

—¿Betancourt se encuentra? —le pregunté.

—Soy yo, pase. ¿Viene por el pliego de la licitación 1321?

La miré de arriba a abajo y dije:

—En general las secretarias son más atractivas que sus jefas, pero veo que este no es el caso.

—Tome asiento —dijo, muy seria, señalándome uno de los tres sillones frente a una mesita redonda.

—Soy Ezequiel —le dije entregándole una tarjeta de presentación—, vicepresidente de La Mercosur S. A. Estamos llevando con usted la licitación que mencionó. En general, viene un técnico para representarnos en las reuniones. Hoy iban a venir mis socios, que están aquí en Montevideo, pero algo les ha sucedido, los llamo y no responden.

—Ezequiel, usted no es porteño. ¿Es del interior, de provincia?

—Para nada, soy tan uruguayo como usted.

—Pues se equivoca, yo sí soy argentina —me dijo sonriendo.

—Habrá nacido allí, pero para nada lo parece. ¿Desde cuándo vive en Montevideo?

—Sí, desde muy chica, estudié aquí y también trabajo aquí, aunque voy por allá casi todas las semanas.

—Me parece haberla visto antes, en un vuelo del puente aéreo.

—¡Qué observador! Como le dije, voy con mucha frecuencia y… ¿Por qué me recuerda? —dijo sacudiendo la cabeza en forma negativa.

—Yo también uso mucho el puente aéreo, aunque me gusta más viajar en auto cuando voy por varios días. Hace, qué sé yo… casi un año, se canceló un vuelo por un paro y esperamos como tres horas en el aeropuerto. Al final, nos cambiaron el pasaje y la aerolínea nos alojó esa noche en un hotel sobre la 9 de Julio, cerca de Corrientes, no recuerdo bien el nombre…

—A mí me sucedió exactamente lo mismo, entonces usted estaba en ese vuelo… Nos reunimos todos a cenar en el mismo hotel, una mesa larga, éramos siete u ocho. No lo recuerdo de esa cena…

—Según parece, yo presté más atención en usted que al revés, usted se quejó de haber chocado con una volqueta o algo así.

—Choqué con una volqueta, bueno, rocé el coche con uno de los soportes laterales desde donde el camión las levanta. Ni siquiera recuerdo bien si sucedieron las dos situaciones en el mismo momento. Puede que sí. No le hice mucho al auto, pero dejar esos obstáculos en la calle, sin señalizaciones luminosas, es un atentado. —Me miró con detenimiento—. ¡Vaya coincidencia! —dijo.

—Bien, para no robarle demasiado tiempo y dada la ausencia de mis socios, ¿podría explicarme las razones por las cuales no piensa incluir el detalle ese de comunicaciones tan especial de nuestro equipo?

—Le diré. Son dos cosas. La primera: para mí, no están completamente definidos los parámetros de ese puerto, esto me hace pensar acerca de si se trata de algo en desarrollo, aunque sin duda podría tener su importancia en el futuro. Segundo: quitaría de la competencia a un buen proveedor de este tipo de equipos, por cierto, su competencia más firme. Vea, voy a pensar en incluir una frase de preferencia, no de obligación, sobre la inclusión actual o que el equipo permita un agregado futuro de este nuevo puerto sin modificarse. En realidad, le estoy diciendo que lo voy a pensar, pero tal vez redacte algo así.

—Esto me parece un gran adelanto. Si le parece bien, iré a la próxima reunión y vemos ese agregado.

—Me parece bien. Lo veo en esa reunión. Que tenga un buen día.

—Ahí estaré. ¡Quién le dice! Quizá haya otro paro de la aerolínea…

—¡Oh, espero que no! Además, no es necesario todo ese embrollo para que vayamos a cenar.

CAPÍTULO 15

Dictamen

Llegó el día tan esperado por todos. Carmen y Néstor tomaron sus lugares en el escritorio situado a la izquierda de la sala. Emma y su abogado, el muy alto y delgado Migues, en el de la derecha. Detrás, en las sillas situadas contra la pared posterior, se sentaron Ezequiel, Gonzalo y las dos abogadas.

Debieron esperar varios meses por el fallo. La demora propia del proceso, la feria judicial… pero por fin estaban ahí, en la sala que tanto había oprimido a unos y otros, todos inquietos, prontos para escuchar el veredicto. En esta ocasión no habría intercambios, interrogatorios o alegatos, todo eso había finalizado, solo restaba al juez comunicar su decisión. Cualquier otra instancia no sería en ese ámbito y solo podría consistir en una eventual apelación de la resolución.

El juez, como en todas las audiencias anteriores, había llegado primero. Lucía diferente, más sonriente, pero siempre con su gastado saco *sport* gris. Tenía impresa la resolución. Saludó y se dispuso de inmediato a leer su dictamen. Lo hizo con una perfecta dicción y utilizando el tiempo necesario para poder ser comprendido a la perfección. El informe no era muy largo. En síntesis, se establecía que la demandante no había podido comprobar la situación de hija de Raúl Rolan y, en consecuencia, no se hacía lugar a su demanda. Al ser negativa la primera petición, tampoco había lugar a la solicitud de herencia consecuencia de la primera. Hizo algo poco usual en la jurisprudencia local: enfatizó que la demanda había estado fuera de lugar y la fiscalía había sido indulgente con la demandante, la cual, dada la falta de pruebas, debería correr con los costos y costas del juicio.

Emma, alcanzó a decir:

—Esto no es justo, no puedo pagar yo los gastos del juicio, ni los honorarios de los abogados.

El juez la hizo callar al instante.

—Manténgase en silencio —le dijo Migues en voz baja. —No es así.

El juez, dirigiéndose a ella y a su abogado, recalcó que habían hecho perder el tiempo al Estado. Él había llegado a la conclusión de que constituía una demanda mal planteada e incluso con visos de ser fraudulenta. Agregó que se cuidaran de apelar porque se podían analizar en detalle las declaraciones y juzgarlas como eventuales casos de perjurio.

Emma respiró agitada y se puso pálida, no esperaba ese golpe. Pensó que nunca, ni trabajando toda su vida, iba a poder pagarle a los abogados. Si hubo alguna vez una persona castigada y humillada, fue ella. Por un momento, aunque no ganara, se había sentido protagonista, ahora se daba cuenta de lo sucedido, había seguido los caminos impuestos y maquinados por otros, quienes presumieron sus actos y le impusieron sus pasos. No manejó sus opciones con libertad, solo lo creyó. La realidad le mostró otro rostro, fue impulsada a actuar por gente más capaz y más inteligente que ella, que analizó los hechos y previó su reacción.

Los demandados habían salido victoriosos, aunque les habían anunciado algo ya conocido. Se miraron entre sí y solo vieron sus rostros circunspectos. Los abogados se saludaron en una reacción automática y también el resto de los participantes del litigio. Era por demás claro para todos, no habría apelación a la resolución del juez. Carmen expresó el pensamiento de los demandados:

—Ganamos esta demanda, como todos pensábamos, pero mientras nos distraíamos con este juego, de forma silenciosa, como la serpiente, nos atacaron por otro flanco que no esperábamos, el del testamento. Hemos sido derrotados y no tenemos levante.

—Llegamos al final de un camino y ahora nos toca recorrer otro —dijo Gonzalo y se retiró.

Los tres abogados asintieron. No encontraban forma de revertir la situación.

—En este momento, algo me preocupa —dijo Carmen—. El presentimiento de papá de hace unos meses, cuando describió la muerte de una persona, una persona muy conocida y querida. Él en la visión no la logró identificar, no tuvo ni la menor idea de quién se trataba, solo vio a la persona sufriente por la pérdida y la describió. Especificó donde estaba, mejor dicho, lo que veía. Fue el anuncio de la muerte de una persona muy cercana, pero también y, sobre todo, hay un misterio relacionado con esa muerte. Les diré: la persona de la visión fui yo. Estábamos varias compañeras en casa de una amiga, estudiando. La noche en que falleció mi tío, nos habíamos quedado hasta muy tarde, hasta el amanecer, como hacíamos todos los días. Desde el primer piso de la casa, donde yo estaba, se veían los sauces que bordeaban una cañada, no se veía la calle. Lo recuerdo bien, me sentí muy sobresaltada y al poco rato recibí una llamada de mi padre que me informaba de su fallecimiento. Ni siquiera sabía de su internación ni de su enfermedad. Aprovecho a decirlo ahora porque papá se fue: todo coincide, hasta en el menor detalle, con la descripción que dio hace unos meses, antes de la muerte del tío.

—Hay algo más extraño aún. Rivas es un hombre bastante mayor que el Loco, quien, aparte de su problema mental, no tenía otros problemas conocidos de salud. La pregunta sería: ¿cómo pensaba Rivas heredar al Loco, cuando todo hacía esperar que él falleciera primero? —dijo Ezequiel—. Por algo agregó el texto de su hija; no porque deseara que ella fuera la heredera si todo seguía los tiempos normales, sino todo lo contrario, para protegerse él, una protección para hacer inútil el acto de matarlo como forma de revertir los hechos si el Loco moría joven, como finalmente sucedió.

—No hables de matar —dijo Carmen.

—Como sabemos ahora, el Loco murió de repente y Rivas lo sobrevivió. Acaso Rivas esperaba que esto sucediera o él mismo lo provocó —dijo Ezequiel y agregó—: Por más que es difícil de creer.

—No puede ser, muestras una imaginación tremenda. ¿De verdad crees que este tipo pensó en matar al Loco? —dijo Susana Báez y agregó—: Va más allá de lo que puedo esperar de una persona y he visto muchos casos.

—Ni se imaginan los casos criminales a los que he asistido, la gente hace cosas insospechadas… —dijo Néstor.

—¿Cómo murió? —preguntó la abogada más joven.

—Se le complicó un problema pulmonar, no muy severo, pero no pudo recuperarse por su falta de reflejos debida a la cantidad y potencia de los medicamentos.

—Quizá se podría analizar la causa de la muerte con más detenimiento.

Gonzalo, quien volvía a entrar y escuchó el final de la conversación, mirando hacia abajo dijo:

—Ahora, como también ha muerto Rivas, no parece importante.

—¡¿Qué dices?! ¿Ha muerto Rivas?

Sin escuchar prosiguió:

—Digo, no hubo un crimen, pero si lo hubiera habido, ¿cómo se demostraría? ¿Eso sí serviría para revocar el testamento? Solo digo que con Rivas muerto es más difícil…

—¿Estás diciendo que Rivas va a morir o que está muerto?

—Iba a morir, como todos, pero ya está muerto.

—Entiendo papá, cálmate —le dijo Carmen y prosiguió—: Aunque se logre probar que hubo un asesinato, que la causa de la muerte no fue natural, debería probarse que fue Rivas el que la causó.

—Lo que con Rivas muerto es harto difícil —repitió Gonzalo y se retiró hablando solo.

La conversación perdió sentido y varios hablaron simultáneamente.

—Cuidado con estos desvaríos, las premoniciones tienen este aspecto de algo sin sentido —se oyó decir.

Alguien agregó:

—Desde ahí encontrarías una causa para que Rivas forzara al Loco a firmar el testamento o falsificara su firma o cualquier otra cosa, también deberías probar esto.

—Entonces, si intentamos probar que fue un crimen, debemos hacer una autopsia —dijo la chica emocionada.

Ezequiel se dirigió en voz baja a Gonzalo, quien se había retirado muy exaltado, pero ahora regresaba más calmo, como sucedía a menudo.

—No podemos buscar fantasías, buscar algo… ¿qué? —y agregó—: Explícale por favor que solo vamos a ganar complicaciones con eso.

—No sé de qué hablas —le contestó—, pero si se le puso algo en la cabeza va a ser muy difícil hacerla cambiar de opinión.

Carmen se dirigió a Gonzalo.

—Papi, aquel compañero de colegio tuyo, el médico, podría ayudarnos. Doy por hecho que esto desentrañará este enigma. Llámalo, ¿quieres?

Sin muchas ganas, tomó el celular y marcó el número de su amigo.

—Alberto, ¿cómo te encuentras? Ya vi, en el Facebook, fotos de la ponencia que presentaste en el congreso de la semana pasada.

—Sí, estuvo muy bueno. ¿Cómo estás tú?

—Bien, solo quería hacerte una pregunta breve, es decir, si tienes algo de tiempo disponible en este momento.

—Sí, dime.

—Sé que no es tu especialidad la medicina forense sino la cirugía, pero quería hacerte una consulta. Mi cuñado falleció hace dos o tres meses…

—Sí, estuve en el velorio.

—¡Ah, claro! Bueno, quería preguntarte ¿si la muerte no hubiera sido natural, sería posible, transcurrido este tiempo, encontrar algo en una autopsia?

—Se trató de una muerte repentina, casi un accidente, pero veamos ¿tú me hablas de un crimen?

—Sí.

—Bueno, depende de las circunstancias, pero muchas cosas todavía se pueden analizar. Toma nota, te paso los datos de un colega en Montevideo especializado en medicina forense.

Gonzalo anotó los datos, agradeció a su amigo y quedaron de encontrarse unos días después para charlar un rato.

A la mañana siguiente, los tres viajaban hacia Montevideo. Se dirigieron a la oficina. Dado que Carmen estuvo con otros temas, Gonzalo y Ezequiel dejaron de lado el asunto del examen *post mortem*.

Un rato después de haber llegado a la oficina y mientras Graciela les alcanzaba café, una de las chicas les informó que Ricardo y su esposa se encontraban en la oficina.

—Hazlos pasar a la otra sala de reuniones —contestó Ezequiel—. No me faltaba otra cosa —le dijo a sus compañeros y salió.

Ricardo le explicó que iban a pasar el feriado largo en Punta del Este y se les ocurrió pasar por la oficina para, si lo encontraban, saludarlo y conversar un rato. Carmen y Gonzalo se sumaron a la reunión.

Llovizmó por la mañana y refrescó algo, por lo menos una brisa suave parecía apagar el calor intenso de los días anteriores. Un aroma de flores humedecidas inundaba agradablemente la plaza. En el quiosco, durante toda la mañana, no se había hablado de otra cosa. Hasta mi hija vino a ayudarme. Hoy se vendieron más galletitas, refrescos y anotaciones para quiniela y Cinco de Oro comparado con cualquier otro día del año. La plaza se llenó de curiosos que caminaban de un lado a otro o recorrían el camino hasta el juzgado.

Ahí llegan, ellos tres y los tres abogados, no es por falta de leguleyos que ganaron. Siempre pasa lo mismo, a los grandes se les inicia una demanda y los otros siempre terminan peleados entre ellos y, al terminar, no son más que migajas en el piso. Cualquiera se las come.

—Hola, Pepe, por supuesto estás al tanto del resultado del juicio —me dijo el Tano al verme.

—Lo sé desde ayer. Nada nuevo bajo el sol. Todos de una u otra forma declararon a favor de los Rolan, aunque no son Rolan, estos son Torri.

—Sí, claro, los tres son de apellido Torri, pero aquí, al menos mientras vengan a la casa de… bueno, la excasa de don Raúl, les decimos Rolan, solo por costumbre.

—Mira, así nomás como lo ves, hasta a Rivas, por haber trabajado tanto con Raúl, le dicen Rolan, y a él le gusta cuando lo llaman así, a veces él mismo lo incentiva, se hace llamar Rolan, un poco en serio un poco en broma. A muchos les hubiera gustado ser como él, su capacidad, su pinta, su riqueza, no le faltó nada al hombre, pobrecito.

—Hola, buenas, ¿cómo están?

—Buenas, doña Juana, ¿se lleva unos cigarritos California o va a jugarse un Cinco de Oro? No hay mucho juego porque el pozo es chico.

—Ni una cosa ni la otra, vi llegar a la casa a esos y vine a preguntarle si terminó el juicio y cómo resultó.

—Sí, terminó y ganaron por goleada —dije riendo—, tal como se esperaba.

—Ya sabíamos ¿no? El pez grande se come al chico.

—No era carrera —agregó el Tano.

—Bueno, la fulana ya se fue hace algún tiempo del pueblo, está trabajando en Montevideo, ya le deben haber tirado algunos pesos para que no hiciera mucho barullo.

—¿Le parece, doña Juana? Tal vez más adelante le den una mano, eso puede ser, pero que le hayan dado algo ahora, no creo.

—No sería raro. Bueno, hasta luego. —Sonrió la señora y se retiró caminando hacia el centro de la plaza.

—Y ahora, tenemos lío en puerta otra vez, sabe, el Loco dejó un testamento.

—Algo había oído, Pepe, pero quién iba a decirlo… Yo ni siquiera sabría cómo hacerlo y el Loco, bueno, no lo creo, para mí lo engatusaron. El Rivas y algún otro, siempre son una barrita de amigotes y se aprovechan de los distraídos. Y camarón que se duerme…

—Sí, se lo lleva la corriente. Tú fíjate, no tuvo por qué ser un engaño; primero, el Loco era muy limitado, pero saber sabía de todo y había estudiado. Como se suele decir, sería loco pero no bobo.

—No comparto eso. Dicho así, nada más, parece cierto, pero imagina a una persona sana, sana por completo y dale por unos días todos los medicamentos, los mismos que le dan a cualquiera de estos tipos, bueno, ni qué decir, te vuelves uno más de ellos. Bajo esas circunstancias, no sabes ni siquiera tu nombre —terminó de decir—: ¿No compartes eso, Pepe?

—En eso estoy de acuerdo, pero si tratas de recordar, Rivas era el único con quien él ocasionalmente podía contar, ni Carmen ni Gonzalo se ocupaban demasiado. Sí, don Raúl se ocupó mucho, lo llevaba a todos lados, conversaba mucho con él. Su hermana también lo cuidó mucho a la muerte del padre, pero ahora la muchacha, Carmen, se ocupa a su manera, sin comprender casi nada sobre la enfermedad.

—Era Rivas quien lo acompañaba. El Loco pasaba más en el estudio de él que en su propia casa. Él le daba algún peso para la cerveza. Los otros, si bien le dejaban de todo en la casa y estaba la empleada doméstica casi todo el día, no le daban dinero, especialmente para no verlo tomando en los boliches.

—En eso tenían razón, ¡cuántas veces lo vimos volver totalmente borracho! Además, frecuentaba bares peligrosos.

—Peligrosos, pero donde los parroquianos lo aceptaban como era y hasta lo apreciaban. Sintieron su muerte y acompañaron en el cortejo. No, no era peligroso para él ir por ahí, lo habían conocido cuando estaba sano y, en ese entonces, si tenía algún dinero lo daba a discreción, sin preguntar nada. Recuerdo el comentario de un cliente de Rivas. En una oportunidad, ya cerca del mediodía, llegó el Loco. Rivas lo vio venir algo dormido y le preguntó si recién se levantaba, si había desayunado. Entonces Rivas pidió al bar un café con leche con una medialuna de jamón y queso para que comiera algo.

—Y hablar bien de ella, la hija de Rivas ¡por favor! No debe existir nadie tan desagradable… ¿Cómo podría ocurrírsele al Loco incluirla? Es tonto pensar eso.

—Comparto plenamente ese punto, ahí sí, o lo engañaron o lo convencieron.

—Pues los dados están echados y Rivas o su hija son los herederos legales, con un documento a prueba de balas.

—Me quedé pensando: a pesar de los negociados y robos, también tiene su lado bueno, lo trató al Loco desde niño, lo vio crecer, lo vio estudiar y lo vio enfermarse. Estuvo junto a él y a don Raúl en los momentos más difíciles de la enfermedad, tantas veces siguiéndolo con la ambulancia para poderlo llevar cuando se necesitaba una internación, a la que se resistía, por supuesto.

—Lo reconozco, no es fácil ayudar a quien no quiere ser ayudado.

—Debemos considerar que esos enfermos viven en su propio mundo, un mundo paralelo con sus propias reglas. Ahí escuchan a quienes les hablan y responden, a veces oyen voces amigas, otras veces las voces los insultan o incluso les reclaman algo por hacer. ¿Cómo entras dentro de ese mundo, como para llamar la atención, conversar algo o tener la paciencia para esperar y responder cuando se les ocurre asomar a la realidad? Un momento donde tiene algo para decir y en el cual demanda, en ese preciso instante y no en otro, que lo atiendas, lo escuches y le respondas y, luego, sin finalizar el diálogo vuelve a su mundo. Tantas veces escuché llamarlo repetidas veces hasta obtener una respuesta, una respuesta solo de apertura para escuchar, por un pequeño tiempo indefinido, en el cual podías decirle algo y luego ver su propia interpretación de lo dicho ¿no, Pepe?

—¡Vaya, sí que conoces de estos temas! —dije impresionado, levantando la mano derecha con el dedo gordo hacia arriba.

—No es para tanto… Mira, hay un caso similar en mi familia, es por eso, y, te digo, son más frecuentes de lo que parecen estas enfermedades. Antes pasaban algo desapercibidas y la gente se reía. Siempre lo llamaron igual, el loco de la familia, ahora son tratados a partir de los primeros síntomas, aunque todavía no tenga cura. Este muchacho, el familiar mío, es joven todavía, pobrecito, tiene sobrinas chicas y lo he escuchado muchas veces decirle a alguna de ellas que le iba a dejar algo de herencia, un televisor, según creo. La idea es corresponder al afecto y piensa en poder heredarle algo. Triste, lo único propio, lo único verdaderamente suyo, es el televisor. El Loco tampoco iba a poder hacer nada con lo que tenía; sus necesidades estaban cubiertas y, por otro lado, era, como todos ellos, incapaz de hacer nada con lo suyo, más que heredárselo a alguien. Curioso ¿no?

—Son cosas raras —le dije algo distraído, mientras secaba con el pañuelo las gotas de transpiración de mi frente. Había vuelto el calor y con la humedad de la lluvia temprana el pequeño quiosco estaba insoportable.

Después saludó y se retiró. Tuve un rato para arreglar algunas cosas y pensar un poco. Di por hecho que el testamento del Loco fue una trampa de Rivas, pero luego de su razonamiento, de una persona con conocimiento de estos enfermos, pobres, puede llegar a entenderse lo que hizo. Y es más, de pronto estuvo bien hecho; lo de su hija es otra historia, pero son cosas muy emocionales, que luego se olvidan. ¡Quién sabe en su mente cuántas veces y a cuántas personas les dejó su herencia! Él sabía su existencia pero, en realidad, no conocía su valor.

Unos días después, Emma se dirigió a casa de Ángela María, tocó a su puerta y esta la atendió un poco recelosa. Conversaron unas palabras en la puerta y Emma le dijo:

—¿No me invitas a pasar?

—No tenemos mucho de qué hablar.

—No vine a reclamarte nada, en realidad, tú declaraste lo sucedido. Pero, por amor de Dios, pudiste haber sido más ambigua.

—¿No me digas? Has cambiado las pilchas y hasta hablas de forma diferente, no pareces la misma persona… Vamos, sigues sin tener donde caerte muerta.

—Mira, Ángela, te han comprado por unos vintenes.

—Serán vintenes, pero me sirven. Mírate, no solo perdiste tu supuesta ganancia, ahora debes pagar. Las acciones judiciales generan gastos. Sigue así, sigue así, hasta en cana vas a terminar —y prosiguió—: Mira Emma, una cosa fue lo que hablamos las dos con Rivas, otra, muy distinta, fue tu participación en el juicio. No es por nada, pero estás loca de atar o no ves que no se puede ir contra esa gente y menos mintiendo. Si hubieras tenido razón, igual hubieras perdido, pero dejemos esto en claro: todo fue un invento de una tarde de lluvia, mientras fritábamos unas tortas —dijo riendo—. Una tarde bien como para comer tortas fritas. Se nos ocurrió pensar en algún muerto para hacernos pasar por hijas, primero iba a ser yo, luego tú, cuando me fui a la cama con el abogaducho y le pregunté lo que queríamos saber. Sí, sabemos que poco después apareció Rivas diciéndote lo mismo y si no te animabas a aparecer en el juicio por unos mangos que nunca aparecieron.

—Ángela, yo tengo un trabajo en Montevideo, puedo mantenerme y mantener a mi hijo, y fue este tema del juicio que me hizo pensar de otra manera. Y también fue obra del juicio que Di Fabio saliera corriendo cuando todo comenzó a ponerse difícil.

—Sí, cuando las papas queman… No disparó, lo sacaron carpiendo. —También rio—. Nunca más se lo vio por aquí. Sabes que se trata de gente muy bien y, ahora, como todo terminó, voy a hablar con ellos y ver si me ayudan.

—Se te van a reír en la cara.

—Eso no va a suceder, nosotras tenemos una visión de la gente, una visión solo de la gente que viene por aquí asiduamente. En todos lados hay gente buena y genta mala, pero hay otro mundo mejor. Vine porque quería decírtelo, siempre supe acerca de tu citación como testigo y no vine en ese momento a hablar contigo. Tú tuviste una forma de actuar y no la voy a juzgar, solo eso, decirte que no estoy enojada por tu declaración y que hasta la comprendo.

CAPÍTULO 16

Datos antiguos

Carmen, en voz alta, interrumpió el partido de truco en el cual participaba con Ezequiel, Gonzalo y Néstor y reflexionó: —las idas y venidas del juicio me han mantenido muy inquieta, insegura y por demás acongojada. Sobre todo fue una mezcla entre las consecuencias prácticas y el peso imaginario sobre mi madre y mi abuelo, a quienes, a pesar de no encontrarse ya entre nosotros, los imaginé presentes. En lugar de afectarlos a ellos, yo cargué con ese peso. No lo sé, tal vez en vida previeron semejante situación, quizá sí…

—No se me distraiga, compañera, nos van ganando —le dijo Néstor, intentando sacarla del tema. Él mismo acababa de dar cartas. Cada uno de los jugadores orejeó con lentitud las tres cartas y pasó las señas a su compañero. Bajo el mazo, boca arriba, asomaba el dos de oro, la muestra. Un montón de porotos en el centro y unos pocos al costado de Ezequiel y Néstor sobre la mesa de madera sin mantel que habían traído desde la cocina.

—Hasta donde yo recuerdo, la caída de la tapa del nicho llegó a parecerte una consecuencia de la demanda, como una respuesta del más allá. Una forma de expresarse de don Raúl. O de tu madre… Carmen, eso nunca lo supusiste —respondió Ezequiel.

—Lo sé, hermanito, tú estás al tanto de la caída de la tapa haciéndose mil pedazos. Pero no sé si lo sabes, tres días después de colocada, volvió a caerse. Cuando sucedió eso, fui yo hasta allí, la vez anterior habían ido Carmen y Graciela. Fue raro ver el nicho abierto. No sé si recuerdan, pero está en el tercer nivel, casi a tres metros del suelo.

—Sí, lo sé. También recuerdo una escalera de caños con cuatro apoyos, dos fijos y dos con ruedas. La gente los desplaza para poder subir a cambiar las flores de los nichos superiores. Hay también quien reza parado en la plataforma de la escalera, frente al nicho, para estar más cerca del difunto. Es curioso.

—Esa vez, vi el nicho abierto desde el nivel del piso.

—Sí, como cuando colocan el cuerpo —acotó Néstor.

—Exacto, es como tú dices. En los entierros se ven las cosas diferentes; en realidad, no se presta demasiada atención a la ubicación del ataúd, siempre se está un poco aturdido y distraído por lo sucedido y por mil cosas más. No lo sé, pero esta vez me llamó la atención que se viera el extremo del cajón, nunca pensé volver a verlo. También me llamó la atención la cantidad y espesor de las telas de araña, muy cubiertas de tierra. Algo es claro, el ataúd no fue movido.

—Nadie piensa ni pensó que sucediera eso —le respondió Ezequiel—. La otra vez habrán colocado mal la tapa.

—Estaban todos los elementos decorativos de bronce, nombres, crucifijo… Nada había sido robado. De todos modos, imagina por un momento que los muertos pudieran comunicarse, ¡no me dirás que no se trató de un momento oportuno para hacerlo y, además, de una forma práctica e incuestionable!

—Para empezar, la madre de Carmen está en el mismo nicho —dijo Ezequiel—, pudo ser ella la del mensaje.

—Tú siempre escéptico con todo lo del más allá —le respondió Gonzalo.

—Cuidado, yo soy creyente, pero no entiendo por qué creen en cualquier cosa. Te hago una pregunta sencilla, si en realidad intentó comunicarse ¿cuál fue el mensaje? Porque, acordemos, ese es el objetivo de cualquier tipo de comunicación: hacer conocer algo a otra persona.

—A mí se me ocurrió, en un principio, que entendía el mensaje. En un momento, estando en el cementerio, no recuerdo bien por qué, creí comprenderlo, nos decía «no soy yo el padre». Después pensé en los que estuvimos en su entierro, pero ese pensamiento no me agregó nada. Hoy sabemos con certeza: lo de Emma fue un intento de engaño, de extorsión. Y eso confirma mi presunción de aquel momento —dijo Carmen.

—Manejaste esa misma idea cuando me llamaste a Buenos Aires —dijo Ezequiel—. Mantienes una línea de pensamiento de la cual te es difícil desprenderte. Imagina otra alternativa: sí tuvo otra hija pero no es Emma. ¿Qué dices a esto?

No hubo respuestas.

—Veamos, les aclararé el punto —insistió Ezequiel—. El pensar en vampiros, muertos vivientes y esas cosas es una forma de banalizar la muerte. Lo mismo sucede con las pretendidas comunicaciones con el más allá. Para la civilización actual, donde todas las cosas son relativas, no puede haber algo importante, pero la muerte lo es y siempre lo será. Para mantenerla en contexto, se le quita importancia y no se piensa en ella.

Se hizo un silencio. Luego de un rato, Gonzalo reinició la conversación:

—Recuerden, Rivas estuvo en el entierro ¿no? Se fue desde Yatay hasta Montevideo especialmente, aunque no sé qué importancia tenga esto.

—Esto es como tus premoniciones, Gonzalo, puede que hayan querido decir algo o no, pero, al final, no se saca nada en limpio y no aportan nada al resultado, salvo para alguno de ustedes, una expectativa y hasta un cierto temor a fuerzas ocultas que no existen. Y no hablemos más del tema —dijo Ezequiel y agregó—: Resultó muy sencillo el juicio.

—Nuestros testigos declararon muy bien, los de ellos no tanto y la declaración de Ángela María fue contundente.

—Las abogadas fueron útiles, porque aleccionaron bien a Carmen para sus declaraciones y redactaron los alegatos finales de forma eficiente, pero no resolvieron ellas el caso.

—De acuerdo con este concepto, nosotros no ganamos el caso, lo perdieron ellos por no mantener un equipo unido, quizá en algún momento creyeron ganar con facilidad y apartaron gente muy útil como Ángela y luego se vieron perdidos y se vinieron al piso.

—Bueno, ¡marche otra copa de vino! Brindemos por el juicio y por el equipo —dijo Ezequiel.

—Brindemos por olvidar todo este asunto lo más pronto posible —dijo Carmen levantando la copa.

—Brindemos por que la tapa del nicho caiga sobre la cabeza de Rivas —dijo Gonzalo.

Ezequiel levantó el teléfono y llamó a Jeremías diciéndole que necesitaba dinero para una inversión.

—¿Cuánto precisas? —le respondió.

—Cincuenta mil.

—¿Pesos o dólares?

—Dólares, por supuesto.

—¿Cuándo los precisas? Ya, me imagino…

—Sí.

—Pasa mañana por aquí, vamos hasta el banco y te hago un documento. Ten en cuenta que si les va bien cobro comisión —le respondió riendo.

Gonzalo, que estaba escuchando, le dijo:

—No manguees así al viejo.

—Tienes razón, en realidad necesito cien, tú me prestarás los otros cincuenta.

—¡Dios, para qué hablé!— respondió sacudiendo la cabeza.

Ezequiel atendió la llamada y escuchó la voz de Palumbo:

—Hola, hola, ¿cómo estás, Pirata? ¿Todo bien?

—Perfecto, hermano, tengo algunos datos.

—De acuerdo, ¿dónde nos encontramos?

—Cambiemos de lugar, esta vez vamos a cenar a un sitio sobre la misma ruta, pero más cerca de Montevideo, me lo recomendaron mucho.

—Creo que sé dónde dices, es un lugar muy bueno, pero debes reservar, se llena todas las noches.

—Ya lo hice. ¿Esta noche te parece bien?

—De maravillas. La verdad, recién salí del club y no sabía qué hacer. Nos vemos.

—A las nueve y media.

—De acuerdo. Si me demoro, no te tomes todo el whisky, deja algo para mí.

—Así lo haré. Chau.

Ya en el restaurante con servicio *buffet*, Ezequiel fue a observar la parrilla repleta de tiras de asado, vacío, pollo, chorizos, morcillas, achuras, todo un espectáculo. Con las bebidas en la mesa, Palumbo le dijo que él hablaría mucho pues tenía un informe bastante largo.

—Adelante, te escucho —respondió Ezequiel serio.

—No es sencillo investigar a fondo la vida de una persona, requiere de tiempo, de mucho tiempo, sobre todo si se trata de mantener la cuestión más o menos en privado y más aún si se trata de hechos antiguos, como el de este caso. Primero, debemos escuchar los chismes de la gente vieja y tratar de refrescarles la memoria, alimentar los recuerdos de los entrevistados con los datos obtenidos de otras entrevistas. Logras una declaración bastante completa de cada uno uniendo dos o tres entrevistas y armas un entramado, el cual cierra relativamente. En definitiva, ahondas con los que prometen ser más jugosos, más significativos, incluyendo todas las historias, incluso algunas demasiado antiguas, y ves si se puede obtener algún dato comprometedor.

—El problema con las historias antiguas consiste en su poco aporte legal, pues los delitos en su mayoría han prescrito; sin embargo, para determinadas personas, pueden ser importantes debido al probable peso sobre su imagen —señaló Ezequiel.

—Encontré chismes para todos los gustos y colores. Los más interesantes se centraban en falsificación de firmas, venta fraguada de solares, defraudación en obras contratadas por la intendencia y el tema por el cual decidí comenzar: el asesinato aún sin resolver del periodista local y corresponsal del diario *El Día*, Juan De Souza. También me enteré de otras cosas. Rivas y Emma tienen un hijo ya bastante grande, un adolescente, quien se supone que vive en Montevideo con una tía. Rivas nunca lo reconoció como tal, aunque Emma lo afirma, pero indagué y la mujer está en lo correcto.

—Emma y Rivas, más un hijo ¡vaya noticia! Esto nos aclara por qué actuaron juntos en esta farsa. De todas maneras, no se tratan como si hubieran tenido una relación.

— ¿Y cómo deberían tratarse?

—O bien como personas con algo en común o como personas con intereses opuestos y, por lo tanto, rivales; pero estos se tratan con suma indiferencia.

—Puede… Volviendo a De Souza, busqué el expediente policial, me costó encontrarlo, no estaba en al archivo. Estaba dado por extraviado, como tantos casos, pero, en realidad, no estaba registrado en el archivo general, ni de aquí ni en el de Montevideo, al que algunas veces derivan estos casos. Después de analizar la causa, me di cuenta de algo elemental: nunca se había cerrado el caso, simplemente se fue olvidando y nadie lo cerró, en consecuencia, no se archivaron las actuaciones. En esa época, yo ni siquiera estaba en la policía de Yatay.

—Lo recuerdo. Estuviste en San José y Yi, en Montevideo.

—Ahora bien, el agente que llevó la investigación falleció no hace mucho. Sin embargo, tuve mucha suerte. Como no tuvo herederos, su casa permanecía cerrada y deshabitada, con las aberturas tapiadas con tablas de madera gruesa, como es usual para evitar robos. Ingresé con facilidad, era una casa pequeña, con un fondo muy grande. Alumbré con un par de faroles de led y fui apuntando a los distintos sitios con mi linterna. Salvo la oscuridad y algo de polvo, nada hacía parecer que la casa estuviera deshabitada. No me lo imaginaba tan prolijo al hombre.

»No me gustó revisar sus cosas, traté de ser lo menos invasivo posible, claro, eso no va conmigo, pero lo intenté. No había nadie en la casa, estaba vacía, por supuesto, pero me parecía que desde algún lado él estaba observándome. Todavía había un recipiente con café, otro con yerba, el mate, el termo y la bombilla en un soporte de madera contra la pared. Fue como si cn cualquier momento el veterano agente fuera a llegar para prepararse el mate. Hay personas, no sé por qué, que aunque uno no las haya tratado te caen bien.

»Encontré varios expedientes, uno de ellos, no el más voluminoso, era el de De Souza. Comencé a analizarlo. Conocía muy bien el lugar donde apareció muerto, conocía cada detalle de lo dicho, conocía las distintas hipótesis elaboradas sobre el crimen. Aunque no llegué a verlo, lo había imaginado, casi como en la foto que lucía en el expediente: De Souza, boca abajo, la cara contra el piso, pantalón oscuro, cinturón marrón y camisa blanca teñida de sangre en el centro y en uno de los costados, el resto de la espalda limpia, sin manchas. Tenía los brazos hacia abajo y las dos piernas dobladas. Una mancha oscura en el piso de baldosa calcárea. Zapatos marrones, lustrados, con la suela muy gastada. Pelo negro abundante, bastante largo para la época, parecía algo gordo en la copia, pero no lo había sido. Había otras dos donde aparecía de frente y perfil, probables fotos de un antiguo pasaporte o algo así.

»El informe incluía algunos datos adicionales. Lo encontró temprano en la mañana el muchacho repartidor del diario. Caminó hacia la comisaría y, antes de llegar, vio a un agente de recorrida, le informó del hallazgo del cuerpo y lo llevó al lugar. El agente comprobó que el tipo estaba muerto, dejó al repartidor cuidando el sitio y volvió a la comisaría a informar.

—Me imagino lo conforme que estarían los clientes del pobre chico, ese día nadie tuvo lectura…

Palumbo continuó:

—Y ¡claro!, también estaba el informe forense. Muerto de una única puñalada en la espalda que le atravesó pulmón izquierdo y corazón, con un largo puñal de dieciocho a veinte centímetros de hoja. El arma nunca apareció. Presentaba también un golpe en la nuca, muy fuerte, presumiblemente se lo dieron con el lomo del mismo facón. Aparentaba haber sido golpeado y, luego, ya en el piso, desmayado, lo remataron. No había rastros de ningún tipo, ni señales de forcejeo ni ninguna otra cosa.

»De Souza era un hombre de baja estatura, alrededor de un metro sesenta y cinco centímetros, para darle el golpe en la nuca, por las marcas y el ángulo del impacto, el atacante debió ser cerca de veinte centímetros más alto, lo que implica una persona de alrededor de un metro ochenta y cinco. Para la época significaba una persona alta y, de ser así, descartaba a la mayoría de los posibles enemigos de la víctima. El golpe pudo haberle sido dado haciéndolo caer primero o poniéndolo en una posición inclinada, como si, por ejemplo, estuviese por recoger algún objeto del piso.

—¿Pudieron los hechos haber ocurrido en orden inverso? Primero la puñalada y después, para evitar gritos o alguna reacción, aplicarle el golpe ya en el piso? —interrumpió Ezequiel.

—No, de ninguna manera. Eso hubiera provocado la aparición de manchas de sangre en varios otros puntos. No fue así. Para mí el sujeto se le aproximó con sigilo por la espalda sin ser notado, para poder colocarse en una posición que le permitiera descargar el golpe con certeza.

»El informe también analizaba la hipótesis de la participación de más de una persona, la primera lo detuvo, no necesariamente un amigo. Alguien le hace una pregunta, por ejemplo la hora, y, cuando De Souza mira el reloj, otra persona lo golpea. El pueblo, en aquel momento y aún hoy, es un lugar muy tranquilo, cualquier tipo de pregunta, aun tarde en la noche, no hubiera causado ningún tipo de recelo. Si bien las marcas dejadas por el golpe y la puñalada corresponden a un arma de las características indicadas, bien pudieron utilizarse dos armas, es un tipo de facón muy común entre las personas de campo.

»En el análisis de las causas del asesinato, se descartó de forma inmediata el robo, aunque le quitaron la billetera del bolsillo del pantalón, que fue cortado con el mismo facón y mostró manchas de sangre. Toda la acción se realizó con mucha calma, alrededor de las dos de la mañana, en una zona desierta, no hubo nadie capaz de aportar ningún otro dato.

—¿Hubo testigos?

—Los vecinos indagados, incluso el que vivía en la casa que daba al lugar de los hechos y que dormía en una habitación con ventana a la calle, declararon no haber escuchado nada. Todos dijeron casi lo mismo. Nadie oyó nada. Como siempre, nadie quiere verse involucrado y lo más sencillo es decir «no vi ni oí nada». Averigüé quién era la persona que vivía en la casa, era el Flaco García. Todavía vive. Fui a hablar con él y no lo encontré, pero voy a insistir. Solo por formalismo.

—¿Y los motivos?

—Siempre según el informe, en ese momento De Souza estaba enemistado con varias personas debido a opiniones vertidas en sus programas periodísticos. Sin duda, era un hombre a quien le gustaba hacerse ver y, en consecuencia, emitía opiniones muy llamativas. Ya en esa época si no se hacía algo de ruido no había audiencia y él estaba en la televisión, en la radio y en el diario local. Aquí aparecen dos conocidos nuestros, Raúl Rolan y Luis Sacco, con quienes se ensañó en esos momentos.

—¿Sacco? ¿Es el mismo…?

—Sí, Luis Sacco, el actual director de obra de la intendencia municipal; después del intendente, la máxima autoridad del pueblo. Del primero ya sabes bien, del segundo hay varios temas también conocidos. Este año fue de nuevo electo para el mismo cargo. De Souza lo acusó de venta de favores y de arreglar el resultado de algunas licitaciones, como es obvio, las de montos mayores; llegó incluso a mostrar cifras y documentación. Como sabemos, este tipo es el padrino de la hija de Rivas, ya que ellos tienen una muy estrecha amistad.

—No sabía… Como dice el dicho, Dios los cría y ellos se juntan.

—Por lo tanto, en la lista de sospechosos, entre algunos otros que no parecen importantes, el investigador puso a Rolan, a Sacco y a Rivas, este último por su relación con los dos anteriores y si bien no se trata de un matón, sí poseía un grupo de amigos muy poco recomendables, cualquiera de ellos bien pudo hacer el trabajito. Hay que tener en cuenta, y es muy importante, que esto no es hablar por hablar, alguien asesinó a De Souza de una manera perfectamente planificada.

—¿Cómo podemos utilizar esto?

—Rivas fue interrogado, dijo haber estado en su casa con su esposa y su hija toda la noche, y estas confirmaron su declaración. Respecto a si conocía a De Souza, había tenido poco trato, un par de reuniones con motivo de un planteo para promocionar su negocio de administración, al cual De Souza le respondió que no era su tema, que hablara con el administrador de un medio local. De Souza también había criticado su gestoría en relación con su conocimiento de jerarcas locales y el uso de influencias, pero poca cosa. Todo quedó en un simple comentario, aunque nada beneficioso para su negocio.

—¿Y cómo sigue la investigación?

—Continúa con el análisis de algunos pesados que pudieron haber intervenido e incluye algunos interrogatorios. Dos de los más notorios sicarios estaban en la cárcel en ese momento y no había nadie más con antecedentes suficientes. Se indagó a algunos de otras ciudades, pero no se llegó a interrogar a nadie. De todos modos, utilizando las bases de datos disponibles, se hizo una lista de delincuentes capaces de haber estado involucrados y se analizó si alguno de ellos había estado ese día en el pueblo. Se mostraron fotos de ellos en el barrio donde se cometió el crimen, en la terminal de ómnibus, en bares, pero ninguno fue reconocido en ese momento.

»Veamos la nota adhesiva pegada sobre la hoja, la del joven muchacho rapado. Fíjate que la nota dice «ver y comparar fotos». ¿Comparar esta con cuál otra? Era muy joven, me pregunto qué edad tendría y pienso que alrededor de veinte años. Hay otro sobre con seis fotografías del mismo sujeto ya con unos treinta años, pelo muy largo, sin barba pero con bigote. Continúa siendo información del expediente, pero estas fotos adicionales, si bien están en el expediente, no pertenecen a él. El delito ya había prescrito o estaba por estarlo. Las seis imágenes están tomadas en Yatay, lo muestran caminando por el centro de la ciudad, en la plaza, sentado en una mesa exterior del bar de la esquina de la plaza. El tipo vino por el pueblo y debe de haber permanecido el tiempo suficiente para ser identificado y fotografiado por el agente. Aunque este hecho me parece inverosímil, él nunca lo habría reconocido, no pudo memorizar la cara de cada uno de los tipos de la lista y menos relacionarlo con una persona de apariencia muy distinta diez años después. Es probable que alguna acción llamara la atención del agente y en consecuencia este decidiera tomar esas instantáneas. Tal vez recibió algún dato…

—¿Hay algo más?

—Los aportes del expediente terminan ahí. En ese momento, el agente estaba por retirarse y así lo hizo. Y todo quedó en ese punto, sin más. Él todavía vivió algunos años, alrededor de cinco, pudo haber investigado algo más o reiniciar la investigación, pero no hay nada. El tipo está bien identificado, figuran aquí sus datos, huellas, copia de documentos, legajo policial, todo. No hay ninguna duda, es el mismo tipo. Lo investigué un poco más y luego de esos pocos delitos, suficientes para incluirlo en la escueta lista de probables asesinos que usa la policía, no hay nuevos datos significativos. A excepción de dos muy simples: una riña de borrachos sin consecuencias y una multa por conducir en estado etílico, una tontería, conducía con un nivel apenas superior al mínimo, pero consta que le quitaron la licencia por seis meses. Y nada más. Puedes pensar en dos cosas, se regeneró por completo o está haciendo el trabajo sucio para alguien.

—Ahora, ese crimen ya prescribió.

—Sí, ahora, aunque le tomáramos una foto almorzando con cualquiera de ellos, no es problema para ninguno, el tipo está limpio. Y se me hace que no es Rivas el que estuvo metido en esto, casi lo podría asegurar, no llega a ese nivel.

—Dada la amistad entre Rivas y Sacco, no es un asunto para descartarlo así nomás. Bien pudo intervenir él para evitar una acción de Rolan. Recuerda, también Rolan quiso matarlo en la peluquería y por poco lo logra. Si don Raúl cometía un crimen, él quedaba de un día para el otro en la calle.

—¿Tú insinúas que pudo ser Sacco o alguna otra persona relacionada quien lo contactó con el delincuente?

—Es una posibilidad. En ese momento era un delincuente común, luego, como dije, o bien se regeneró o bien entró a trabajar con otra persona, ciertamente ninguno de estos dos.

—¿Y entonces por qué vendría al pueblo?

—Pudo estar en cualquier negocio, no figura ahí a qué se dedicaba. Capaz que siguió en el mismo negocio, pudo acompañar como guardaespaldas a alguien que estuviera en el pueblo esos días y llamó la atención del agente. Tampoco conocemos las fechas de esas fotos.

—Ahora bien, de hecho no hay nada para relacionar a Rivas con ese sujeto. Tenemos una relación de oposición solo con el asesinado y por demás débil.

—Sí, hay una relación. En la contabilidad de Rolan figura el retiro de una suma importante de dinero de su cuenta en esos mismos días, quizá se lo prestó a Rivas.

—O bien pudo él mismo pagarle al matón… ¡Vaya relación! Casi que empeora las cosas.

—No del todo. Un tiempo después, aparecen dos depósitos en la contabilidad, cuya suma arroja el mismo valor y que Rolan, siempre muy prolijo, escribió al lado «devolución de Rivas».

—¡Ah, eso sí es otra cosa! ¿En algún lugar se menciona alguna acción que haya tomado Antonio, el hijo de De Souza?

—Para nada. Solo se menciona, muy al principio de la investigación, una conversación del agente con él, por lo demás, nunca avanzó de ese punto. También sabemos, por los comentarios de sus amigos, con los cuales se reunía con cierta periodicidad, que prefirió olvidar el tema.

CAPÍTULO 17

Un crimen inesperado

Terminada la jornada laboral, esperó unos minutos y, cuando el reloj indicó las cinco de la tarde, deslizó su dedo sobre el sensor del aparato de control horario, pero este no lo detectó, intentó tres o cuatro veces hasta que visor indicó «Emma Fernández - salida».

Corriendo logró subir al ómnibus y unas pocas paradas después, en 18 de Julio y Gaboto, bajó. Caminó una cuadra, buscó el 1001 del edificio Censa y pulsó el timbre. Entró, abrió la reja del ascensor que ascendió con lentitud. En el despacho, tomó un café humeante mientras esperaba. Su abogado estaba atendiendo a otro cliente. A través de la amplia ventana, fijó su vista en el cielo nublado, casi tan gris como el mar, cuyas denodadas olas rompían contra el murallón de la rambla sur.

—Buenas tardes, señora Fernández —dijo el abogado, serio aunque amable.

—¡Otra vez, Migues, ya le dije cómo me llamo, por Dios! Bueno, como le avisé, quiero pedir una pensión alimenticia para Hugo, mi hijo. Quiero que usted llame al padre y le diga que me tiene que pagar una mensualidad.

—¿Y quién es el padre de Hugo?

—Rivas, como ya le he dicho. ¿No se acuerda?

—Dígame, señora, este hombre ¿reconoció a su hijo Hugo?

—Sí, claro, tome, traje su partida de nacimiento. Ellos no se conocen y él nunca me ayudó.

El doctor Migues leyó detenidamente la partida de nacimiento de Hugo y dijo:

—¡Ah! Este documento está demasiado borroso, deberá obtener otro en buenas condiciones. Por lo que veo, su hijo tiene quince años, le corresponde al menos hasta los dieciocho.

—¿Cuánto puedo pedirle? dígame, Migues.

—Señora, ¿sabe usted dónde trabaja y cuánto gana? Va a depender de sus ingresos.

—Se trata de una persona con una oficina de negocios rurales, debe de tener muchos ingresos, pues anda en autos caros, vive en una casa grande y nueva y tiene una buena oficina.

—Mire, el padre tiene obligación de mantener a su hijo de la mejor manera, acorde a su nivel de vida, es decir, de la mejor forma según sus ingresos y las necesidades del niño. Como comprenderá, yo no conozco los ingresos de este hombre, pero conversando con algún vecino de Yatay no debería ser una tarea difícil lograr obtener algún dato laboral. Si averigua este dato, el trámite es muy rápido. Se presenta el caso ante el juzgado, a pedido de parte y de forma casi inmediata se fija un monto provisorio. Él debe comenzar a pagar en ese momento. Luego ya se fijará el valor definitivo, una vez acabado el juicio. Tenga en cuenta que este proceso no es retroactivo, él quedará obligado a partir del inicio del expediente. Usted no tiene por qué preocuparse ¿comprende?

—Comprendí muy bien; solo llámelo usted y amenácelo.

—Emma, por favor, yo lo voy a llamar para plantearle la situación de protección material y moral para con su hijo. Voy a intentar también acordar un valor, aunque sea provisorio, hasta es posible llegar a un acuerdo razonable sin necesidad de planteos judiciales. Como le dije antes, estos casos son muy simples. Yo no lo voy a amenazar. Tratar de llegar a un arreglo a tiempo y a cuenta de una situación que lo comprende legal y éticamente no es de ninguna manera una amenaza.

Esa misma tarde, Migues llamó a la oficina de Rivas y se presentó como abogado de Emma Fernández. El abogado le detalló el motivo de la llamada y agregó que había corroborado, mediante la partida de nacimiento del hijo de la señora Fernández, que él figuraba como padre del muchacho. Rivas le preguntó acerca de si el documento confirmaba su paternidad y, ante la afirmación por parte del abogado, dudó y expresó su deseo de verificar el documento, pues nunca había declarado ser el padre de ese muchacho.

El abogado estuvo de acuerdo, le parecía razonable que se corroborara la documentación, pero le recordó el motivo de la llamada: se solicitaba el pago de una pensión alimenticia para su hijo. Agregó que tuviera en cuenta que no lo había hecho durante quince años, tiempo durante el cual debió haber pagado esta mensualidad. Él no conocía la razón por la cual la mujer no la había reclamado con anterioridad. Por último, dijo que lo mejor sería arreglar una cifra conveniente y presentarse ante el juez, y le advirtió que de una u otra forma esta situación debería legalizarse, con acuerdo o sin él. Agradeció su atención y dijo que lo volvería a llamar la semana siguiente si le parecía bien. De no ser así, se iniciarían los trámites legales.

Unos días después, Emma recibió un mensaje de Rivas en el celular: «Cuando venga por Yatay, pase por mi oficina para conversar sobre el asunto de la llamada de su abogado. Avise antes.» Ella sonrió satisfecha. No le respondió enseguida, esperó un par de días y le mandó un mensaje que decía «ok». Una semana más tarde, tomó dos días de licencia y, sin comunicación previa, se dirigió temprano a la terminal de ómnibus de Tres Cruces. Conocía bien los horarios, pero llegó unos minutos tarde y perdió el ómnibus, debió esperar casi dos horas hasta la salida del siguiente. Desayunó café con leche, tostadas y manteca. Recorrió los comercios que comenzaban a abrir y compró una revista para entretenerse durante el viaje. El breve trayecto de apenas dos horas y media se le hizo muy rápido. Pocas personas viajaban en el ómnibus.

Cuando descendió en la terminal de Yatay, la temperatura había caído bastante, sintió algo de frio y tomó un taxi. La oficina estaba vacía, el administrador no había vuelto todavía de almorzar, por lo que caminó sin rumbo por una media hora que le pareció eterna. Las desoladas calles de siempre, los comercios cerrados. Volvió y presionó el botón del timbre.

Esa misma mañana, Rivas había recibido por fax una copia de la partida de nacimiento de Hugo y constató lo que suponía. El documento decía «madre Emma Fernández, padre desconocido». «Quien sabe qué documento le habrá mostrado al abogado» pensó. Trató de recordar algo de esa época. Él nunca había sabido de la existencia de este hijo hasta hacía unos meses, cuando ella misma se lo comunicara la mañana aquella en su oficina, no recordó con exactitud cuándo, pero no hacía mucho tiempo. Hasta ese entonces, jamás había oído hablar de él, no solo de un hijo suyo, lo cual recordaría de sobra, no había oído hablar siquiera de un hijo de Emma. Intentó acordarse de lo conversado aquel momento, había mencionado su desaparición del pueblo por dos años. Eso, ahora, lo recordaba bien. A su regreso, casi no se vieron ni hablaron, no sabía la razón. Para ese tiempo, su romance había quedado en el pasado. Pero no parecía algo descabellado, hasta era posible, quizá fuese real. También era posible si Emma había tenido un hijo en ese momento, más que eso, era altamente probable que fuese suyo. La razón por la cual no le comunicó nada en ese momento era otra cosa. Consejos e influencias de familiares y amigos, las desconocidas y misteriosas causas que obligan a una persona a actuar de determinada manera frente a un hecho muy personal.

Salió a las doce del mediodía hacia su casa, pensativo y un poco desmoralizado. Tantos problemas, tantas angustias, tan poco dinero, tantas deudas… ¿Para qué? ¿Qué esperaba a esta altura de la vida? Cerró con llave la puerta y caminó mirando hacia el piso. Pocas cuadras después entró en su casa esperando tener una larga conversación con su hija.

Recorrió la casa, fue hacia la cocina, golpeó apenas la puerta del dormitorio de ella, pero no respondió. «No le avisé que vendría, recién me doy cuenta. Casi nunca vengo al mediodía, ni siquiera sé qué hace mi hija a esta hora. —Salió al patio interior, fue al galpón, miró el bote, el tráiler y muchos objetos sin utilizar durante años—. Quisiera hablar con alguien, no con uno de esos amigos de boliche o juerga, sino alguien con quien conversar temas más profundos, alguien como don Raúl, necesitaría algún consejo —se dijo mientras recordaba a su familia—. Años sin saber de ellos. Si al menos no hubiese dejado de hablarme con mi familia, a esta hora podría consultar con alguno de mis hermanos o de mis sobrinos. Dejé de visitarlos porque no se llevaban bien con mi exesposa. Pasados los años, también me separé de ella. Con ella desapareció la causa por la cual dejé de hablar con mis padres. Ni sé si todavía vivían en ese momento, ni siquiera averigüé. Hubiera podido hablarles y ellos seguro me recibirían bien. Pero con mis hermanos, tengo dudas, no me animo ni a intentarlo. ¿Qué les diría? "A mi señora no le caían bien." Me responderían "Tarado, ¿acaso no hacías cosas que tu esposa no conocía? No era tan difícil llamar alguna vez por teléfono". Bueno, eso pasó también. Ahora hay que mirar para adelante, tal vez en algún momento los llame o mejor vaya a verlos, sí, sería mejor ir.»

Arrimó una silla a la mesa de la cocina y permaneció allí un rato sin hacer nada, pensativo.

«¿Cómo tomará ella que yo tenga un hijo, que ella tenga un hermano bastante menor? Preguntará por qué no se lo dije antes, pero eso es obvio para mí, yo tampoco lo sabía. ¿Me creerá? Yo ya estaba divorciado de su madre, no tiene nada para reprocharme por la relación con Emma. Debo encontrar la forma y el momento de decírselo, y no puedo esperar, en cualquier momento se corre la voz por todo el pueblo. ¡Es insólito! ¿Cómo nadie me dijo nada cuando ella se fue del pueblo? Alguien debió saberlo. Tenía una barra de amigos y ellos rondaban la zona todo el día. Nadie me dijo nada… ¡Caramba!

¿Tendrá un hijo? ¡Qué tonto! Si los muchachos trajeron hasta las fotos… Pero ¿será hijo mío? No lo sabré nunca. Igual debo decirle a mi hija. ¿Y si le dejo algo escrito? Algo corto, algo para evitarme la violencia de comenzar a hablar y no poder expresarme. Sí, algo escrito. Después me increpará, pero comenzaré a conversar cuando ella ya lo sepa, aunque me insulte. Don Raúl, el único padre que conocí, lo hubiera hecho de ese modo. Ahora que me acuerdo, alguna vez leí algo escrito por él. Era una nota escrita a mano, con letra grande y prolija, una nota corta. ¿Dónde la habré visto? En su casa, obvio, en su escritorio, cuando lo utilicé en alguna oportunidad durante sus últimos años. Pero ¡claro!, me llamó tanto la atención cuando la leí… Sobre todo me sorprendió que, habiéndola escrito él, no era demasiado clara. ¿Dónde la guardé? La llevé a mi oficina, no me imagino para qué, porque no tenía ningún significado particular en ese momento, cosas que uno hace por método.

»¡Cómo pasa el tiempo y uno se olvida de tantas cosas! Esa carta me hizo pensar, me dio la idea de buscar a una mujer y hacer la demanda. Si elegí a Emma, que siempre me gustó, fue por eso mismo, porque soñé con reanudar mi relación con ella, pensamientos que luego no se concretan… Si hubiera sabido de Hugo en ese momento, las cosas hubieran sido muy distintas.

»Sigo sin recordar donde guardé esa nota; cuando la encontré decidí conservarla y pensé en ella al comenzar la demanda, aunque ni siquiera la miré esa segunda vez. En esa etapa no me interesó el significado de la carta, tan solo el concepto, pero no la nota en sí.»

Rivas se levantó, abrió la heladera y miró adentro. No había nada que le apeteciera, tampoco tenía mucho apetito. Algo debía comer. Llenó un vaso con leche, la calentó en el microondas, tomó una galleta de campaña de la bolsa que colgaba de la pared. Leyó el rótulo «pan y pasteles». Ese fue su último almuerzo.

Encendió el televisor y lo apagó de inmediato. Encendió la radio y sintonizó algo de música, de una bochinchera música moderna. Salió de regreso hacia su oficina, casi arrastrando los pies. Se sentó en esa silla cómoda, detrás del escritorio, que tanto le satisfacía, la silla de don Raúl. Y continuó pensando en la nota.

Esta vez, al llamar Emma a la puerta, Rivas le abrió. Ella imaginó a un hombre esperando por días esta conversación. Sin embargo, apenas abrió la puerta, él le pidió con amabilidad que volviera en una hora y media, pues tenía algunos compromisos y estaba buscando un informe, a esa hora dispondría de más tiempo. Ella le comentó que no podía demorarse mucho, debía volver ese mismo día a Montevideo, y salió una vez más a la calle, a tratar de matar el tiempo.

Luego de revolver varios cajones, un viejo portafolio que ya no usaba, de mirar dentro de libros sin obtener ningún resultado, abrió la caja fuerte. Podría haberla puesto allí. Con pocas esperanzas, buscó la hoja manuscrita, pero no vio nada. Estaba cada vez más inseguro de haberla conservado. Pasó y pasó los papeles y carpetas contenidos en la caja. De pronto, llegó a una envoltura arrugada. La alisó. Le llamó la atención lo que tenía escrito: *Carmen*. Le pareció familiar y de inmediato lo recordó, la carta estaba ahí dentro.

Abrió el sobre, extrajo la hoja y leyó.

Querida nieta:

Así como los abuelos se comunican mejor con sus nietos que con sus propios hijos, les hablan con más paciencia, les dedican más tiempo y les aceptan cosas que no hubieran tolerado a estos, espero que, de la misma forma, los nietos miren con más benevolencia, con más cariño y con mayor amor a sus abuelos que sus propios hijos, más propensos estos a juzgar con rigurosidad a sus padres, a menudo en respuesta a lo aprendido en su niñez.

Es en ese sentido que me dirijo a ti para ponerte en conocimiento de hechos muy especiales, muy emotivos para mí, pero particularmente complicados al momento de trasmitirlos, en especial a tus padres. También para ellos estos hechos trasmitirán sentimientos emotivos y hasta caóticos, sobre los cuales no sé bien cómo podrían reaccionar, pero sin duda alterarán la confianza en quien se los trasmite. En consecuencia, debo explicarte cosas que no pude o no puedo decir a tus padres.

Tomemos como ejemplo una familia unida, padres, hijos, hermanos. Estos se quieren y se respetan. Pensemos de forma hipotética que el padre tiene una relación extramatrimonial, desconocida tanto para su esposa como para sus hijos, de la cual nace un niño.

Existiría, en consecuencia, un hermano de los hijos del matrimonio. Este niño nacería y viviría en el desconocimiento de sus hermanos y de su esposa. Con el paso del tiempo, podría llegar a conocer a su padre o no, podría incluso desconocer también la existencia de sus otros hermanos. O sea, podría desconocer por completo la existencia de esa otra familia de su padre.

Por supuesto, este niño podría conocer a su padre o no, pero de todos modos seguiría siendo hijo de este hombre.

Es muy engorrosa esta forma de expresarme, pero de todas formas es más sencillo decirlo de una manera hipotética.

A pesar de las idas y venidas, de las palabras repetidas de este texto, ya habrás comprendido a la perfección lo que te quiero decir.

Siendo concreto, hasta donde yo sé, tengo una hija en esas condiciones. O sea que tu madre tiene una hermana y tú tienes una tía del cual no han oído hablar nunca.

El decir esto no me hace feliz. De todos modos debo decirlo yo. Es preferible si soy yo mismo quien lo dice a que se enteren por otras personas o no se enteren jamás.

Querida nieta, esta situación sucedió hace varios años. Por miedo, o por una falsa honorabilidad, no lo he declarado hasta ahora.

Hace varios años, cuando tu madre era una niña, nació a su vez esta niña. Yo la vi, la conocí y estuve seguro: era mi hija.

Lamentablemente, hice arreglos en cuanto nació. Nada le faltaría, tendría todo lo necesario para criarse, estudiar, todo salvo su padre, dirás. Al principio, tuve noticias suyas.

Pasado el tiempo, sucedió como dije, dejé de verla muy pronto. Poco después también perdería su rastro. Ahora no sé cómo ubicarla, ni cómo ubicar a su madre.

La situación es esa y no puedo hacer otra cosa que decírtelo de esta forma. Espero que comprendas y lo trasmitas a tus padres.

Gracias, un beso.

Volvió Emma y esta vez Rivas la hizo pasar, se sentó, desplazó el mate de oro y plata que tenía delante de sí y le dijo:

—Te escucho.

—Bien, en realidad, tú sabes, yo, en fin, yo no necesito nada, pero tu hijo debe ser mantenido de forma adecuada.

—¡Ah, sí! De forma adecuada ¿qué significa? —rezongó, casi sonriente.

—¿Qué sé yo? De forma adecuada, ¿no te lo explicó el doctor Migues?

—No le di mucha importancia a ese doctorcito, hablan por hablar, no estoy interesado en lo que diga o deje de decir el tal Migues.

—En ese caso, quiere decir lo siguiente: Hugo se tiene o, mejor dicho, se hubiera tenido que criar como hijo tuyo.

—Otra vez lo mismo… Criarse como hijo mío no significa nada para mí y se trata de un pelotudo ya criado, no es un niño de pecho. Tal vez, si hubieses dicho la verdad en su momento, pero ahora, muchísimos años después, es otra cosa. Tú tomaste la decisión y debes atenerte a sus consecuencias. Por otra parte, ya lo has hecho.

—Quiere decir lo siguiente, se debe criar como tu hija —continuó diciendo pausadamente—. Si tu hija fue a escuelas pagas en lugar de a la escuela pública, pues debes pagarle una escuela, si usa ropa de tal o cual marca o si va a un club o lo que sea, tú debes pagárselo, igual como le pagaste a ella.

—Eso no tiene sentido y no es justo —le respondió— ¿Por qué pagaría estudios en un centro privado si él va al liceo público? ¿Si también yo fui al liceo público?

—Tú lo sabes bien, los niveles de educación son distintos, los compañeros pueden ser de otra clase, los profesores pueden ser mejores…

—Mira —la interrumpió—, eso de los profesores no lo creo. Son los mismos y hasta les pagan menos en los liceos privados. Y respecto de los compañeros, conocerá a gente que tiene lo que él no tiene. Y no hablo solo de situación económica, hablo de familia.

—¡Ah, porque tú crees que las familias son mejores o peores según se gane más o menos!

—Estás pidiendo dinero por pedirlo. Ni sabes lo que quieres y tampoco conoces a tu hijo, ¡el hijo de una degenerada prostituta!

—¡Ah, no vine para ser insultada! ¡Fui una estúpida pensando que podíamos arreglar esto hablando! En definitiva, el monto lo va a fijar el juez, no yo, y será muy rápido. Vas a tener que pagarlo, te guste o no. Mira, no sé ni por qué me molesté en venir, hubiera sido mejor dejar que solo te llegara un cedulón.

Dicho esto se levantó y se dirigió a la puerta. Rivas la tomó de un brazo y tiró con violencia de ella haciéndola caer sobre el sillón.

—¡Si quieres irte, vete, pero antes vas a escuchar un par de cosas! Viniste… ¿Sabes por qué viniste? Para refregarme en la cara que debo pagarte, pero, ¿sabes?, ¡no voy a pagar nunca nada! Y, ¿sabes?, primero deberás comprobar bien quién es el padre de tu hijo. Deberás pensar, además, qué cosas le pueden pasar. ¡No me voy a ver mezclado con cualquier loca atorrante y tarada, encima! —Dicho esto tomó, una serie de fotos de uno de los cajones del escritorio y le dijo—: Te las voy a ir mostrando de una en una, presta atención.

En las primeras, aparecía Hugo esperando el ómnibus en la parada cercana a su casa, luego subiendo y descendiendo del ómnibus. En las siguientes, aparecía Hugo en su salón de clase. En las últimas, aparecía sentado en un muro blanco pintarrajeado, con otros compañeros tomando cerveza frente al liceo. Era una serie donde se lo veía con la botella en la mano y llevándose la botella a la boca. En otra aparecía Hugo fumando un porro junto con un grupo de chicos y chicas. Después de mostrarle las fotos, se las tiró a la cara y volvió a acercarse gritándole:

—¡Este engendro es la razón por la que tú pides plata! Piensa un poco, así como le tomaron estas fotos, también pudieron haberle roto una botella en la cabeza, haberle dado la golpiza del año, quizá estarías despidiéndote de él para siempre. —Rivas estaba totalmente enrojecido y se le habían dilatado las venas de las sienes. Se había parado y volvió a gritarle—: ¡Será mejor que sigas caminando por las paradas de los camioneros! aunque ya no estás tan joven… —Giró para volver al asiento de su escritorio.

Emma sufrió un escalofrío al ver las fotos. Este malandra sabía más que ella de su hijo. Su mente se nubló más aún, sintió odio, odio por ese hombre, odio por tener que pedirle dinero, odio por la vida, odio y miedo por las imágenes, por lo que podía sucederle. Había tomado la navaja y la tenía en la mano hacía un buen rato. De hecho, la había sacado de la cartera cuando Rivas tiró de su brazo y la había abierto con lentitud.

Ahora, con el hombre de espalda, se la hundió a la altura del riñón derecho. Lo hizo dos veces. Rivas sorprendido, sin emitir sonido, se dio vuelta. Ella había retrocedido. Él comenzó a sentir un fuerte dolor y buscó algo con qué agredirla. Abrió un cajón e intentó tomar algo, pero la mujer se adelantó y trató de apuñalarlo de nuevo. Al ver venir el golpe, Rivas retrocedió cayendo hacia atrás sobre la silla del escritorio, lo que hizo que la navaja cortara a la altura de la cintura, y continuó su camino hacia el piso, golpeando la cabeza contra el vértice del escritorio.

La sangre comenzó a aflorar a través de la ropa de Rivas y a correr sobre el piso de madera pulido.

CAPÍTULO 18

El pueblo opina

Volví de trotar por la playa y esperaba a mis socios bajo el alero de la casa, amargueando y leyendo una novela policial. Les había indicado en un mapa el camino para llegar. Como era usual, la rambla estaba cubierta de arena y deberían llegar por las calles interiores. La casa está en una esquina, por lo que se accede muy bien por la calle lateral. Es una finca blanca, grande, linda, con varios techos de cerámica azul.

Ricardo y Amalia bajaron del flamante deportivo verde. Disfrutaban de la soleada mañana.

—Vayamos hasta la orilla, está maravilloso para caminar por la arena.

Me quité los zapatos y partí delante de ellos.

—Si les gusta la arena, mejor también sáquense los zapatos —dije—, además así pueden caminar por la orilla; a la entrada del jardín hay una canilla donde se pueden lavar los pies, aunque la arena voladora es difícil de quitar… También hay una ducha para sacarse el salitre en verano.

—Admiro este país, las costas, el agua verde y todo tan cerca de donde trabajas. Podrías vivir aquí de forma permanente.

—Lo hago cuando no estoy de viaje. Si bien tengo un apartamentito en el centro de Montevideo para quedarme cuando termino muy tarde de trabajar o para asistir a alguna cena o espectáculo. El resto del tiempo estoy aquí. De todos modos, voy muchas veces al año por el pueblo y más por la estancia. También paso bastante tiempo en Buenos Aires, como saben.

—Deberías comprarte también un departamento por allá. ¿No sería más cómodo?

—En verdad, lo he pensado, pero estoy tan acostumbrado a la vida de hotel,… me resulta muy cómoda; además, de comprar algo, tendría otro asunto del cual ocuparme y eso sí me complica.

—Te cuento —dijo Ricardo, quien no podía esperar para relatar los detalles de la exitosa licitación—. Fue todo un logro, se aprobó la preferencia por nuestra oferta, manejaste ese asunto con tanta habilidad... —dijo casi riendo y agregó—: Tú sí sabes cómo tratar a una mujer.

—No es para tanto. ¿Qué hizo la competencia?

—Eso es, recuerda, lo discutimos mucho, temíamos por su posible reacción. Al final no se presentaron, desistieron de participar, por lo tanto, quedamos como los únicos contendores.

—Y tú manejaste el tema del doble sobre, por supuesto.

—Pero, por favor, ¡obvio!

—Yo hice lo mismo hace mucho tiempo, pero a último momento no sabía bien cuál era el sobre que debía entregar —dije riendo.

—Pero entregaste el correcto.

—No, es decir, por supuesto que sí, entregué el adecuado, los tenía marcados, pero a último momento casi no recordaba cuál era cuál.

—En este caso no fui solo. Tú trabajaste en el tema con Eleonora, así que fui con ella, no hubo lugar para confusiones. Cada uno de nosotros tenía uno de los sobres con la correspondiente oferta.

—Deberemos planificar muy bien las entregas para salir adelante, pero sin duda valdrá la pena.

—Eso lo dejaremos para los próximos días, ahora festejemos este primer paso.

Con tranquilidad, en medio de una amena conversación repleta de viajes y de recomendaciones acerca de sitios a visitar, se fueron consumiendo los mejillones con fritas y la cerveza.

Ezequiel manejaba distraído por el largo camino de balastro hacia la estancia de José Rolan. Era esa hora, después del mediodía, cuando suele atacar el sueño. Le faltaban apenas veinte quilómetros para llegar. El panel frontal cambió la imagen GPS donde se mostraba un mapa con el solitario camino y en su lugar apareció la imagen de un aparato telefónico indicando un número desconocido, al mismo tiempo se cortó la música y un timbre sordo marcó la llamada entrante. Unos instantes después apareció el nombre «Emma» en el visor.

Ezequiel miró en dos oportunidades la pantalla, se extrañó de recibir esa llamada, pero para alterar la monotonía del viaje decidió contestar. Pulsó sobre un botón detrás el volante y dijo:

—Sí. Hola.

Una voz poco audible llenó el vehículo:

—Hola, Ezequiel, soy Emma.

Escuchó apenas mientras subía con otra palanca el volumen del audio.

—Hola, Ezequiel, soy Emma, acabo de matar a Rivas.

Escuchó con toda claridad.

—¿Me estás tomando el pelo? ¿Eres Emma Fernández?

Hubo un silencio prolongado y luego Emma volvió a decir.

—Sí y te repito, he matado a Rivas, ¡no sé qué hacer, Dios mío!

—A ver, cálmate y cuéntame en detalle lo sucedido. ¿Dónde te encuentras?

—Estoy en la oficina de Rivas, discutimos, me empujó contra el sillón, tomé la navaja de mi cartera y lo apuñalé, sí, lo apuñalé. Está ahí tirado en el piso.

—¿Por qué me llamas a mí y no, a la policía?

—Solo pensé en avisarle a alguien, recibir un consejo, hablar con alguien que conociera y que llamara a un abogado. Necesito ayuda, tal vez en la comisaría me sea difícil comunicarme.

—De acuerdo, espera unos minutos ahí, ya nos vamos a comunicar contigo. —Luego dijo—: Hola, hola, hola… —Cortó utilizando el comando del vehículo. De inmediato, apagó el celular quitándole la batería.

Un poco confundido, pensó en lo complicado de la situación. Con esta llamada había sido incluido en el lío. ¿Sería verdad lo dicho, habría oído bien, sería otra su intención? No encontró ninguna respuesta. Sí, debía ser verdad, había matado al tipo, pero matado… ¡era demasiado! Continuó conduciendo, bajó la velocidad y se detuvo unos dos metros fuera de la banquina, sobre el pasto, casi donde comenzaba la pendiente del terreno.

Buscó en su portafolio y tomó uno de los celulares adicionales. Siempre llevaba alguno consigo. Llamó a Palumbo. Nadie respondió. Volvió a intentar y tampoco, no había siquiera opción para casilla de voz, aunque eso no le hubiera servido. «No conoce el número desde donde lo llamo y por eso no responde, es lo más probable, así hago yo también. No responde a un número desconocido, pero probaré una vez más, él verá la insistencia, en todo caso sospechará la urgencia de la llamada, pero será más efectivo enviar un mensaje», se dijo.

Mientras comenzaba a escribir, el teléfono timbró. «Nadie conoce el número de este teléfono, no puede ser otro que Palumbo», corroboró el número y respondió.

—Hola, soy Ezequiel.

—Hola, ¿cómo estás? —Sonó la voz de Palumbo—. ¿Quién más podría ser? A ti es necesario responderte sin pérdida de tiempo —le dijo mientras se oía su risa estruendosa.

—Te llamo de este número para no utilizar mi teléfono registrado, parece que Emma liquidó a Rivas de una puñalada.

—¡¿No me digas?! ¡Bien por la Emma!

—Sí, pero me llamó desde la oficina de este tipo pidiéndome ayuda. Es muy lógico, no sabe qué hacer, le sugerí llamar a la policía, pero quería a alguien de afuera en conocimiento del hecho. ¿Puedes hacer algo?

—Voy a averiguar —dijo—. ¿Quieres que haga algo en particular?

—Resuélvelo lo mejor posible, dejo todo a tu criterio. Si en realidad mató a ese delincuente, nos ha hecho un gran favor. Aunque no se puedan deshacer los embrollos de Rivas, al menos ha hecho justicia. Se lo debemos.

—Ok, espera un rato. Continúa con tu celular personal apagado, te llamaré a este otro. En ese momento, lo reinicias, llamas tú a la policía comentando someramente la comunicación recibida. Di que no sabes si es cierto, la señal era muy mala y luego viste la batería muy baja, no encontrabas el cable para conectarlo al USB de la camioneta. Recuerda bien, no hemos hablado, luego que recibas mi llamada te deshaces de este aparato —dijo y cortó la comunicación.

Ezequiel volvió a la ruta y dos quilómetros después tomó a la derecha en un desvío no demasiado visible, y transitó el angosto y polvoriento camino de balastro.

Cinco minutos después, uno de los ayudantes de Palumbo entró en la casa de Rivas. Emma estaba acurrucada en un rincón sollozando, para ella habían transcurrido siglos. El diminuto hombre miró la navaja de resorte, muy femenina, con una hoja larga y fina y una corta canaleta central, caída en el piso. Tomó el celular que estaba sobre el escritorio. Apenas lo tocó, se iluminó la pantalla y mostró la grabación de voz en proceso. El hombre finalizó la grabación, guardó el registro y puso el celular en su bolsillo. Luego recorrió con la vista los distintos espacios sobre y al frente del antiguo escritorio de caoba lustrado a la perfección. Miró detrás en la biblioteca y recogió un pequeño grabador espía de no más de cinco centímetros de largo, negro, colocado casi al azar, imperceptible. Continuó buscando con paciencia, con lentitud, examinando cada rincón y recogió otros dos aparatos idénticos al anterior.

Se apresuró a tomar la billetera y el gran manojo de llaves del cuerpo de Rivas. Observó la antigua caja fuerte de una sola puerta verde con llamativos herrajes en bronce. La abrió utilizando la llave más grande. Le llamó la atención que se encontraba casi vacía. Los pocos documentos estaban desordenados. Esto no coincidía con la forma de ser de Rivas. Tomó todos los documentos, no eran muchos, y también el dinero, demasiado poco.

Revolvió los cajones del escritorio y ojeó rápido su contenido, no había nada relacionado con Rolan. Tomó algunas cosas que estimó de valor: un revólver, balas, una caja con monedas antiguas, un antiguo abrecartas damasquino con forma de florete; no consideró valioso nada más.

Se dirigió al mueble archivador metálico y buscó minuciosamente, tomándose el tiempo necesario. Los expedientes estaban colocados con prolijidad y clasificados por nombre. Fue sacando todos los documentos que parecían estar vinculados con Rolan o con otras personas relacionadas al caso. También seleccionó uno titulado «Palumbo».

Todo esto lo colocó en la mochila que había llevado consigo. Recordó las palabras del Pirata: «Mientras estés adentro, cierra la puerta con llave y, si llega un cliente, no respondas ni huyas, mira quién es, si es posible toma una foto a través de la ventana. Utiliza el tiempo necesario, no te apures.»

Tomó las bolsas negras para basura que había llevado y colocó en ellas unos cuadros, otros documentos tomados al azar, algunos objetos de bronce, el mate y la bombilla de oro y plata. Abrió la puerta trasera y accedió a un muy pequeño patio muy húmedo y lleno de hojas. Salió y trepó con agilidad apoyándose en las rejas de una ventana y una a una fue colocando las bolsas negras en el techo de la casa, detrás del pretil.

Hecho esto, se dedicó a acomodar la escena del crimen. Utilizando el pañuelo, tomó dos vasos, los enjuagó con whisky y los arrojó al piso. Colocó otros dos vasos sobre el escritorio y los llenó con dos medidas de la botella de whisky que encontró. De paso, tomó unos buenos tragos de la misma botella y la colocó sobre la mesa. Se sintió mucho mejor. Agregó un par de botellas sin abrir a su mochila. Miró el espacio detrás del escritorio y arrojó al piso una serie de objetos, quebró la pata de una silla, rompió un cenicero y arrojó al piso algunos libros. Reunió las fotos de Hugo, las observó con atención, no supo quién era y las desparramó otra vez sobre uno de los sillones; incluyó una en su botín.

Cuando estuvo pronto, se dirigió a Emma, la miró con compasión a través de su pasamontañas, limpió las lágrimas de su cara y de improviso, utilizando toda su fuerza, le propinó un golpe con el puño cerrado sobre su nariz. Vio con agrado la sangre comenzando a brotar de su nariz y labio inferior. Enseguida, grandes gotas cayeron sobre su pecho. Con un trapo húmedo limpió como pudo la sangre que cubría su cara, las mangas y la parte delantera de su vestido.

—Lo lamento —le dijo.

Emma era un estropajo: sucia, mareada, ultrajada y asesina.

El hombre la obligó a tomar unos tragos de whisky que le supieron bien.

—Vete rápido. Vete a tu casa y llama a la policía. Tuviste una discusión con Rivas, te golpeó y no recuerdas más. Alguien entró y atacó a Rivas; tú huiste asustada y al llegar a tu casa crees haberte desmayado. Me llevo la navaja —agregó—. Y ante cualquier pregunta responde siempre: no recuerdo.

Unos minutos después, el esbirro tomó a Emma por la pera y levantó su cabeza, constató que casi no salía sangre de su nariz. Le limpió de nuevo y con cuidado la cara roja. La puso de pie, vio una campera de lana sobre el sillón, se la colocó y le prendió los botones, para tapar la mancha de sangre.

Antes de salir, se quitó los guantes de látex y se los guardó en el bolsillo trasero izquierdo de su pantalón, se colgó la mochila y se acomodó el casco. Luego empujó casi con suavidad a Emma fuera de la oficina, le dio una leve palmada, salió y se dirigió a la moto que había dejado sobre la vereda a escasos veinte metros. Allí lo esperaba su compañero, más corpulento que él. Cuando subió, la moto ya estaba en marcha y partieron con celeridad.

El camino polvoriento se hizo más liviano, más arenoso. Ezequiel puso la camioneta en cuatro por cuatro y condujo a unos sesenta quilómetros por hora. A pesar de eso, casi se va contra la zanja del costado derecho, de modo que enlenteció la marcha a menos de cuarenta. Ya estaba a la vista el casco de la estancia, sobre la loma en medio de la arboleda.

Apenas llegó lo recibió la perrada. Se dirigió a la casa de Gonzalo y Carmen, sabía que no había nadie. Entró y se sirvió un trago generoso de whisky sin hielo ni agua. Abrió las ventanas del estar y a través del mosquitero de una de ellas observó la lata con lombrices. El día anterior se las había pedido al casero. Ya había pasado alrededor de una hora desde las llamadas. Miró el celular que tenía habilitado para comprobar que la batería estuviera cargada. Lo estaba por completo. Tomó el tarro con las lombrices, la caña de pescar, la matera y decidió caminar hasta el arroyo a poco más de un quilómetro. Lo acompañó Aquiles, su guardián galgo negro, quien expresaba su alegría saltando y corriendo en círculos. Era el que lo acompañaba a todas partes en el campo.

Esperaría la llamada tratando de atrapar algún pejerrey. Recorrió los campos verdes donde se agrupaban en hileras los fardos redondos ya amarillos. El calor del generoso sol invernal lo calmó. Atravesó el corto túnel que se abría en el monte natural y contempló la playita de arena gruesa sobre la curva del río manso. No había terminado de encarnar el anzuelo cuando sonó el celular.

Oyó la voz del comisario Palumbo:

—Hola, ya puedes llamar. Tira enseguida ese aparato, ¿entiendes?

—Ok —respondió.

Ezequiel, sentado sobre la arena, con las piernas cruzadas como buda, quitó el chip del celular, lo partió por la mitad y lo puso en una bolsa de nylon que colocó en un bolsillo de su chaleco de pescar. Encendió su celular personal y llamó al 911 mientras veía como la boya se hundía en las tranquilas aguas.

Emma caminó rápido alejándose de ese sitio horrible. Recordó de pronto, sobresaltada, que no tenía casa adonde ir, ya no vivía en el pueblo, su único deseo en ese instante fue tener una cama donde dejarse caer y esperar el fin de todo. Se dirigió a la terminal de ómnibus, para lo cual caminó alrededor de quince cuadras. Al llegar, miró su reloj y, sin necesidad de examinar los horarios, se percató de que aún faltaba media hora para la salida del próximo servicio. Entró al baño y trató de arreglarse. Se lavó las manos y la cara, se peinó y esperó ahí hasta que solo faltaban diez minutos para la partida.

Marcó el pasaje y subió al ómnibus casi sin pasajeros. Se sentó como era su constumbre en un asiento del medio sobre el pasillo. Se levantó para dejar pasar a una joven que tenía el asiento de la ventanilla. Miró otra vez sus manos, se las había lavado varias veces. Las volvió a ver chorreando sangre, trató de pensar en otra cosa, vino a su mente la imagen del ladrón. ¿Quién la ayudó? Trató de recordar su cara, le pareció reconocerlo, no era posible, tenía un pasamontañas marrón, solo vio sus ojos. Sus ojos tranquilos, firmes, castaños. Estaba acostumbrada a ver los ojos de los hombres, ojos que no miraban directo a los suyos. Vio a su compañera de asiento que leía, le pareció roja. Miró el piso y el techo y también los vio rojos. Estaba por gritar cuando la joven tocó suavemente su hombro izquierdo, habían llegado a la terminal de Tres Cruces.

Había sido una tarde tranquila, demasiado quizá. Sobre el mediodía, algunos chicos pasaron para la escuela y compraron alfajores como merienda. Después apenas dos personas llegaron hasta el quiosco. Un poco extraño para lo agradable de esa tarde de invierno. Leí el diario, vi pasar a Emma, aunque no me vio, pasó dos o tres veces, por lo demás, todo fue quietud, nada para distraerse un rato. Luego el auto de Palumbo, lento, a paso de peatón.

No mucho tiempo despúes la tranquilidad desapareció y la tarde explotó. Escuché el estruendo de dos balazos que cortaron el silencio. Sonaron muy cercanos, casi de inmediato las sirenas, un patrullero a toda velocidad, la ambulancia y luego otro patrullero. Todo se concentraba a la vuelta de la esquina. Dejé el quiosco abierto y corrí intrigado para saber qué había sucedido. Miré desde la esquina de la plaza, en ese momento, ya habían llegado otros curiosos y continuaban llegando más. Los dos patrulleros parados a mitad de la calzada cortaban el tráfico mientras los agentes comenzaron a alejar a las personas del sitio del problema. Me quedé mirando y tratando de escuchar. Un rato después, sacaban una persona en camilla y la subían a la ambulancia. Fue el momento cúlmine del show, todos los celulares apuntando al individuo de la camilla, el destellar de los pequeños flashes casi sincronizados. El primer rumor que corrió fue que Rivas había recibido dos balazos.

Volví al quiosco vacío, no son épocas para facilitar las cosas, pero nadie se había percatado, ni los oportunistas de siempre. Vi desde allí como seguían llegando curiosos, un momento después estaban las cámaras del canal local de cable. El movimiento hizo que varias personas se detuvieran a comprar algo, como excusa para comentar lo ocurrido y tratar de averiguar algo más.

—Hola, tú también observando los últimos acontecimientos —le dije a un vecino que se acercó.

—¡Qué otra cosa nos queda! —me contestó riendo—. Esto es noticia aquí y en cualquier parte del mundo.

—Tú vienes desde el lugar, debes de saber algo más, yo no puedo dejar solo el quiosco, los que pasaron no comentaron mucho.

—Hombre, me verás esta noche en el informativo. Estuve hablando para las cámaras, vivo casi enfrente, desde mi ventana veo la puerta de la oficina.

—¿Qué viste?

—Comencé a mirar cuando el Palumbo ese hizo los disparos. O sea que me perdí de ver a los ladrones ¡por unos minutos! Había ido al baño y cuando alcé la persiana llegaba el hombre y disparó hacia arriba.

—¿O sea que los disparos no fueron para Rivas, fueron solo una advertencia a posibles ladrones?

—Así mismo. A Rivas le dieron una puñalada. No sé si se habrán llevado mucho. Dicen que este tipo, a veces, andaba con mucha plata encima.

—¿Sabes si es grave?

—Cuando iba en la camilla parecía muerto, pero no lo estaba pues lo sacaron con la cara descubierta. Estaría herido nomás.

—¿Pero no sabes cuán grave es?

—Hombre, lo sabrán en el sanatorio, los de la ambulancia no hicieron ningún comentario. Eso mismo me preguntaron los periodistas de la televisora.

—¿Qué les respondiste?

—Nada, lo conocido, eso sí, les exageré un poco, describí al comisario bajando del auto revólver en mano. Tendría que comprarse un auto más grande. —Rio con discreción—. Me parece que lo estoy viendo bajar —volvió a decir—. El chofer de la ambulancia era el Judío; le voy a pasar un mensaje y veremos si sabe algo más. —Sacó de su bolsillo posterior un celular pequeño, bastante antiguo y apretó unas pocas teclas—. Ya está, veremos si sabe algo —dijo moviendo la cabeza como dudando.

—Su hija ya debe de estar al tanto, supongo…

—A esta hora debe de estar en la peluquería, dicen que va todos los días.

—¡Pobre inútil, vaya vida tan tonta la suya! —le dije.

—Vaya donde vaya, siempre con el perrito ese de porquería, hasta viaja con él, lo pone dentro de una especie de cartera y ahí lo lleva.

—El otro día estaba con el bicho ese en el restaurante del Tuerto, lo pone debajo de la mesa y le va dando de su comida. En verdad, te digo, no sé cómo la dejan, ni cómo nadie protesta.

—Bueno, ojalá no sea mucho lo del padre, porque de otro modo se las va a ver fea...

—Y algún día va a vérselas así.

—Pobre mujer, nunca hizo nada. Lo habrás oído en una oportunidad: hace ya unos años, tomó un frasco de pastillas para dormir y la salvaron por un pelo.

—Sí, lo escuché, se quiso suicidar. Aunque luego lo dieron como accidente, por error tomó una dosis excesiva de no sé cuál medicamento.

—Te digo también, si hizo eso, lo va a intentar de nuevo en algún momento. Por lo general todos lo hacen.

—No siempre.

Se escucharon dos breves pitidos.

—Es tu celular —le dije.

—¡Ah! Es el mensaje, veamos cuánto sabe el Judío... ¡Cómo escribe! Parece decir, no entiendo bien..., no es de cuidado.

—¿Dice eso?

—No, dice: N naa xD s2.

—¿Y de eso deduces que la herida no es de cuidado? ¡Vaya códigos!

—¿Y tú cómo escribes los mensajes?

—Como se escribe cualquier texto, escribiré con faltas de ortografía, no por no darme cuenta, sino por escribir rápido. Pero, lo reconozco, muchas veces, sobre todo cuando te contesta un chico, debes pensar un buen rato para entender lo que quiere decir y muchas veces no te das cuenta.

—Sí, son códigos de los muchachos para escribir rápido. ¿Qué edad tiene el Judío? Es joven… Pero, como te decía, para mí dice eso, «no, no es grave, por Dios, saludos».

—Bien, mejor así, a estos ladrones habría que matarlos a todos, ¿no te parece?

—No es para tanto, pero sí, ya no se puede vivir de esta forma, y aquí no tanto, pero mira Montevideo y la Ciudad de la Costa, los ladrones por la calle y los ciudadanos entre las rejas.

—Lamentablemente ha pasado de ser un dicho a ser verdad.

CAPÍTULO 19

La policía investiga

Palumbo condujo su renault, casi a paso de peatón, en dirección a la oficina de Rivas. Dejó pasar el tiempo hasta ver a sus enviados finalizar la tarea y huir. Se detuvo a dos cuadras de allí y esperó a ver partir la moto. Condujo hasta el frente de la oficina de Rivas, estacionó en doble fila y bajó. Dejó la puerta abierta y avanzó unos pasos mirando a uno y otro lado. No había nadie en la calle, tomó su arma de reglamento y disparó un par de veces hacia arriba.

Entró a la oficina, vio los signos de lucha, tal cual lo había ordenado. Miró a Rivas caído, por hábito puso dos dedos en su garganta y le tomó el pulso. «¡Mierda! está vivo —se dijo—, nadie hace las cosas bien.» Salió a la vereda y de forma automática llamó al servicio de emergencia médica. En cuanto cortó, llamó a la comisaría y enseguida, a Ezequiel.

Al recibir la llamada, Ezequiel encendió su teléfono personal, se comunicó al 911 y dijo que había recibido una llamada con una denuncia de un probable asesinato. Casi al instante lo comunicaron con una agente, quien le solicitó volver a identificarse. Le preguntó si había una persona o personas heridas o con riesgo de vida en el lugar. Respondió en forma negativa e intentó explicar lo sucedido. Dijo haber recibido una llamada de una mujer que dijo ser Emma Fernández. No reconoció su voz pues se oía muy mal. Según creyó entender, ella había matado a Rivas o lo habían matado. No tenía idea de la razón por la cual lo llamó a él. No eran amigos, muy por el contrario, habían sido partícipes en lados opuestos en una demanda contra su sobrina. De todos modos, hacía no mucho, al terminar el juicio, ella lo había contactado y él le dio su número de teléfono. Nunca antes lo había llamado y no sabía por qué lo había hecho ahora, pero no pudo continuar con la conversación porque primero se perdió la señal, casi no se oía, y después se apagó su teléfono, pues la batería estaba descargada. Luego detuvo el vehículo y buscó el cable de conexión, como no pudo encontrarlo, continuó el viaje. Al llegar a la casa buscó mejor el cable y lo encontró en el fondo de un bolso. Entonces encendió el aparato e intentó devolver la llamada a Emma pero sin éxito, no respondió. Y eso era todo, podía ser correcto o incorrecto, hasta podría haber sido una broma, pero creyó oportuno informar a la policía. La agente le agradeció la información y dijo que se contactarían con él desde la seccional correspondiente.

Palumbo volvió a entrar a la oficina y observó la escena con detenimiento, todo estaba como debía estar. El llavero de Rivas colgaba de una llave aún introducida en la puerta posterior, cerró la puerta, tomó la llave con el pañuelo y colocó el llavero sobre el piso, debajo del escritorio. Tomó las fotos de Hugo esparcidas sobre un sillón, las dobló y las puso en uno de sus bolsillos. Cinco minutos después se oyó la sirena.

El servicio de emergencia llegó con presteza; minutos más tarde, colocaron a Rivas en una camilla e intentaron en el sitio detener la pérdida de sangre. Estuvieron un buen rato con esas maniobras y luego lo introdujeron en la ambulancia mientras le suministraban suero. Antes de retirarse, el médico le dijo a Palumbo:

—Las heridas no parecen demasiado graves, perdió mucha sangre, pero se va a recuperar.

Palumbo le agradeció y dijo que estaría en contacto, pero le pidió que cualquier novedad se comunicara con la seccional. La ambulancia partió con lentitud, sin sirena.

A gran velocidad llegó un patrullero, cuando recién se habían llevado a Rivas.

—Buenas tardes, comisario Palumbo. ¿Qué sucedió? —le dijo el oficial.

—No lo sé con certeza. Me había parecido sospechosa la actitud de dos individuos que se movilizaban en una moto roja, parecían buscar algo o esperaban a alguien. Pararon dos o tres veces durante su muy lento recorrido. Los seguí a poca distancia, luego doblaron y los perdí a tres o cuatro cuadras de aquí. Continué manejando y vi a una persona flaca, pequeña, con casco y chaleco reflectivo verde. El hombre salía de la oficina de Rivas y corrió hacia la moto con el casco cubriéndole la cara. En la moto lo esperaba otro individuo estacionado debajo del árbol. El tipo subió y salieron huyendo. Les di la voz de alto, pero no respondieron; hice un par de disparos intimidatorios pero ya estaban muy lejos. Era una moto roja, 150 cc, Winner, creo, no muy nueva. Entré y vi a Rivas tendido boca abajo sobre un charco de sangre. Por lo poco que vi, debían de estar buscando a alguien distraído a quien atracar y entonces deben haber elegido a Rivas, lo golpearon e hirieron. Está todo muy revuelto. A él recién lo llevó la ambulancia. Avisen a su hija, aunque del sanatorio intentarán ubicarla.

Avanzando con lentitud, otro patrullero llegó con más policías. Al ingresar, uno de ellos le dijo a Palumbo:

—Pasamos por la casa de Rivas, pero no hay nadie. No tenemos el número de teléfono de su hija.

—Bien, ya aparecerá —dijo y se marchó. Lo recibió su mujer al llegar a la casa y le dijo—: Unos muchachos dejaron una caja de cartón, más bien grande, la coloqué sobre tu sillón favorito.

—Después la abro —le dijo, pero al instante cambió de opinión y comenzó a revisar todo con esmero. Le llamaron la atención las cámaras; intentó ver si había algo grabado, pero no tenía ningún conector USB adecuado. Pensó un momento y llamó al único comercio donde podrían tener algo similar, el de su sobrino, que vendía artículos de protección personal y vigilancia—: Hola, sobrino, tú dominas ese tema de minicámaras espía y todo eso, quiero probar una para saber qué tan útiles son.

—Ok, tengo tres modelos diferentes, ¿cuándo te las llevo?

—Si tienes tiempo ven ahora y me explicas en detalle cómo funcionan.

Minutos después, Palumbo observaba las cámaras. Una estaba disimulada en una lapicera, otra en un par de lentes y una tercera era idéntica a la que habían retirado de la oficina de Rivas. La pusieron en funcionamiento y grabaron algunas imágenes, no era gran cosa, Palumbo pidió que le dejase ese modelo. El muchacho le mostró cómo, además, podía retirar la minitarjeta de memoria, colocar otra y dejarla grabando si lo deseaba. También le consultó si había vendido algunas y a quién, pero entre los nombres de los tres clientes no figuraba el de Rivas. Su esposa llevó café y, por un momento, conversaron los tres.

—Ya no se sabe qué más van a inventar —dijo ella riendo—. ¡Qué cosas tan pequeñas! ¿De verdad filma esta lapicera?

Un rato después estaba Palumbo intentando conectar la minúscula cámara. Sus manos, sin duda, no se habían hecho para manejar cosas tan pequeñas. Tras largo rato de manipulación y de enchufar y desenchufar los dispositivos a la PC y de apretar los pequeños botoncitos de la cámara, logró ver las imágenes.

Se veía con detalle a Rivas reunido con otras personas y se escuchaban con claridad las conversaciones. Una de las cámaras mostraba con total nitidez la discusión entre Emma y Rivas y la forma como esta lo había apuñalado. También aparecía el hombre con pasamontañas y casco de motociclista, mirando hacia la cámara. En ese punto finalizaba la grabación; en realidad, no finalizaba, solo continuaba grabando algo muy oscuro. «La debe de haber colocado en un bolsillo», pensó.

Volvió a escuchar los mismos sonidos y voces grabados ahora en la memoria del teléfono celular que le habían enviado también dentro de la caja. Miró los videos varias veces y también los documentos y los guardó en su archivo privado. Tomó unos formularios y comenzó a redactar un informe de investigación personal, como si estuviera realizándolo en la comisaría, tal como había hecho innumerables veces en su trabajo.

—Voy un rato hasta el club a tomar algo con los muchachos —le dijo a su esposa y salió caminando pesadamente.

Apenas llegó, saludó y se acomodó en la barra al lado de dos colegas con sendas cervezas. El mozo le alcanzó un whisky doble y un pequeño platillo de cerámica con maníes.

—¿Qué me dices de lo del robo a Rivas? —le dijo uno de ellos.

—No le fue bien, se lo llevó la ambulancia herido, pero no sé nada más.

—Nos enteramos en la seccional, está en el sanatorio, le dieron varias puñaladas, pero según tengo entendido nada muy grave.

—Tenemos un pueblo bastante tranquilo, no debe ser gente de aquí, seguro son malandras de Montevideo o sus alrededores. Aquí no pasa esto, un ataque para robar unas pocas cosas en medio de la tarde… ¡Es insólito! Tal vez si hubieran tenido datos acerca de algún cobro importante… Era muy cuidadoso, dinero no debería haber en la oficina.

—Recuerda, comisario, era un tipo con negocios raros. Para mí no fue un robo sino un ajuste de cuentas.

—Tal vez sea así… —respondió pensativo.

Palumbo tomó el vaso y los maníes y diciendo que estaba cansado de estar parado se acercó a una mesa al lado de la puerta, donde había dos hombres.

—Buenas, los acompaño. ¿Cómo va la recorrida? Todavía les falta terminarla —les dijo—. ¿Algo nuevo?

—Ya nos íbamos, estamos trabajando —le dijo uno de ellos y apenas unos momentos después de vaciar sus vasos, saludaron y se marcharon, uno delgado y pequeño, el otro no muy alto pero fornido.

El mozo levantó los vasos de grapa.

Sus colegas se sentaron en los lugares vacíos.

—Vamos a acompañarte, aunque a veces estamos cansados de estar sentados y nos quedamos un rato en la barra.

—Ustedes son más jóvenes, pero yo mantengo mi estado —dijo parándose y haciendo gala de su tamaño—. Camino, salgo en bicicleta y troto algo —agregó mirando su reloj.

—Bueno, sea como sea, vamos a tener algo de qué hablar en Yatay.

La conversación siguió dando vueltas sobre el mismo tema, en particular, sobre quién cuidaría a la hija.

—¡Ni loco me ofrezco! —dijo uno de ellos tapándose la cara con las manos.

Habría pasado alrededor de una hora y media, cuando sonó el teléfono del bar y se escuchó decir:

—¡¿Pizzas?! No enviamos a domicilio, además, ¡no hacemos pizzas! —El cantinero levantó la cabeza y rio—. Unos tarados pidiendo que les envíe pizza, ¡como si fuera un *delivery*! ¡Trastornados o drogados de porquería!

—¡Ruso, tal vez te convenga mejorar este sucucho y agregar *delivery* de pizzas! —le respondieron desde una mesa—. No les va nada mal a los que lo hacen.

—¿Desde cuándo eres maestro pizzero? Mejor seguimos con los tragos, con eso tengo suficiente, pero te voy a servir una gratis por la sugerencia.

Tras la llamada Palumbo se levantó sin apuro, gritó que pusiera las bebidas en su cuenta y se retiró diciendo:

—Mañana sabremos algo más.

Esa noche, Palumbo, mientras conversaba con su esposa, le dijo:

—Ya no se puede hablar abiertamente con nadie, te graban y te filman como la cosa más natural del mundo.

La llamada de Ezequiel al 911 fue derivada al comisario Pintos en la seccional primera de Yatay. El comisario Pintos comenzó por tratar de comunicarse con Emma.

—Esa Emma no contesta el celular. Vayan a la parada de ómnibus y recorran el centro a ver si alguien la vio. Yo voy a llamar para que vigilen la terminal de Tres Cruces y vean si la encuentran, pero es difícil que se vaya a bajar en la terminal, lo va a hacer en cualquier parada antes de llegar y tomará luego un ómnibus de recorrido urbano. También envíen un agente a su casa.

Pintos salió de su oficina. Llamó al sanatorio y preguntó por el médico que atendía a Rivas. Este ya se había retirado. Solicitó su número de teléfono y lo llamó. El médico le informó que Rivas estaba fuera de peligro, pero no estaba en condiciones de ser interrogado. Lo habían sedado para que descansara; dormiría toda la noche.

—Le pido encarecidamente que me informe en cuanto despierte —le dijo de forma imperativa y colgó, diciéndole al inspector a su lado—: Estos médicos se creen con mucha autoridad, nunca me gustaron demasiado.

En la investigación llevada a cabo esa tarde en la casa de Rivas, encontraron una cámara instalada para registrar de forma continua el frente de la casa, la puerta principal y parte de la vereda. Ahí se apreciaba todo el movimiento que había tenido lugar durante el día. Las entradas y salidas de Rivas, las llegadas y salidas de otros visitantes que fueron identificados a simple vista como habitantes del pueblo. Vieron a Emma tocar a la puerta al mediodía y marcharse sin respuesta, la vieron volver alrededor de una hora más tarde, intercambiar unas palabras con Rivas y marcharse y, en definitiva, la última visita. Llegó alrededor de las tres e ingresó a la oficina.

Cerca de una hora después llega un motociclista con casco y ropa reflectiva. Ingresa a la oficina y sale unos quince minutos después, casi junto con Emma. Se escucha el motor de la moto acelerando pero no se ve. Dos minutos después se ve al comisario Palumbo gritando y disparando dos veces. Pintos pasa una y otra vez esta parte del video.

—No entiendo —le dice a su colaborador—. ¿Por qué dispara un par de minutos después de que se fue el sospechoso?

—Tal vez el sonido del motor fue solo de una acelerada y el tipo esperó por algún motivo. Quizá esperó y cuando el comisario bajó del auto, arrancó y le quitó tiempo a Palumbo para perseguirlo, en cambio, si huía antes al comisario le hubiera sido más sencillo perseguirlo. El comisario podía hacer algún disparo de advertencia, pero en ese momento no tenía motivo para dispararle a él.

—Parece que lo hubiera venido siguiendo —dijo el inspector.

—Bien, dejemos esto y cuando vuelva a Yatay se lo preguntaremos.

—¿Por qué? ¿No está en el pueblo?

—Se va mañana a primera hora para Montevideo. Como hemos visto, lo que pasó no parece muy grave, es decir, la víctima la sacó barata. El hecho en sí es delicado, debemos detener pronto a los delincuentes.

—¿Cómo diría que sucedieron los hechos, inspector? —preguntó Pintos mientras se servía un café.

—Por lo que sabemos hasta ahora, dos hombres en moto recorrieron parte del pueblo y fueron directo a lo de Rivas. Parecen haber explorado la zona y se dirigen a un punto concreto. En ese momento, Palumbo los detecta como sospechosos y los sigue. Paran en lo de Rivas, abren la puerta sin llave, como es usual, y entran. No se sabe qué buscaban, porque en definitiva parecen haberse llevado muy poca cosa. O bien buscaban un expediente en particular, esto es difícil de entender pues Rivas solo tiene copias e informes personales, o bien había un monto de dinero importante de algún cobro o algo así. Ya lo dirá Rivas cuando se recobre. Debe haber tratado de impedir el robo y lo apuñalaron.

»Con Rivas se encontraba Emma, tratando un asunto del cual no estamos al tanto, y es golpeada por el ladrón. Una vez sucedido esto, el hombre sale y cuando va a alejarse ve a Palumbo que se acerca en el auto. Sube a la moto y espera a que el comisario baje del coche, cosa que le cuesta bastante dado su volumen. Entonces tan solo se aleja. El comisario Palumbo dispara en forma intimidatoria, entra a la oficina, ve a Rivas herido y llama a la emergencia médica y luego a nosotros. Sin embargo, en la filmación parece efectuar tres llamadas, no dos,... tal vez solo avisó a alguien que iba a llegar más tarde. La mujer había aprovechado la llegada del delincuente y se escabulló.

—¿Cómo explicas lo de las aceleradas de la moto?

—Eran dos y solo se ve a uno en la filmación, el otro debió esperarlo, da un par de aceleradas en vacío al verlo salir. Después, simplemente, en lugar de subir a la moto, espera unos momentos detrás de un árbol y, cuando el comisario baja de su auto, sube a la moto y se van; en ese momento, en lugar de acelerar, salen con lentitud.

Rivas despertó mareado, aturdido, nada le dolía, había poca luz, no intentó mover ni siquiera la cabeza, miró hacia el techo y permaneció en esa posición un buen rato. Luego giró la cabeza hacia ambos lados y logró reconocer donde se encontraba: en la cama de un sanatorio. Vio a su lado la bolsa de suero colgando del soporte blanco y el tubo de plástico transparente que bajaba hasta su mano, trató de mirarse el cuerpo pero apenas podía moverse. El silencio era casi absoluto y un olor extraño le molestaba. Levantó su mano derecha y fue tocando su cuerpo; notó gruesos vendajes. La cintura comenzó a dolerle de una manera leve pero continua.

Poco a poco fue recordando su discusión con Emma, al principio creyó soñar con gritos, empujones... El daño en su espalda lo llevó a recordar el fuerte dolor punzante que había sentido en la cintura, a la altura del riñón derecho. Una angustia desconocida se apoderó de él, recordó todavía con estupor cómo vio la navaja ensangrentada. La navaja cubierta con su propia sangre. La incredulidad y la falta de confianza en sí mismo hicieron presa de él, le mortificaba su incapacidad para defenderse. «¡Qué desgracia ser viejo y torpe!», se dijo. No recordaba haberla visto tomar el arma. Se sintió más mareado y somnoliento y pronto volvió a perder el conocimiento.

Acongojado al volver en sí, vio a la enfermera de pie, que lo miraba desde el pasillo. Creyó reconocerla, aunque de algún otro lado. La vio acercarse y decirle:

—¡Qué bueno verlo despierto, ya tiene el alta! Avisamos a su familia y pronto estará aquí. Lo voy a ir vistiendo.

La joven acomodó el respaldo de la cama a una posición lo más vertical posible. Cerró el control de goteo a mitad del tubo de plástico, cerró la vía sobre la mano y la extrajo. Hecho esto, fue vistiéndolo con gran dificultad, le puso primero los pantalones, después, los zapatos y los ató, luego una camisa gruesa a cuadros marrones y grises, tipo leñador, y, por último, lo paró como pudo y le acomodó el cinturón.

Rivas no comprendía casi nada, no tenía fuerzas para hablar y apenas asentía con la cabeza. Menos fuerzas tenía para ponerse en pie y caminar. No tuvo mucho tiempo para pensar, una vez con la ropa puesta, la enfermera le acercó una silla de ruedas y lo sentó en ella diciéndole:

—No se preocupe. Es una medida de precaución establecida para todos los pacientes dentro del sanatorio.

Lo condujo hasta la puerta de acceso de las ambulancias. Estaba anocheciendo; Rivas pudo ver los últimos rayos del sol de invierno. Dos hombres con túnicas blancas desprendidas lo ayudaron a levantarse y lo acompañaron caminando por alrededor de cinco cuadras. Mejor dicho, lo llevaron casi en el aire. Luego lo recostaron sobre una pared y se alejaron. Durante el recorrido ya se habían quitado las túnicas.

Rivas no tenía conciencia del tiempo ni del espacio recorrido. Sentía un tremendo desconsuelo y no sabía dónde se encontraba. Permaneció por un rato inmóvil, contra la pared. Le costaba mantenerse en pie y debió hacer un gran esfuerzo para no caerse.

«¡Esa perra! No siento ningún dolor, me siento flotar, no tengo fuerzas, ¿qué son fuerzas? La cabeza me da vueltas, ¿quién soy?, ¿por qué habré tomado tanto? ¡Un banco!, ¡no lo puedo creer, veo un banco! No, no puede ser, es un espejismo, igual voy a llegar a él... ¡Qué lejos está! ¡Se mueve! No lo veo más...»

Al moverse unos pasos, Rivas pasó frente a una casa baja, humilde. Desde adentro escucharon un sonido apenas perceptible. Un matrimonio se acercó a la ventana con cortina de estera; miraron por el hueco entre las delgadas hojas de madera amarradas con alambre, como acostumbraban hacer. La vereda estaba muy oscura y apenas se veía algo. El hombre levantó indisimuladamente la estera.

—Es Rivas, ¡parece borracho! Algo le pasa, no es un tipo que amanezca ebrio tirado en la banquina...

—Son casi las dos de la mañana —acotó ella.

Él salió corriendo como estaba, casi sin ropa. Afuera silbaba el viento y el frío se hacía sentir. Cuando llegó, lo vio ya caído en el suelo. Lo notó en muy mal estado y se percató del vendaje que cubría alguna curación. Lo levantó sin mucho esfuerzo y lo sentó sobre el banco de piedra que estaba a su lado, pero el enfermo no se sostenía, así que lo dejó casi acostado sobre el helado granito del banco. Entró en la casa sin alumbrar, miró hacia la pieza donde su hijo dormía, pero no pudo ver nada.

—Muchacho, ¡levántate y ven a ayudarme! Hay un hombre enfermo en la puerta.

El hijo saltó de la cama y comenzó a vestirse en la penumbra. Algo cayó al piso emitiendo un sonido sordo. El hombre prendió la débil luz de la portátil y luego la de la lámpara en el centro del dormitorio. Buscó afanosamente donde se encontraba la llave del auto, la encontró en el piso y volvió a gritar.

—Ponle por encima la frazada que te va a dar tu madre y trata de que no caiga del banco, yo voy al garaje a buscar el auto.

El muchacho sostuvo a un Rivas muy endeble, que respiraba con dificultad y tenía el rostro blanco. Le preguntó cómo se encontraba, pero no recibió respuesta. Cuando llegó el vetusto chevrolet lo introdujeron en él y lo recostaron en el asiento trasero, donde el muchacho seguía sosteniéndolo como podía. El motor, muy frío, se apagó en reiteradas oportunidades; luego de varias aceleradas y emitiendo fuertes ronquidos que inundaron el ambiente con una gran humareda del caño de escape, el auto comenzó a avanzar, casi a los saltos. Minutos después se detuvo con una rueda sobre la vereda frente a la casa de Rivas. El hombre bajó, pulsó varias veces el botón del timbre y golpeó la puerta. Pasó un buen rato sin obtener respuesta. Luego de tanta insistencia, vieron cómo una luz se encendía en el interior de la vivienda. Oyeron unos gritos de mujer detrás de la puerta.

—¡Váyanse, voy a llamar a la policía! —gritaba frenética.

Se oyó el ladrido agudo de un cuzco. Por fin, cuando se calmó y dispuso de un instante para escuchar la voz proveniente desde el exterior, comprendió que su padre estaba herido en el interior del auto. Antes de bajarlo, le pidieron que los acompañara para llevarlo al hospital o al sanatorio. La hija de Rivas, quien les había abierto la puerta de calle, les pidió que lo entraran a su casa. Entre el hombre y el muchacho apoyaron los brazos de Rivas sobre sus hombros e intentaron entrarlo. Rivas era bastante más alto que ellos, sus pies arrastraban por el piso, uno giró casi ciento ochenta grados de su posición normal. Temiendo una posible fractura, el hombre lo levantó en brazos y siguió solo con él hasta depositarlo sobre la cama que le indicó la mujer. Volvieron a la puerta y se pusieron a las órdenes para cualquier cosa que necesitase. Ella les agradeció y cerró la puerta.

De regreso a su casa, sin poder dormirse, pasaron un buen rato comentando lo ocurrido: no tenía explicación. Al día siguiente, se enteraron de la muerte de Rivas. Apenas lo conocían de verlo en el pueblo y su relación con él se había limitado a intercambiar saludos.

—Al menos no murió en la calle —dijo la mujer.

Los dos motociclistas habían observado desde lejos. Estaban exhaustos. Primero, la tarde con mucha acción, luego, el mensaje del Pirata en el bar, después, los nervios del sanatorio y, finalmente, la lenta espera. Idas y venidas, horas caminando, observando desde lejos para no ser vinculados con el hecho. Alcanzaron a ver cuando el auto se acercaba al sitio donde se encontraba Rivas, para ellos, con seguridad, ya muerto.

«Todavía debemos levantar las cosas del techo de la oficina de Rivas», recordaron y en forma silenciosa dejaron la moto a la vuelta de la esquina en un lugar en semipenumbra. Uno de ellos trepó con agilidad por las rejas de la ventana y fue alcanzando al otro las bolsas negras para basura donde habían colocado los objetos retirados de la oficina. Hecho esto, partieron otra vez en la moto.

CAPÍTULO 20

Interrogatorios

Ezequiel dudó acerca de si volver esa misma noche a Yatay o partir en la mañana temprano. Se decidió por esta última opción y al día siguiente mientras amanecía se encontraba ya llegando al pueblo. Todavía no conocía el desenlace. Optó por desayunar en el bar de la esquina de la plaza y escuchar las novedades. No le costó mucho enterarse: Rivas había fallecido unas pocas horas antes.

El comisario Pintos, encargado del caso, había comenzado a trabajar mucho antes, próximo a las seis de la mañana, noche aún. El médico que había ido a atender a Rivas en su casa, percatándose de una situación irregular, lo había llamado. Algo somnoliento, se presentó en la casa de Rivas. Estaban solo su hija y el médico. El comisario, a pesar de lo que le había dicho por teléfono, se sorprendió al ver a Rivas muerto en la cama de su casa, cuando lo había supuesto en la cama del sanatorio durante toda la noche. Hasta había esperado una llamada del sanatorio, según había indicado, para ser notificado en cuanto el hombre despertara.

—¿Qué hace aquí este hombre? —dijo, dirigiéndose al médico, mientras lo observaba con un gesto de reproche.

—Exactamente lo mismo me pregunto yo. Por ese motivo lo llamé; disculpe la hora, pero me pareció importante. Según dice su hija, un hombre y un muchacho lo trajeron esta madrugada, moribundo. Ella, a su vez, me llamó a mí. Ninguno de los dos sabíamos nada acerca del estado de su padre. No quité la venda, pues la herida no fue el problema. No comprendo cómo pudo estar en la calle en estas condiciones. Antes de llamarlo a usted hablé al sanatorio. Me informaron sobre la intervención quirúrgica de ayer por la tarde, debida a una herida de arma blanca. No había riesgo de vida, por lo cual ni siquiera quedó en cuidados intermedios. No se le instaló ningún monitor. A la enfermera de la mañana no le llamó la atención encontrar la sala vacía.

—¿Y cuál fue la causa de la muerte?

—Hipotermia. Sumado esto a un cuadro de debilidad general provocada por la herida y la pérdida de sangre. Falleció en poco tiempo.

—Cuando usted llegó, ¿todavía estaba vivo?

—No.

—Bueno, dejen todo así. Lo trasladarán para realizar la autopsia. —Dirigiéndose a la hija, le expresó su pesar y la consultó acerca de las personas que trajeron a Rivas a su casa.

Pintos comenzó a organizar la investigación y a citar a los testigos. Estaba ansioso por comenzar a tomar declaraciones de inmediato. Citó a muchos, a alguno de ellos los interrogaría solo por formalismo. Un agente de policía se presentó en casa de los Rolan para hablar con Gonzalo. Le solicitó que se presentara en la jefatura y preguntara por el comisario Pintos. Consultado acerca del motivo de la citación, dijo desconocerlo.

Al ingresar Gonzalo a la jefatura se encontró con Ezequiel. Intercambiaron la información de que disponían en ese momento.

—No comprendo por qué te citan a ti, no tienes ninguna relación con el caso —le dijo Ezequiel, mirándolo dubitativamente.

—La verdad, no tengo ni la menor idea… —respondió levantando los hombros—. ¿Y tú?

—A mí ni siquiera me han llamado. Vengo para aclararles el tema de una llamada de Emma. Vine lo más pronto posible. —Y le detalló la situación.

El comisario hizo pasar a Gonzalo a su oficina y le dijo a Ezequiel que lo vería enseguida.

—Buenas tardes, señor Torri. ¿Está en conocimiento de la muerte de Rivas?

—No —respondió Gonzalo—; es decir, sí, me lo acaba de informar mi hermano, cuando nos encontramos en la puerta.

—Sí, sufrió heridas de arma blanca en su oficina. Estaba recuperándose en el sanatorio cuando, al parecer, salió a la calle por la noche, en estado delicado. Alguien lo vio y lo acercó a su casa, donde murió. ¿Sabe por qué lo estamos interrogando?

—En realidad, no.

—Lo interrogo porque usted tuvo una discusión bastante violenta con él hace unos días.

—¡Ah!, por eso… Sí, ¿qué me dice? Tanto tiempo trabajando para la familia Rolan y, de pronto, estafa a mi hija Carmen, de una manera tan despreciable…, embaucando a su tío, pobre Loco… Mire, en los últimos tiempos, el Loco no sabía qué ocurría a su alrededor. ¿Sabe?, mi cuñado fue un hombre muy inteligente y capaz. Luego se deterioró tanto que era difícil identificar en él a la misma persona, era incapaz de redactar un documento así. —Calló unos momentos—. De todas formas, lamento su muerte.

—La discusión ¿dónde ocurrió?

—Hace dos días, después de almorzar, salía de mi casa, cuando lo veo venir caminando. Tenía muchas cosas para decirle, pero solo lo traté de vulgar estafador. También le dije «¡pagarás con sangre lo que has hecho!».

—Ese no es un comentario adecuado. Es más bien una amenaza… ¿No presentó denuncia, Rivas?

—Sabrá usted si presentó denuncia; a mí nadie me lo comunicó. Pero le explicaré el sentido de lo dicho. He experimentado, mejor dicho he visto, desde hace un tiempo, cosas raras que sucederían. Tal vez fuera cierto o no. Tantas veces he sabido de algo y, sin embargo, me es tan difícil saber con exactitud qué y cuándo.

—Entonces fue una premonición… ¿Cree en esos sucesos?

—No, en realidad, lo de «pagarás con sangre» fue una expresión, tal vez un deseo del cual me arrepentí de inmediato. De ninguna manera fue el comentario de una premonición, pues, aunque las tengo, la mayoría de las veces no las identifico, pero pudo parecerse a algo antiguo, en realidad, son las personas a mi lado las que me aclaran lo dicho. Le parecerá extraño…

—¿Sabe?, no comprendo nada. ¿Qué dice? ¿Se siente bien?

—Sí, claro. ¿Qué desea saber?

—Dígame dónde estuvo ayer en la tarde.

—No, la discusión no fue ayer, fue hace dos o tres días.

—Eso lo comprendí. Le pregunto qué hizo ayer en la tarde. Ayer, día del asesinato.

—¡Qué sé yo! A ver… Después de almorzar, tomé un café en el bar de la plaza, fui a la barraca, me quedé hasta alrededor de las siete, estuve un par de horas en el bar, volví a mi casa, cené, miré una película y me fui a dormir. Me levanté a eso de las siete.

—¿Hay alguien que corrobore lo que dice?

—Mientras estuve en el bar y en la barraca, por supuesto. En mi casa estuve solo.

—¿No estaba Carmen?

—No.

El comisario le leyó la declaración y, luego de dos o tres correcciones, Gonzalo la firmó, saludó al policía, pasó al lado de Ezequiel sin verlo y se retiró pensativo. Imágenes de un hombre apuñalado rondaban en su cabeza. ¡Vaya coincidencia! Una vez más deseaba que pasara algo malo y sucedía. El mal trae más mal. Quería algo bueno y nunca ocurría; aunque a veces sí…

El comisario llamó a Ezequiel.

—Buenas tardes. Soy el comisario Pintos. Creo que no nos conocemos —le dijo.

—Mucho gusto, comisario —respondió Ezequiel.

—Aprovecho su venida para corroborar unos datos. En realidad, lo hacía muy lejos e iba a llamarlo por teléfono.

—Iba camino al arroyo, buscando descansar pescando un poco. Estaba por llegar cuando recibí la llamada de esta mujer. Pasé una tarde muy tranquila en la estancia. Esta mañana me desperté temprano y me vine, movido más por la curiosidad que por otra cosa.

—En concreto, usted llamó al 911 avisando haber recibido una llamada de Emma Fernández en la que le decía que había matado a Rivas.

—Sí, es correcto. Emma me llamó, pero se oía muy mal y la comunicación se cortó un par de veces.

—¿Sabe por qué?

—Sí, tenía baja la batería y, además, iba por una zona de poca señal, supongo. Hablé por manos libres del *bluetooth* y, aunque esto pocas veces dificulta la conversación, yo escuchaba entrecortado y mal. Creí entender que había matado a Rivas. Después busqué el cable de conexión, lo encontré, la llamé, pero no respondía. Entonces llamé al 911, pero no estaba seguro si lo que hacía era lo adecuado; podía ser un error y una molestia para la policía. De todos modos, a la agente le pareció adecuado que llamase.

—Claro, en estos casos siempre se debe llamar. ¿Tiene idea de cuánto demoró entre que se cortó la comunicación y su llamada al 911?

—No tengo mucha idea,… habré demorado entre media hora y una hora —dijo Ezequiel, mirando su reloj, como si el mirarlo le sirviera de ayudamemoria.

—Ezequiel, eso es todo, le agradezco las declaraciones. Las voy a transcribir y en el correr del día se las envío para firmar, si se queda por el pueblo.

—Sí, claro. Que tenga un buen día, comisario.

—Buenos días, Ezequiel. —Mirando atrás, Ezequiel volvió sobre sus pasos—. Comisario Pintos, antes de entrar aquí, mientras usted hablaba con

Gonzalo, vi a un viejo conocido, enfermero del hospital, que está aquí con su hijo. ¿Fue él quien llevó a Rivas a su casa? —preguntó Ezequiel.

—Afirmativo —le respondió.

—¿Será posible presenciar la declaración de este hombre? Me intriga sobremanera lo sucedido.

—No hay problema; quédese, pero no intervenga —le advirtió.

—¡Pintos, aquí está el tipo ese que llevó a Rivas a su casa! —le gritó un uniformado al comisario.

—Hágalo pasar a la salita y dígale que me espere un momento —se dirigió a un inspector a su lado—: Esa Emma sigue sin contestar el celular ¿verdad? ¿Revisaron las cámaras de la terminal de ómnibus? Llame de mi parte para ver si llegan los datos de las cámaras de Tres Cruces. También insista en que envíen un agente a su casa; anoche no lo enviaron, les faltaron patrulleros.

El hombre pasó a la salita.

—Buenas tardes, señor —le dijo muy serio el comisario y con expresión de estar disgustado por algo.

—Buenas tardes. ¿Cómo está, comisario? —Fue la respuesta.

—¿Así que fue usted el que hizo salir a Rivas del sanatorio? ¿Por qué?

—A usted, en este momento, sí le cabe lo del cuento «coronel, tan temprano y ya mamado» —dijo el hombre con una sonrisa y Ezequiel se mordió el labio para no reírse—. ¡¿A quién se le ocurre semejante cosa?! Usted sabe que yo trabajo en el hospital y conozco estas cosas muy bien, porque las vivo desde adentro. Cuando lo vi a Rivas en la noche, me pareció borracho, después me di cuenta de su estado. Estaba convaleciente de la herida que le infligieron, según me enteré después.

—A ver, cuénteme en detalle cómo pasó todo —le dijo, ahora más distendido, el comisario.

—En realidad, estaba durmiendo, cuando oí ruidos afuera. Siempre duermo con la ventana abierta, invierno y verano, y por ahora tengo muy buen oído, oigo todo cuanto sucede, es una calle solitaria. He salido ya un par de veces por la ventana cuando hubo problemas en casa de los vecinos. En este caso, escuché un ruido sordo, raro, y no supe identificarlo hasta que miré por la ventana y vi a Rivas recostado contra la pared, como temblando. Me pareció borracho; estaba tratando de acercarse al banco de piedra del vecino. Mi señora se levantó también y me pidió que viera si necesitaba algo. Salí como estaba. Ya había caído al piso cuando llegué. Ahí me di cuenta de su estado. No estaba borracho, se notaban unas vendas a la altura de la cintura. No sé qué hacía en esas condiciones, de noche, en la calle… Llamé a mi hijo, pues necesitaba ayuda para mantenerlo sentado mientras traía el auto. Estaba muy mal, casi no tenía pulsaciones, dudé entre llevarlo a su casa o al sanatorio. Me decidí por su casa, no le quedaba mucho. Para qué llevarlo al sanatorio, para que muriera ahí… Y así hice, lo llevé a su casa. Me atendió su hija. Le pregunté si lo llevaba al sanatorio o si lo dejaba en la casa. Lo pusimos en la cama y nos fuimos. Yo nunca tuve mucha relación con Rivas, era una persona conocida del pueblo, pero nunca lo traté.

—¿Recuerda qué hora era?

—En realidad, no. Cuando me despertaron los ruidos, estaba dormido; al regreso, nos quedamos un rato conversando los tres. Después me di cuenta de que estaba por sonar el despertador y, recién ahí, nos fuimos a dormir, pero ya había pasado mucho rato.

—Por su experiencia en el hospital, ¿cómo cree que este hombre llegó hasta ahí en esas condiciones?

—Mire, comisario, justo eso lo discutimos con mi señora y mi hijo esa misma noche. En ese momento, su hija no sabía nada del asunto y no había estado en el sanatorio. De alguna forma salió o lo sacaron, lo digo por la herida, no pudo haber tenido fuerzas para salir, nunca se sabe, pero no, Rivas no era un hombre fuerte, alguien lo sacó. El pobre tipo… sin acompañantes en el sanatorio, ni familiares ni acompañantes contratados, nada. En años no he visto una persona recién intervenida que pasara sola la noche.

—¿Por qué cree eso?

—Es obvio, de otra forma ¿cómo salió solo, mientras su hija descansaba en su casa tan tranquila? ¿No le avisaron nada? ¡Vamos! Debieron haberle dicho que estaba fuera de peligro y ella se fue a descansar. Así y todo, no es coherente esa falta de humanidad. Si no, no entendemos como nadie le avisó.

—Debo hablar con la hija, pero lo dejaré para mañana.

—Si lo operaron en la tarde por una puñalada, ningún médico le hubiera dado el alta en la noche, aunque ellos se tapan muy bien las cosas entre sí… Lo que está claro es que no debería tener el alta. Esa noche, tampoco había demasiados internados, lo sé de buena fuente.

—Ya hablé con los médicos y nada, no tenían idea de cómo salió.

—Alguna enfermera poco experimentada pudo haber escuchado algo y lo dejó salir sin que nadie viniera a buscarlo, sin ambulancia, no es posible… Para mí las enfermeras, pues eran dos, se fueron a dormir, incluso tal vez alguna hizo pasar a algún noviecito.

—Sí, hablé con las enfermeras de la noche y ninguna lo vio.

—Hable de nuevo y apriételas un poco, ni siquiera pasaron por la habitación esa noche. Para nosotros, solo había dos alternativas: o el hombre estaba lo suficientemente recobrado como para vestirse e irse y al llegar a la calle le faltaron las fuerzas y se murió nomás o alguna enfermera o enfermero no simpatizaba mucho con él, lo vistió, lo llevó a la puerta y lo dejó por ahí. También pudo ser cualquiera de afuera…

—Dice «enfermera o enfermero», pero en el sanatorio, si no estoy equivocado, solo trabajan *enfermeras*.

—Sí, eso es así, ¡y debió ser una enfermera muy fuerte! Es un gran misterio, comisario.

—¿Pudo haber sido alguien de fuera del sanatorio?

—Pudo, pero tampoco es fácil, hay que conocer bien la interna. Es un sanatorio pequeño y todos se conocen, aunque en la noche está todo muy quieto, como dije.

—Le voy a leer su declaración. Si desea corregir algo me avisa y lo modificamos, también puede agregar algún detalle faltante. —Pintos finalizó la lectura sin ninguna observación. El declarante firmó y le preguntó si iba a interrogar a su hijo—. No es necesario —le dijo y se despidió de forma amable.

Al día siguiente, Emma llamó por teléfono a la seccional de su barrio, explicó someramente lo sucedido en el pueblo y declaró que al llegar de regreso a Montevideo se había sentido mal, había ido al sanatorio y la atendieron por un pico de hipertensión arterial. De la seccional se comunicaron con la comisaría y un vehículo policial la trasladó hasta Yatay para prestar declaraciones. El comisario la saludó con mucha seriedad y le preguntó el motivo por el cual había ido a la oficina de Rivas.

—Rivas era el padre de mi hijo Hugo —le respondió— y estoy tramitando la pensión alimenticia.

—¿Qué edad tiene su hijo?

—Quince años.

—¿Recién ahora está pidiendo la pensión o estaba ajustando el monto?

—No, es la primera vez.

—¿A qué se deben esos quince años sin pensión? ¿Sabía usted que la pensión no es retroactiva?

—En realidad, no, pero tampoco le había dicho a este hombre que él era el padre, además mi hijo nunca estuvo en el pueblo, está con una tía en Montevideo, pero sus gastos aumentaron y recién ahora lo necesito. Mi relación con Rivas finalizó antes del nacimiento de mi hijo y nunca más nos habíamos tratado.

—¿Ya había hablado personalmente con Rivas de este tema?

—Varias veces. Mi abogado iba a comenzar una demanda, pero me dijo que era mejor si lograba un arreglo preliminar.

—Luego discutieron, él la golpeó y usted lo apuñaló, ¿no es así? —dijo el comisario, hablándole fuerte y rápido—. En ese momento llamó a Ezequiel y le dijo que lo había matado.

—Sí, no… ¿por qué dice usted eso? —dijo Emma aturdida. Ella tenía un relato diferente para contar—. No fue así.

—Emma, no mienta —dijo el comisario casi gritando—. No sé si lo sabe, pero Rivas tenía varias cámaras y está todo grabado.

—¡Ah! Entonces si tiene todo grabado, ¿qué sentido tiene preguntarme por lo sucedido? Usted ya lo sabe.

—Necesito de todas formas tener su declaración.

—Y yo necesito a mi abogado —le respondió.

—Lo llamaremos, pero igual podemos ir avanzando en su declaración para ganar tiempo —dijo ahora Pintos.

—Sí. Hubo una pelea y entró un tipo raro, parecía un motociclista con un pasamontañas en la cara y el casco puesto, un chaleco reflectivo, le quedaba muy mal, era enorme, con una mochila grande, casi cuadrada, también reflectiva, parecía un marciano.

—¿Cuándo entró el tipo? ¿Durante la pelea? ¿Se acercó y enseguida apuñaló a Rivas?

—Sí, revolvió todo y le sacó la billetera, puso unas cosas en la mochila y se fue.

—Cuando sacó la billetera del bolsillo de Rivas, ¿este estaba caído?, ¿en qué lugar? —dijo casi con suavidad.

—¿Puedo llamar a mi abogado o lo va a llamar usted, comisario? —Fue la respuesta de Emma.

—Con esto terminamos por ahora. Va a quedar retenida por el momento.

Pintos esperó que pasara el funeral de Rivas al día siguiente y se dirigió a su casa para interrogar a la hija.

—Discúlpeme, Paula, realmente lamento molestarla en un momento así, pero comprenderá que tengo que investigar.

—¿Tiene ya al que mató a mi padre?

—Tenemos sospechosos, pero todavía no tenemos todas las piezas en su lugar. Dígame, ¿tenía enemigos, su padre?

—En el mundo de los negocios se pierde y se gana, en los negocios no hay reglas, puede que tuviera muchos enemigos.

—Dígame ¿qué servicios de salud tenía contratado su padre?

—Tenía la mutualista, claro, servicio de acompañantes, servicio funerario, es decir, todos los servicios, por eso se ocuparon de todo.

—¿Usted visitó a su padre en el sanatorio?

—No, nadie me avisó nada. Como mi padre volvía a cualquier hora de la noche, el que no viniera cuando me fui a la cama no era nada raro. Luego vino esta gente y me despertó de madrugada, trayendo a mi padre ¿se da cuenta? Lo trajeron a casa, en lugar de llevarlo al sanatorio, donde quizá podría haberse salvado. Gente inconsciente y todavía, según creo, el hombre trabaja en la salud.

—Un hombre, más bien una familia, que no lo dejaron tirado en la calle, lo auxiliaron y lo trajeron a su casa. Por sus expresiones, este hecho fue una molestia para usted, pues debió despertarse temprano.

—Fíjese bien lo que me está diciendo, comisario, yo no hubiera actuado así, lo hubiera llevado al sanatorio.

—No, usted lo hubiera dejado morir en la calle. ¿Sabe?, desde el sanatorio la intentamos ubicar y no respondió. También la llamamos desde el lugar del incidente, la oficina de su padre, y no respondió. También enviamos un patrullero a su casa; el agente llamó largo rato sin obtener respuesta.

—Estaría en silencio el celular, no lo sé…, mire, estoy muy cansada y angustiada, entienda por lo que estoy pasando, le agradezco si podemos terminar esta conversación ya.

—Muchas gracias por su tiempo, señora Rivas. Si tuviera necesidad de más datos, la próxima conversación la tendremos en la comisaría. Buenas tardes —dijo el comisario, se levantó y se retiró.

Pintos se reunió con el inspector y comenzaron a analizar los hechos.

—Primero, veamos cuál fue el motivo por el cual asesinaron a Rivas —dijo el comisario—. Estaría casi seguro,… para mí se trató de un asesinato no premeditado por completo, pero hay demasiadas incidencias, no puede ser el resultado de una simple pelea.

—Analicemos como si todo fuese el resultado de una riña. Hay una discusión fuerte entre Emma y Rivas y ella lo apuñala. Dejemos por un momento de lado lo del ladrón, llamémosle así. Rivas es internado y luego de la operación se recupera, es un hombre bastante fuerte. Se viste como puede, no tiene forma de comunicarse, sabe que no tiene el alta, por lo cual no llama a la enfermera y tan solo se va. Algo mareado toma una dirección no del todo correcta, se va sintiendo más débil y, al cabo de un rato, agotado, cae al piso. Cuando lo encuentran no reaccionan rápido y asunto terminado. Pero está el ladrón, es demasiada coincidencia que aparezca justo en ese momento y en un robo tan extraño y poco común. Si no fuera por el ladrón, la explicación podría cerrar; dejémosla como primera hipótesis. La segunda podría ser la siguiente: Emma y Rivas estaban discutiendo, el ladrón entra, Rivas reacciona, el tipo lo apuñala, roba algunas cosas y huye. Pero tenemos el mismo final: Rivas sale por su propia cuenta…

—Aunque intervienen todos los actores, no termina de convencerme… —dijo el comisario.

—Hagamos una tercera hipótesis con cualquiera de los dos comienzos anteriores: el ladrón es en realidad un sicario, se entera de que Rivas no ha muerto y, sin ser visto, después de la operación, lo saca del sanatorio y lo deja tirado a una hora y en un sitio donde es difícil que lo encuentren hasta el otro día cuando aparezca muerto, no cuenta con que lo vean y lo lleven a su casa… aunque eso no cambió nada, no pudieron salvarlo.

—En este caso, es obvio que no fue una pelea, intentaron matarlo y lo lograron, lo demás es pura puesta en escena. Nos queda entonces buscar el motivo que muestre la validez de esta última hipótesis. Emma, como es obvio, no tenía este propósito y, además, la muerte de Rivas no la favorecía, pues se quedaba sin pensión.

—No es del todo cierto —dijo el inspector—. Si este muchacho es hijo de Rivas como ella asegura, va a tener mucho más dinero reclamando la herencia. La otra opción continúa siendo el robo y el posterior asesinato, pues el ladrón, aunque muy camuflado, pudo haber sido reconocido por Rivas. En la pelea Rivas da alguna señal de conocerlo, el tipo se va y lo deja por muerto, pero vuelve al sanatorio a cerciorarse.

—Es prioritario identificar a este sujeto. Pongamos todo nuestro esfuerzo en este punto —dijo el comisario y agregó—: Busquemos también otros posibles interesados en la muerte de Rivas, que hayan podido enviar al mal llamado ladrón, que en realidad es un sicario.

—Bien. Tenemos a Emma retenida. La voy a pasar al juez con lo que tenemos. En todo caso, será él quien la deje ir o la procese.

—Tal vez ella pueda tener idea de quién es el ladrón.

—Si lo sabe, hasta ahora no ha dicho nada.

CAPÍTULO 21

Frente al Juez

Esa misma tarde Ezequiel volvió a la comisaría y se reunió con Pintos, quien lo recibió en su oficina. Estaba a mitad del informe, debería enviarlo a última hora de la tarde del día siguiente. En realidad, *última hora* significaba llegar al juzgado antes que el juez, por lo tanto podría trabajar toda la noche.

—Tantas noches pasé sin dormir para preparar la oferta de una licitación o para entregar un informe, innumerables —comentó Ezequiel.

—Uno se acostumbra, cree que tendrá una larga noche de trabajo y por lo general no es así. Comienza a trabajar con más calma, dispone del tiempo suficiente y además no tiene otra cosa para hacer. Se piensa muy mejor en la noche.

—Salvo cuando algún pesado llega para interrumpir —opinó Ezequiel riendo.

—Pero en este caso usted sabe bien a qué viene y lo único que me preocupa es la aparición de nuevos datos.

—Así es, aunque no sé con seguridad su relevancia. Se lo cuento de forma resumida, usted verá si debe ahondar en esto ahora o puede esperar, o incluso no tenerlo en cuenta.

—Bien; dígame.

—Se refiere al antiguo caso del asesinato de De Souza, tema bastante controversial. Si bien el delito ha prescrito, relaciona a Rivas con el caso, en consecuencia, agrega la posibilidad de un motivo nuevo.

—¿Cómo relaciona a Rivas con De Souza?

—Estoy al tanto de algunas pequeñas disputas que tuvieron en una época. El expediente policial, del cual pude obtener una copia, y otros datos de la investigación muestran con bastante certeza que el crimen fue cometido por un sicario y en la fecha del asesinato Rivas movilizó un monto importante de dinero.

—Entiendo; por un momento supongamos que es correcta su información. ¿Por qué ahora, tantos años después, alguien querría sacar a Rivas del medio?

—El posible sicario, después de otros hechos similares pero con antecedentes menores, estuvo en Yatay hace no mucho, antes de la muerte del inspector responsable del caso. En ese momento, parecía haberse regenerado. Es decir, estuvo varios años sin registros policiales, solo un accidente de tránsito.

—¿Y?

—Este hombre fue asesinado hace una semana, lo vi de casualidad en la web de *El Observador*.

—¿Y?

—Según informa esta página, dentro de las investigaciones se analiza como posible motivo su intervención en un crimen cometido en Yatay hace varios años. No sé más, pero sin duda usted con una llamada pueda cerciorarse.

—Sí, no me cuesta nada consultar.

—Disculpe, pero lo pensé un rato y decidí comentarlo, de todos modos usted se enteraría más tarde.

—De acuerdo, quizá esté relacionado con el caso. No se vaya, abro la página del diario, llamo y vemos qué ocurrió.

—Gracias.

—Agente, comuníqueme con el inspector Álvarez a su celular. —Unos minutos después, Pintos realizó la consulta acerca del caso del supuesto sicario—. Sí, es una información del diario *El Observador* de hace unos días.

El inspector dijo no estar al tanto, averiguaría y le devolvería la llamada. Pintos continuó con su informe mientras Ezequiel salió a tomar un café y conversar con el agente de guardia. Media hora después, ya casi a las once de la noche, Pintos lo llamó y le dijo:

—Todavía está todo en investigación y es lamentable, pero no puedo confirmarle que sí existe una relación con una persona del pueblo, tal vez sea Rivas, tal vez no. Se lo agradezco, voy a mencionar algo en el informe.

Ezequiel volvió manejando rápido hacia Montevideo, se había excusado de ir a Buenos Aires debido a los últimos acontecimientos. Sus socios, todavía algo dolidos por los malos negocios recientes, querían festejar el excelente resultado obtenido ahora. Deseaban, además, sanear las heridas surgidas en la relación, por lo cual viajaron ellos a Montevideo. Se reunieron a cenar en el restaurante La Perdiz, a pocos metros del Sheraton de Punta Carretas, donde se hospedaban. Ricardo y Ezequiel se dieron un fuerte abrazo. Enseguida se les unió Amalia.

—Ayer entregamos los equipos, los recibieron muy bien. El resultado económico fue hasta mejor de lo esperado, aun en nuestro cálculo más optimista. Como suele decirse: mejor imposible —dijo Ricardo.

—Esto me saca a mí de una situación bien difícil, le debo a cada santo una vela. Es bueno pasar al frente.

—Lo bueno es tener un socio que mira las cosas de un ángulo diferente y además no solo se expresa, actúa. Ha sido un acierto tu participación en la empresa, nosotros estábamos un poco anquilosados.

—No es para tanto, lo que importa es que salimos adelante.

La amena reunión siguió un buen rato; por supuesto, no se habló de trabajo, ya quedaría para el día siguiente. Al final de la cena, Ezequiel los acompañó caminando hasta el hotel.

—Pasemos al bar del hotel y tomemos algo —dijo Ricardo.

—Un buen bajativo —bromeó Amelia.

Desperté de un sueño confuso, irrecuperable. Por un momento me desorienté, vi las gruesas rejas en la puerta, intuí que continuaba soñando, pero no era así. Pronto tomé conciencia de donde estaba, los recuerdos de la noche anterior concordaron con la celda que veía ahora en la semipenumbra de la mañana. Sentí curiosidad, más que otra cosa. Me conducirían al juez en unos momentos.

Permanecí recostada, dejando pasar el tiempo, ¿qué otra cosa podía hacer? Nada en absoluto. Me imaginé tomándome una foto agarrada de las gruesas y grises rejas para mostrársela a mis amigas. Por un instante, hasta me pareció graciosa la situación: la jaula de mi vida volvía a aparecer, en el momento preciso en que estaba convencida de haberla dejado atrás.

Pasado un buen rato me trajeron una taza grande de café con leche y un pedazo de pan. El pan estaba crocante, recién hecho y era apetecible, pero no tenía muchas ganas de comer. El agente me miró y me dijo con voz suave: «Es mejor que comas todo mientras está caliente. El procedimiento puede llevar unas cuantas horas.»

El juzgado se encontraba a apenas cinco cuadras de la comisaría, la primera, como solían llamarla por la numeración de las seccionales. «Vamos a caminar un poco», me dijo otro agente. Salimos, pude respirar. «Está lindo, el día», dijo.

Era un día luminoso con una agradable temperatura. No le respondí, solo asentí con la cabeza, había comenzado a ponerme nerviosa y no encontré palabras para responder al comentario más banal del mundo. El quiosquero de la plaza me vio y gritó: «Llévate unos cigarrillos.» Levanté algo la mano y lo saludé. Mientras nos alejábamos, pensé: «Deberá llevármelos a la cárcel.»

Entramos en el juzgado, el agente avisó en el mostrador y nos sentamos en unas sillas de plástico blancas. Esperamos un rato largo. Salió una mujer, más o menos de mi edad, vestida de forma muy prolija, con un peinado de peluquería, más bien morena y no muy alta. Caminó rápido hasta la puerta de salida.

—Es la secretaria de Rivas —dijo el agente—. Era —se corrigió.

—No sabía, hasta hace un tiempo trabajaba solo.

—Sí, la contrató no hace mucho; efectivamente, antes no tenía a nadie —agregó.

Poco después llegó un hombre gordo, de unos cuantos años, saludó a las funcionarias y se hizo anunciar con la jueza. Pocos minutos después, lo hicieron pasar a la sala.

—Este doctor tiene años en el pueblo, debe ser quien atendió a Rivas. Su opinión va a ser fundamental para usted —dijo mientras me miraba, ahora más serio.

Le pregunté por qué mi abogado no se encontraba. Me respondió que averiguaría y se acercó al mostrador a preguntar. Desde el banco escuché la respuesta.

—El doctor, déjeme ver el nombre... —dijo la joven—, Guzmán, hace rato está adentro.

—Ese debe ser el abogado enviado por Ezequiel —dije—. Debió ir a verme a la comisaría.

—No se preocupe, en general esta gente llega sobre la hora, cuando tenga algo para decirle ya saldrá y hablará con usted. He visto esto en otras ocasiones, si supiera cuántas veces he venido a traer gente al juez... ¡uf! —y agregó—: No tuvo mucha suerte con la jueza que le tocó, esta no larga a nadie, en cambio, hay un tipo, no sé cómo se llama, ese larga a todos.

Pasó un buen rato, parecía que me iba a explotar el corazón, casi no podía respirar. Luego salió el doctor gordo, pasó al lado mío sin mirarme. Unos minutos después salió de la sala un hombre, también pulcro y prolijo, de traje oscuro y corbata, como si fuera a ir a una fiesta. Se dirigió hacia donde estábamos y le pidió al agente que nos permitiera hablar a solas.

—Soy el doctor Guzmán —dijo estirando su mano derecha hacia mí—. No admita que apuñaló a Rivas. Si le muestran un cuchillo, aunque sea suyo, no lo reconozca, describa como pueda al asaltante, exprese con claridad «pensé que iba a matarme». Siempre responda esto. No hizo nada. No recuerda casi nada de lo acontecido. Estaba muy asustada. No recuerda, no recuerda y no recuerda. Pase, le tomarán declaraciones ahora.

Les pedí un momento para pasar al baño que estaba ubicado frente a donde habíamos estado sentados por largo rato y no lo noté.

—Vaya rápido —me dijo.

Me vi otra vez frente a un juez, esta vez era jueza. En las situaciones anteriores, durante la demanda, había sentido temor, disgusto. Ahora ya no se trataba de un tema económico y yo no tenía dudas: iba a ser procesada. Mi única incertidumbre era por cuánto tiempo iba a estar presa.

Flaca, hosca, desagradable por donde se la mire, «debería ser ella quien fuera a la cárcel», pensé, con esa pinta de milica asquerosa. Ni bien me senté, me advirtió:

—Como Rivas ha fallecido, este expediente caratulado como lesiones graves puede más adelante cambiarse a asesinato.

Mi abogado de inmediato señaló que si Rivas había muerto se debía a una mala praxis y el responsable era el sanatorio y no yo. El fiscal hizo un resumen de lo concluido de las declaraciones tomadas y me preguntó:

—¿Usted llamó a Ezequiel y le dijo que había matado a Rivas?

La jueza interrumpió e hizo agregar su apellido en la transcripción. El fiscal prosiguió:

—¿Lo llamó, decía, y le informó que había matado a Rivas?

—La verdad, le dije que *habían* matado a Rivas, que estaba en medio del lío y que no sabía qué hacer.

—Tenemos información según la cual admitió haber matado a Rivas.

—Lo niego —dije—, y ya expresé lo dicho en el momento y no tengo que repetirlo.

—¿Cuánto tiempo habló con él?

—Solo unos momentos, luego le oí decir hola varias veces, con total claridad y la conversación se interrumpió —le respondí—. Intenté volver a comunicarme, pero me daba correo de voz.

—¿En qué momento lo llamó por teléfono y por qué no llamó directo a la policía?

—No lo recuerdo. Traté de gritar, de pedir ayuda, se me ocurrió utilizar el celular y llamé. Me sorprendí cuando escuché la voz de Ezequiel, es la última persona a quien hubiera llamado. Si mal no recuerdo, nunca había hablado con él por teléfono, solo había agendado hacía poco su número. No sé cómo ocurrió, tomé el aparato y llamó a su número.

Insistió el fiscal preguntando la hora de la llamada, cómo la recordaba y en qué momento había llamado, si llamé desde el estudio o desde la calle. Contesté no recordarlo. «Solo habían pasado unos minutos desde la huida del ladrón», dije. Me pidió la descripción del ladrón, con el máximo detalle. Le dije que había dado ya la descripción varias veces, no recordaba pues tenía un pasamontañas o algo así, en consecuencia, no pude ver su rostro.

—Pero, ¿cómo era? —insistió el fiscal—. ¿Era alto o bajo, gordo o flaco, blanco o negro? Insistió en que pensara bien, pues lo había visto y debería poder agregar otros datos.

—Estaba muy confundida, algo mareada —dije—. Me pareció bajo, flaco y del color de la piel ni idea.

Luego el fiscal me preguntó quién había herido a Rivas y cómo era el arma. Respondí que el ladrón lo había hecho utilizando un cuchillo suyo.

Luego de leer el expediente y de escribir unos momentos, la jueza leyó en voz alta:

—Visto la falta de antecedentes, a pesar de que desde menor su vida fue un continuo de violencia, con adultos a su alrededor que la volvieron adicta y sumisa, con una voluntad frágil, sin herramientas suficientes para defenderse dado su bajo nivel cultural. Considerando que recién en los últimos tiempos había logrado una recuperación como ser humano. Basada en la existencia de semiplena prueba, dicto el procesamiento con prisión de Emma Fernández, imputándole el delito de lesiones graves, como autora o coautora —y agregó—: Permanecerá detenida hasta que se dicte sentencia definitiva.

Caminé otra vez por las mismas calles, con el mismo agente, pasé por el mismo quiosco de la plaza, pasé por la misma acera de la plaza, el quiosquero me alcanzó una caja de cigarrillos y me dijo: «Te va a sobrar tiempo para pensar.»

—¿Cómo sabe que me sentenciaron? —le pregunté.

El agente me miró y dijo:

—¡Ah! Si no fuera así, yo hubiera pasado solo para la primera.

Cuando volví a mi celda, ya no era la misma. Seguía siendo yo la única mujer en prisión, me acompañaron dos mujeres policía y me entregaron ropa, toallas, jabón.

Me invadió una paz única, no recuerdo haber sentido antes esa sensación. Por un tiempo fue un recreo: me trataban bien, con respeto, a pesar de ser una delincuente procesada por sus faltas, nada menos que intentar matar a un ser humano. Después de todo, Rivas lo era y debí haberlo respetado como tal. No tuve tiempo para reflexionar, fui muy orgullosa, busqué venganza. Tomé venganza contra la vida, la tomé en él.

Tenía cuatro comidas, a su correspondiente hora, como cuando tuve a Hugo. Ahora ni siquiera tenía el trabajo de cuidarlo. Tenía varias revistas, unas novelas policiales que podía canjear. Una vez por semana, venía el sacerdote a ver cómo me encontraba y conversaba conmigo un poco. Me quedaba charlando largos ratos con una de las mujeres policía que resultó ser del barrio. A mi hijo lo habían convencido de que había ido a trabajar unos meses a Buenos Aires. Me costaba habituarme a realizar algunos ejercicios. Me recomendaron levantar los brazos, hacer flexiones, lagartijas, pero solo caminaba en círculos dentro de la pequeña celda.

Ezequiel y Palumbo dejaron pasar un tiempo antes de reunirse. La reunión tuvo lugar en el sitio acostumbrado.

—Obviamente leí la carta que voy a entregarte. En mi profesión me entero de muchísimas cosas. Alguna documentación cae en mis manos sin estar relacionada con mis clientes. Eso forma parte de mi archivo personal, de esas cosas que en algún momento me pueden ser útiles. En otros casos, es información de mis clientes y analizándola considero que sería mejor que no la conocieran. Si es así, la retengo. Si llegase la ocasión en la cual fuese útil para ellos, se la daría —dijo el Pirata y le entregó un sobre amarillo a Ezequiel, en el cual se leía *Carmen*, escrito con letra manuscrita. Luego continuó diciendo—: Entre los papeles que se retiraron de la oficina de Rivas, hay una carta de don Raúl para su nieta Carmen. Entiendo que nunca se la entregó y, por supuesto, no conozco el motivo. En ese momento todavía vivía su hija. Hice comprobar la letra con un perito y es de don Raúl. Claro que le hice llegar al perito solo algunas palabras de la carta. Tampoco tengo claro por qué se encontraba en la oficina de Rivas junto con sus demás documentos.

Ezequiel, sin decir palabra, abrió el sobre y extrajo una hoja membretada también escrita a mano.

—Esta carta es un ejemplo de los documentos que a veces no entrego al cliente; por ejemplo, si mi cliente fuera Carmen o Gonzalo, la retendría, porque solo aporta confusión —continuó Palumbo.

Ezequiel se tomó su tiempo para leerla y releerla.

—Es el estilo de don Raúl. Lo meditaré mejor, pero me da la impresión de que está escrita justamente para ser leída después de su muerte.

—Parece bastante certero lo que dices.

—Lo primero que se me viene a la cabeza sigue estando en la misma línea de lo que hemos venido tratando. Rivas conocía muchas cosas de los Rolan, cosas que nosotros ignoramos aún y que es probable que nunca lleguemos a conocer.

—Te diré que tuvimos suerte, se nos presentó una oportunidad única y, tal como lo dijiste en su momento, pudimos aprovecharla.

—Tengo que decir que fue un trabajo impecable. Ahora tendré que ver cómo me las veo con eso.

—Hice lo que me indicaste si no entendí mal. Me ha tocado actuar de ese modo en unas pocas oportunidades y en todas ellas creo que hice bien. No hay mal que por bien no venga.

—La frase no está dicha en ese sentido.

—Bueno, a mi igual me sirve.

Ezequiel suspiró y se dijo «lo mío no estuvo bien hecho, podría haber pensado en otra salida o en dejar las cosas correr».

—Una lástima lo de esta chica; se come un par de meses en la comisaría, pero va a ser declarada inocente —comentó Palumbo, ahora refiriéndose a Emma.

—Hay jueces y jueces —respondió Ezequiel—. No es mucho tiempo, no está pasando mal en la comisaría y podrá alejarse un poco de todo para seguir adelante sin querer mirar atrás.

—¿Y la hija de Rivas?

—Seguirá como está, siempre con niñerías, no hará otra cosa que atender a su pichicho pulguiento, solo tendrá un poco más de dinero. Lo dejaremos así, a menos que los hechos muestren otra cosa.

—Tengo mucha información acerca del escribano y otras yerbas, cuando lo consideres necesario, ahí está.

Luego siguieron varios tragos y la conversación, amena como de costumbre, abarcó antiguos cuentos. De la muerte de Rivas, nada más se mencionó con la excepción de que Palumbo, en alguna otra reunión, le comentaría nuevos datos sobre la investigación del periodista De Souza.

CAPÍTULO 22

Nuevos rumbos

De vuelta en el campo luego de su visita periódica al médico, José Rolan les pidió a sus dos hijos que se reunieran con él esa tarde antes de la cena, finalizada su jornada laboral en la estancia.

Estaban los dos jugando cartas y tomando un tinto cuando él llegó. Le pidió a la señora del cuidador, que se encargaba de todos los menesteres domésticos, que le sirviera un té con limón.

—Padre, no es hora para un té, ya casi es hora de cenar —le dijo Carlos.

—De eso mismo quiero hablarles. Hace unos pocos años tomaba un buen aperitivo antes de la cena, ahora no solo no lo hago, sino que además casi no ceno. Los años se van llevando las cosas de a poco, una a una.

—¡Pero vamos! Tú eres de esas personas fuertes que no están para nada mal, todo lo contrario.

—Seamos realistas, así son las cosas y así deben ser. Pero quería poner en claro algunos puntos mientras todavía estoy bien, porque uno cree estar regular desde el punto de vista físico e intelectualmente se siente muy bien, pero no es así. Uno está más lento, tiene menos reflejos, por decirlo de alguna forma, comienza a olvidarse de alguna cosa. Cree estar espléndido pero comienza a tener lagunas. El resto de la gente con quien trata se va dando cuenta, claro, pero nadie le dice nada. Solo comentan entre ellos.

—No es así para nada y si alguna cosa ha sucedido es algo sin importancia —dijo Felipe.

—Ves, tú mismo tratando de resaltar lo bueno. Lo has admitido, no todo es así, hay pequeñas cosas, dices, pero nunca sabes que tan pequeñas son o cuántas veces se repiten y pueden ocurrir al tratar temas importantes. De todos modos, esto es solo el preámbulo, voy a continuar profundizando. Hasta ahora he administrado estas empresas, principalmente la estancia. Al principio, lo hice con el apoyo de Raúl, apoyo inmejorable, aunque los últimos años había cambiado, parecía desinteresado de las cosas de la empresa y se encerró un poco en sí mismo. Continuó así hasta su muerte. Luego tuve el muy buen apoyo de ustedes. Han trabajado duro estos últimos años. En cualquier caso, a la hora de tomar decisiones uno está solo, tremendamente solo, aunque haya discutido, esté asesorado, lea con detalle todos los informes, en fin, todo lo necesario, al final, uno es quien debe tomar las decisiones.

»Cuando se es joven ya se sabe, uno tiene el apoyo de sus padres, aunque a veces no lo quiera; luego toma decisiones casi de forma automática, al momento de decidir parecería no precisar de nadie. A esta altura de la vida, ya hace unos años me cuesta tomar decisiones, incluso las rehúyo. En el caso de ustedes, se darán cuenta de que en este tiempo han tenido tareas diferentes. Tú, Felipe, has estado más en el campo, tratando en forma directa con los peones, siguiendo el cuidado de los animales, la plantación de praderas y forrajes. Y tú, Carlos, has estado más en los negocios, la compraventa, la planificación.

—Ha sido una división de tareas natural —dijo Carlos—, cada cual se adaptó a lo que más le gustaba o para lo cual era mejor.

—Lo comparto, ambos fueron a la universidad y terminaron sus carreras, agronomía y veterinaria, lo cual me satisfizo mucho y les ha servido para su desempeño en nuestras empresas. También mantienen un buen contacto con otros productores, con cooperativas, con institutos y profesionales en el tema.

»Como saben, en cada una de las empresas, las acciones se repartieron por mitades iguales entre Raúl y yo desde el principio y todo funcionó muy bien. Esto no significa que no tuviéramos opiniones diferentes, muchas veces fue así y algunas veces discutimos mucho, pero siempre decidimos juntos, es decir, Raúl siempre me apoyó. Ahora, como sabrán o se lo imaginarán, las acciones de Raúl las tienen Carmen y Gonzalo, y las restantes las tendrá Paula, la hija de Rivas. —Meditó un rato antes de seguir—. Esas cosas raras de la vida, se nos agrega un extraño a la empresa familiar. De haber sido otra la persona y otras las causas por las cuales ingresa, hasta podría haber sido una inyección de valor para la empresa, un aporte de ideas, una visión novedosa. Pero me temo que en este caso no lo será. Espero equivocarme, Paula todavía es joven y puede formar una pareja con la cual salga ganando o puede ser peor aún. Y esto último lamentablemente es lo más probable.

»En este contexto les voy a proponer un reparto de acciones diferente a lo usual. Por una parte, pienso dividir las acciones en porcentajes distintos, o sea, no será mitad y mitad. Habrá uno con mayoría sobre el otro. Eso le dará una mayor posibilidad de manejo, mayor poder de decisión, para los casos donde se deban tomar decisiones divididas, lo cual pronto será una realidad. Por otra parte, tengo algunas propiedades fuera de las empresas. Estas las heredará quien tenga menor cantidad de acciones, como forma de equilibrar los patrimonios.

Ambos hermanos se miraron con sorpresa, no habían pensado en absoluto en algo así, no habían tenido nunca la menor idea de una división desigual.

Ninguno pudo responder, ni siquiera decir una sola palaba. Tampoco ninguno pensó en ese tipo de división como algo malo o equivocado, tan solo se mostraron sorprendidos.

—La verdad, no esperábamos una propuesta o una decisión de este estilo, no la cuestionamos para nada; creo que hablo por los dos al decir esto —comentó Carlos.

—Sí, estoy de acuerdo con Carlos, se me hace un poco confusa la situación, nos corresponde meditarla a fondo —agregó Felipe.

—Me doy cuenta. Por el momento, dejémoslo así.

—¿Has decidido ya a quien corresponderá cada fracción?

—Tengo apenas una idea, pero necesito reflexionar algo más. Por ahora, solo quería adelantarles mis pensamientos al respecto; llevo bastante tiempo ya analizando la situación.

José no estaría para ver las consecuencias que la crisis, los nuevos socios y el cambio en la administración traerían sobre sus propiedades.

Los problemas de afuera comienzan a aplastarme, ya no sé qué decirle a Hugo. Encima no trabajo y, por lo tanto, no gano dinero para enviarle. Para colmo de males, sigue sin esclarecerse la causa final de la muerte de Rivas. Si él hubiera muerto en el sanatorio estaría siendo juzgada por asesinato. Como salió del sanatorio, deben decidir por qué y cómo salió, si lo ayudaron y, como es obvio, si esto influyó en su muerte, pero no tengo idea de cómo lo están estudiando. ¡Qué incertidumbre! Esta fue y es una espina que llevo clavada en el centro del talón, como si debiera torcer el pie para verla, un horroroso y punzante círculo negro brotando desde la piel plana del talón.

Ya hace un tiempo la comida comenzó a caerme mal. Después de los análisis, el médico me dijo que solo eran nervios y comenzó a enviarme una enfermera. Todos los días me trae una pastilla amarilla.

Ezequiel me visitó una mañana, dijo que el abogado tenía muy controlado el asunto de la muerte de Rivas. Según entendía, se atribuía a otras causas, por lo cual el veredicto final no iba a modificarse, es decir, aunque fuera culpable del delito imputado, cuando el juez fallase de forma definitiva, ya se habría cumplido el tiempo máximo de prisión, por lo cual saldría libre. El expediente estaba avanzando rápido para este tipo de caso. Me dejó varios libros y más cigarrillos; no sé por qué se empeñan todos en traerme cigarrillos si nunca fumé. Je, je, a los presos siempre se les lleva cigarrillos. Se los regalo a los policías… ¡Recién ahora lo pienso, está clarísimo, para eso me los traen!

Después vino lo peor. A pesar de estar a punto de finalizar mi tiempo de reclusión, cuando hacía alrededor de dos meses de estar presa en la propia jefatura de policía del pueblo, fui trasladada a la cárcel de mujeres de Cabildo en Montevideo. Solo estuve cinco días, al cabo de los cuales fue decretada mi libertad.

Cuando Ezequiel llegó, ese día, yo casi no era una persona, un trapo de piso sucio luciría mejor. No me doy cuenta de cómo él me permitió subir a su camioneta, todo lo que tocaba parecía quedar sucio. Al cabo de un rato comencé a hablar de forma maquinal, sin decirle un hola vomité en un solo acto cuanto sentía.

—Yo, acostumbrada a vivir entre mujeres, en situaciones duras, durante toda mi vida. Increíble. Todo lo que viví no fue nada comparado con esto. La cárcel es la muerte. Es peor que el infierno. No alcanza con el sufrimiento diario, te parece eterno. Preferiría cualquier cosa a estar aquí de nuevo. Si lo hubiera sabido antes… —y continué expresando de forma similar muchas situaciones desagradables ocurridas en este último periodo—. No hubiera podido continuar así un solo instante. Ahora estoy otra vez sin trabajo.

Sin dejar de mirar el camino, me alcanzó una petaquita brillante y puso su brazo derecho sobre mi hombro. Tomé un trago, me supo a fuego, un fuego que apagó mi angustia. Ya algo más calmada le dije:

—Quisiera comer algo, comprarme algo de ropa, quitarme esta suciedad interior que fluye por mi sangre. Luego ir al pueblo, saludar a mis pocas amigas, caminar por las calles, ver algunos sitios y prepararme para no volver más.

—¿Una despedida?

—Algo así. Tú vas con frecuencia; aunque no tengas por qué ir, podrías llevarme.

—De hecho hace un tiempo que no veo a Gonzalo, podría visitarlo, sí. ¿Cuándo quieres ir?

—Esta misma tarde.

—Bien. ¿Qué hay con lo de la ropa y eso?

—Podemos pasar por un shopping, me quedo esta noche en un hotel del pueblo y mañana temprano salgo de regreso.

—Bueno, pasemos por el de Punta Carretas a ver qué quieres.

—Otra cosa, ¿podrías prestarme algo de dinero?

—Claro —le respondió Ezequiel, que estaba acostumbrado a estos pedidos de préstamos sin retorno. Siempre accedía cuando daba con gente sin recursos, si consideraba que luego podrían salir por sí mismas.

—La plaza de comidas está repleta de gente. ¿Qué te parece algo de comida china? —dijo Emma, ya en el shopping.

Él asintió con poco entusiasmo. Ella hizo la cola frente a la caja y pidió dos porciones de chop suey de pollo y dos cervezas Patricia pequeñas. Mientras comían, Ezequiel le preguntó si el sitio le recordaba algo. Ella miró el hermoso lugar lleno de locales multicolores y observó a lo lejos las enormes columnas que habían soportado los portones macizos, ya inexistentes, y recordó la puerta principal de acceso.

—¡Ah! —dijo—. ¿Es cierto que esto fue una cárcel?

—Y una muy famosa. Cuando se construyó, a principios del siglo pasado, todavía quedaba fuera de la ciudad. Recuerdo haber visto algunos celdarios cuando fue cerrada. Todavía tengo impreso en mi memoria el grosor de los barrotes de hierro, pintados de gris. Hubo varias fugas famosas.

—Bueno, no me recuerda a una cárcel, para nada —le respondió Emma mientras comía con apetito. Enseguida se levantó y fue a pedir otras dos cervezas. Charlaron un largo rato y luego ella dijo—: Bueno, me voy de compras. ¿Dónde te encuentro?

—En la librería del segundo piso —le respondió y se separaron.

En la librería, Ezequiel miró con detalle varias novelas. Terminó comprando tres: una historia imaginaria de Piriápolis, un pequeño libro de

Benedetti y una novela española de ficción histórica. Se sentó en un banco a leer mientras esperaba. Al cabo de un rato la vio venir, caminando sin apuro, con una vestimenta moderna y simple, en tonos de negro y blanco. Se paró y caminó a su lado hasta el estacionamiento subterráneo.

Viajaron en silencio hasta Yatay. Al llegar, detuvo el vehículo frente al Hotel Central. Ella le dio un beso en la mejilla y bajó mostrando una sonrisa amplia mientras se despedía haciendo oscilar su mano derecha a la altura del pecho.

Ezequiel entró en la casa y saludó a Gonzalo, que le sirvió un vaso abundante de whisky.

—Te lo adelanto, te vas a sorprender. Tengo un nuevo emprendimiento —dijo Gonzalo.

—¿Sí? —le respondió Ezequiel inquisidor.

—He abierto una empresa en Porto Alegre.

—¡Qué bien! Conozco varios casos y siempre han sido exitosos. ¿Qué harás?

—Conseguí una tercerización, allá le dicen *parcería*, para armar controles para una fábrica de ómnibus Marcopolo. Es simple, presenté un proyecto de un control para apertura y cierre de puertas. Vieron el trabajo que hicimos, lo adaptamos a la normativa de la empresa, homologaron el producto y ya nos instalamos en la ciudad industrial más cerca que encontramos.

—¿Qué es…?

—Gramado.

—Tendré que ir a visitarte, no conozco esa zona.

Mientras tomaban un café después del almuerzo, el timbre del teléfono de Ezequiel se dejó escuchar. Al principio no supo de dónde provenía el sonido, hasta que Carmen se lo alcanzó. Había quedado sobre la mesa de fumar de la sala. Miró la pantalla y decía «Mariela».

—Hola, Mariela, ¿cómo estás? —dijo.

Después de mucho tiempo volvió a escuchar la voz suave e insinuante de Mariela.

—Hola, Ezequiel.

—¿Cuándo volviste de Buenos Aires?

—Todavía estoy en el avión, acaba de aterrizar, pero quería llamarte lo más pronto posible —respondió ella.

—¡Qué bueno! ¿Por cuánto tiempo te quedas?

—Eso depende. ¿Tienes tiempo para viajar?

—¡Ah, ya sé! Ya sabes a dónde ir.

—Sí, por supuesto. Pero antes, dime, ¿habías pensado en algo?

—No sé,… Roma.

—¡Qué aburrido! Como siempre… ¿Te parece empezar con el camino del inca y luego vemos?

—¡Me parece excelente! Estoy necesitando un cambio de aire.

—¿Cuándo nos vemos?

—Mañana.

—Llámame y combinamos.

—Ok. Beso.

—Chau. Beso.

Carmen fue a su dormitorio, agarró una mochila y la colocó sobre uno de los sofás.

—Miren a quién le cambió la expresión, si hasta sonríes ahora, tiito. Te presto mi mochila, ya conoce la ruta, ¡te va a encantar el camino del inca!

—Gracias, Carmen. ¿Tú qué harás ahora que terminaste los estudios?

—Me anoté para hacer una maestría. Estuve dudando entre tres lugares que seleccioné entre los tantos posibles. La Universidad de San Pablo está muy cerca. Puedo venir con frecuencia y, si bien los brasileros son bastante diferentes a nosotros, estamos en América Latina. Hay unos cursos muy interesantes de periodismo cultural.

—Mira, tú, no sabía ni que existían esos temas. No hay duda, debo actualizarme.

—Las otras dos que consideré fueron Pamplona y Londres, para alejarme bastante y tener una experiencia en el primer mundo.

—¿Por qué Pamplona y no Madrid?

—Por tus cuentos, ¡qué te parece! —y continuó—: En general, todos hacen hincapié en el porcentaje de inserción laboral o cosas por el estilo y algunos ponen a estudiantes como anunciadores. Tal vez haya madurado demasiado rápido para algunas de esas universidades.

—Quizá tengas muchas cosas para hacer, cuando las desees hacer, también mucho espacio y capacidad para buscar lo que desees.

—Apliqué para San Pablo y Londres. Al final, me decidí por Londres. Comienzo el mes próximo en el Imperial College.

—¿El tema de periodismo?

—Tal vez algo de eso, pero ¿qué me dices hoy de qué río vas a beber?

—Como ves, voy a beber de las aguas del Urubamba. Sigo en el pasado, en el pasado que fue aplastado por sorpresa por el futuro. El futuro que se consideró con poder de mejorar. Aunque sea por unos días voy a vivir casi como un indígena. De seguro muchos de ellos son más felices que nosotros corriendo detrás del dinero.

—¿Te imaginas al Inca Pachacútec? Sentado en su palacio, con todos sus atavíos, esperando los primeros rayos de sol de ese día único.

SOBRE EL AUTOR

Marcos Andrade Raffo (1949) es Ingeniero Electricista, graduado en la Universidad de la República en Montevideo, Uruguay.

Tiene una amplia trayectoria técnica en obras, proyectos e investigación. Ha realizado más de cuarenta publicaciones de divulgación e investigación.

Fue docente en la Facultad de Ingeniería de la misma Universidad y de la Universidad de Montevideo. Fue empresario actuando en varios países de América y Europa.

"La hija del muerto" es su primera novela de una zaga de cuatro que narran las aventuras de una familia que desde un pueblo de ficción en Uruguay se proyecta al continente.

En la actualidad está para ser publicada la segunda obra "matar a un inocente" Sus personajes están basados en su amplia experiencia personal